月花の少女アスラ3

～極悪非道の傭兵、転生して最強の傭兵団を作る～

author
葉月双
illustration
水溜鳥

傭兵団《月花》
団員
ユルキ・クーセラ
傭兵団《月花》
団員
イーナ・クーセラ
傭兵団《月花》
団員
サルメ・ティッカ
傭兵団《月花》
団員
レコ
10代で大英雄になった
エルナ・ヘイケラ
最年少の英雄
アイリス・クレイヴン・リリ

傭兵団《月花》
副団長
マルクス・レドフォード
傭兵団《月花》
団長
アスラ・リョナ
「私は今日ここに、
新しい魔法の性質を
確立したことを宣言する」

「ルミアなら、どうします？
世界を壊したいと心から願ったなら、
そしてそれを実行するとしたら」
神聖リヨルール帝国
新皇帝
ジャンヌ・
オータン・ララ
「……《魔王》を使う……かしらね？」
傭兵団《月花》
元副団長
ルミア・カナール

「姉様、持って来ましたわ」
寵愛の子
ティナ
「抱き締めて欲しかったか？　ん？
我のことが忘れられなかった、
という顔だな？」
カルト教団の
教祖にして大英雄
ノエミ・クラピソン

「行け！　私が殿《しんがり》だ！」

「どこへ、行こうと、言うのです？」

CONTENTS

月花の少女アスラ

Asra, a girl under the moon

～極悪非道の傭兵、転生して最強の傭兵団を作る～

author
葉月 双
illustration
水溜鳥

3

傭兵団《月花》進行マップ

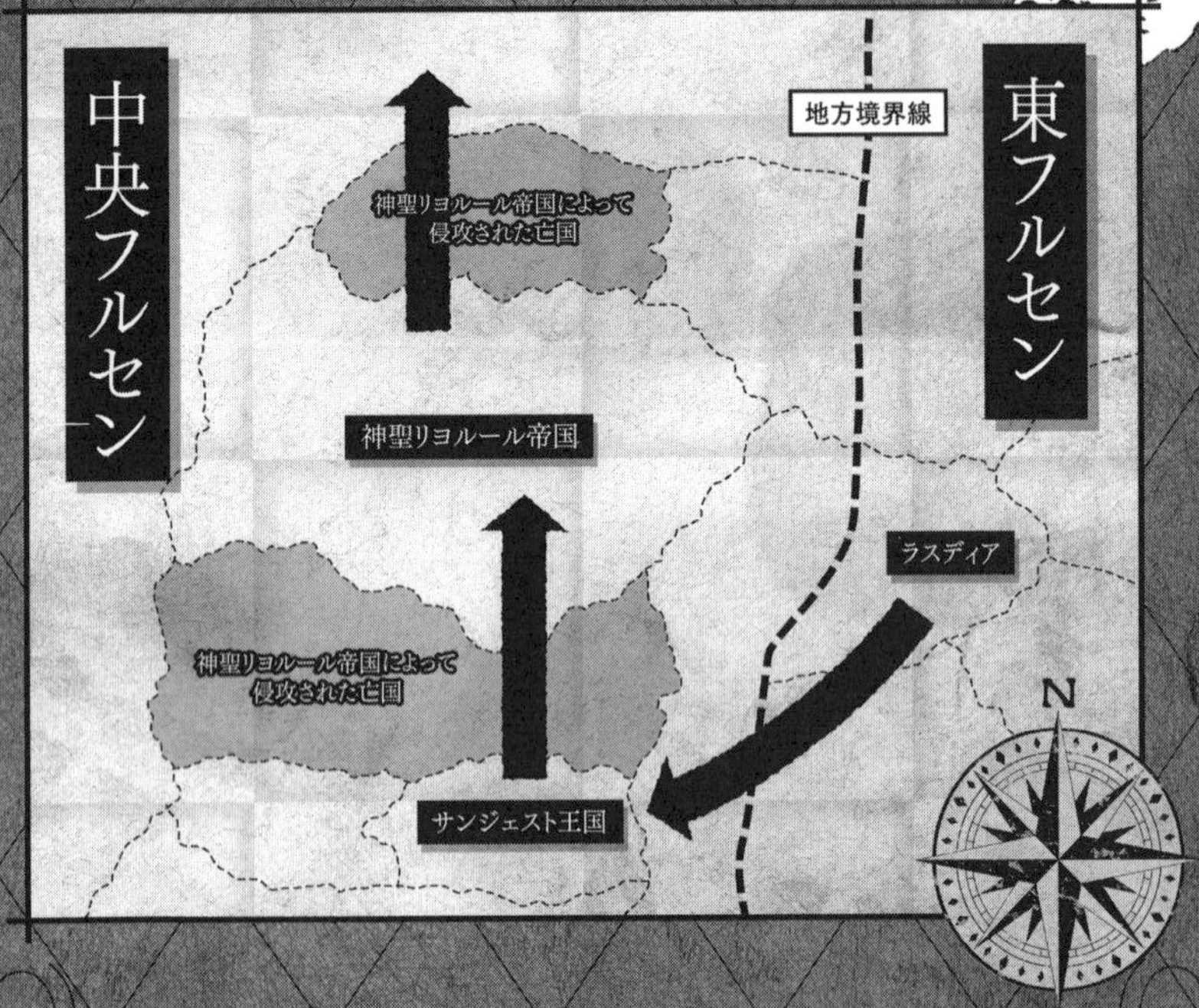

地図デザイン：木村デザイン・ラボ

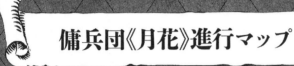

私も新兵の頃はトリガーハッピーになったものさ四歳だったしね

アスラとイルメリは地下牢《ろう》で一晩過ごした。

朝になって修道女が二人の朝食を運んできた。

拘束されていないイルメリがそれを受け取った。

イルメリは白いワンピースに着替えている。アスラも同じ服だ。

昨日、修道女たちが二人の身体を綺麗《きれい》に洗ったあと、白いワンピースを着せた。

その間、アスラだけは拘束されていた。そして牢に入ってからも。

「食べさせておくれ」

アスラが自分の両手を持ち上げる。

アスラの両手首には木製の枷《かせ》。両足首にも同じ枷。更に足枷《あしかせ》の方は、鎖で地下牢の床と繋《つな》がっている。

「うん。あーんして」

イルメリがパンを千切る。

アスラが口を開けると、イルメリが千切ったパンをアスラの口に放り込む。

「イルメリは優しいね。あとで魔法を見せてあげるよ」

アスラは上機嫌で言った。

何気に、イルメリのことが気に入っているのだ。

血生臭い世界とは無縁の、無垢《むく》な少女。住む世界が違いすぎて、拉致でもされなければ出会わないような相手。

「魔法⁉　見たい見たい！」

イルメリが無邪気にはしゃぐ。

これから自分がどんな目に遭うのか、イルメリはきっと想像していない。

だが、それでいいとアスラは思う。

イルメリに手を出させるつもりはない。平和な場所で穏やかに暮らしていたイルメリを、クソみたいな世界に引きずり込んだ連中はみんな始末する。

かつて、穏やかに暮らしていたアスラを呼び覚ました連中のように。

なるほど、とアスラは思う。

自分を重ねているのか。

それはこっちの世界に生まれた、サイコヤローじゃないアスラの感情。

前世と違って、今のアスラはキッカケがあれば感情が動くこともある。とはいえ、回数は多くない。

今のところ、三歳までの自分に関連する場合だけ。

食事が終わると、アスラは生成魔法【乱舞】で数多《あまた》の花びらを舞わせた。

イルメリが喜んで花びらを追いかける。

愛され、平和に生きてきたというのが、それだけでも分かる。

戦いとは完全に無縁。

自らの意思で戦いに身を投じたアイリスとはまた違っている。

英雄を続けるなら、アイリスのお花畑はある程度修正しなくてはいけない。

だが、イルメリの方はずっとお花畑でも問題ない。

「私は実は新しい魔法の性質を研究していてね」アスラが気分良く言う。「もうほとんど完成してるんだけど、発表のタイミングを見計らっているんだよね」

荷馬車の中でも、アスラは花びらを一枚だけ生成し、コッソリ練習していた。

そしてそれは実を結んだ。

完璧ではないが、形にはなった。

「……イル、よく分かんない」

イルメリが首を傾《かし》げた。

「いいんだよ。単純に新しい魔法を思い付いたってこと。だから練習して、実際にできるようになった。魔法の可能性を開拓するのは本当に楽しくてね」

ロマンだ。

アスラは魔法にロマンを感じている。前世の世界には存在しなかった、新しい可能性。

実に面白い。

「イルも魔法使える？」

「もちろんだとも。誰でも練習すれば使えるよ。まぁ、師匠は必要だね。お父さんに魔法使いを探してもらうといい」

イルメリの父は商人で、色々な物を扱っている。その仕入れやら何やらで、留守にしていることも多いと、イルメリが話してくれた。

お互いのことも、割と話した。

イルメリがどこまで理解したかは不明だが、アスラは自分が魔法兵だということも話した。

「帰ったら頼んでみるね」

イルメリが微笑《ほほえ》んだ。

でも、そのあとすぐに浮かない表情に。

「……心配してるかな……お父さんも、お母さんも……ぐすっ」

「大丈夫。必ず帰れる。私が約束する。絶対だよ。私は約束を守るタイプなんだよ。そうだろう? イーナ」

「……うん。今、連れて帰ろうか……?」

牢の前に、修道服を着たイーナが立っていた。

イーナに気付いたイルメリが、酷《ひど》く驚いた表情を見せた。

イーナは足音と気配を遮断していたので、一般人のイルメリは接近に気付いていなかったのだ。

「いや、連れて帰るのは明日以降だね」アスラが言う。「明日、教祖様が来るらしいから、それからでいい」

「……そう。じゃあ、鍵も……開けなくていい？」

「ああ。問題ないよ。よくここが分かったね」

「まぁ……依頼主の名前、知ってたから……。アダ・クーラ……。団長もう会った？」

ラスディア王国のカルト教団所属のアダ・クーラ。そこまで分かっていれば、探すのはさほど難しくない。

手段を選ばなければ特に。

「会ったよ。教祖様の右腕的な立ち位置だろう」

「あたしら……どう動こう？」

「それを聞くのかね？」ククッとアスラが笑った。「皆殺しだよイーナ。皆殺し。分かるだろう？」

「あい……。すぐやる？」

「今日中ってとこかな」アスラが笑う。「明日、教祖様が来る時には死体を並べておきたい。どんな顔するか、私はとっても楽しみだよ」

「……えっと、団長は参加しない？」

「マルクス副長のお手並み拝見といこう」アスラが言う。「オーダーは隠密。この国じゃ、よほどのことがないと憲兵は動かない。けれど、念のため周囲に気取られるな。あ、それと、やっぱり三人だけ生かしておこう」

「……誰でもいい？」

イーナがコテンと首を傾げる。

「尋問用に二人と、一人はアダ・クーラ」

「了解……。マルクスに伝える……」

「それと、教祖様はたぶん英雄だね。アイリスか……エルナがいるならエルナに称号剝奪を検討させておくれ。明日、私が殺すから」

「……少女の拉致……と、たぶん殺してるから……問題ないと思う。でも……東の英雄？」

ラスディアは中央フルセンと隣接している。よって、教祖が東の英雄とは限らない。

「さぁね。別に中央の英雄でも、アイリスかエルナが中央の大英雄と話せば問題ないだろう？　まぁ、私が殺す方が先になってしまうが、そこはアイリスとエルナに庇《かば》ってもらうさ」

「了解……。そっちの件も……伝えとく……」

イーナはスッとその場から消えた。

本当に消えたわけじゃない。気配を殺して移動したのだ。

イーナは元盗賊。潜入はお手の物。

もちろん、アスラが潜入の訓練も施しているが。

「というわけだからイル、明日には帰れるよ」

「……うん」

イルメリはどこか浮かない表情だった。

アスラは不思議そうに「どうしたんだい？」と聞いた。

「……皆殺しって……アスラお姉ちゃん……言ったから……」

「ここの信者どものことだよ。イルは殺さないから大丈夫」

「そうじゃなくて……人、殺しちゃ……ダメだよ？」

イルメリはおっかなびっくり、そう言った。

アスラは息を呑《の》んだ。

「そうか。そうだよね。私とイルは、住む世界が違うんだよね」

なんて当たり前のこと。

「違わないよ？」イルメリが首を傾げた。「同じところに、いるよ？」

「物理的な意味じゃないよ」アスラが小さく息を吐いた。「懐かしい感覚だね、これは。前世の話なんだけどさ、私は生まれも育ちも戦場でね」

「ぜんせ？」

「前の人生、ってことだけど。まぁ理解しなくてもいいよ。私は戦場で生まれた。ネイビーシールズ崩れで傭兵《ようへい》の親父殿と、とある島国の戦場カメラマンの間に生まれたんだよ。そして四歳の時には親父殿に連れられて戦争してた。ははっ、あのバカ親父め、四歳の私にAK担がせやがった。重いって話さ。そこじゃ常に人が死んでいた。私も殺したよ。普通だった。それが私にとっての日常だった。親父殿が私用に特注した迷彩服着て、防弾ジャケット着て、ヘルメットかぶって、ダガー装備して、AK撃ちまくってトリガーハッピーさ。あっと言う間に弾倉空っぽにして、親父殿に『弾はタダじゃねぇぞ』って怒られたっけ」

その頃のアスラは幸せだった。

満たされていた。

「でも一二歳の時、私は親父殿から引き離された。母が私を引き取った。親父殿に捨てられたのかと思ったよ。まぁ実際には違うがね。私は母の祖国の島国で、中学校ってとこに通った。私は知らなかったんだよ、人を殺しちゃいけないって。殴っちゃいけないって。私、当時は金髪だったから、目立ってね。いわゆる不良という連中に絡まれて、ズタズタにしてやったんだ。いやぁ、殴っちゃいけないなら、最初に教えろって話だよね」

そこでの生活はアスラにとっては地獄だった。

銃声が聞こえない。

手榴弾《てりゅうだん》が飛んでこない。

戦車に挽肉《ひきにく》にされるバカもいない。

退屈でたまらなかった。

「文字通り、世界が違ってしまった。酷い話さ。私の普通が、そこじゃ通用しない。苦肉の策として、隠れて不良狩りとかやったかな。みんな弱すぎて、あまり楽しくはなかったけど。殺意がないんだよ。本気の殺意がない。『殺す』って脅す奴はいたけど、殺す気ないんだよね。私の世界は暗転した。あの時の感覚を、思い出したよ」

常識や普通が、人によって大きく違うこと。

住む世界によって、全然違ってしまうこと。

善悪もそう。

「まぁ良かったこともあるよ？　私がとんでもなく頭がいいって分かったからね」

たくさんの本を読んだ。たくさんの知識を吸収した。

身体も鍛え続けた。

いつか、戦場に戻る日のために。

「アスラお姉ちゃん、イルよく分かんないけど、アスラお姉ちゃん、酷いとこにいたんだね」

イルメリが、ギュッとアスラを抱き締めた。

「そうなんだよね。本当に退屈で、地獄と呼んで差し障りなかったよ」

アスラが言うと、イルメリが首を振った。

「その前……だよ？」

「その前？　その前は普通に楽しい世界だったよ、私にとってはね」ククッとアスラが笑う。「だから、今のこの生活は、本当に楽しいよ。死んで良かったと心から思うね」

◇

ラスディア王国のとある地方都市。

そこの宿屋の一室に、マルクスたちは集合していた。

「アスラちゃん見つかって良かったわねー」

合流したエルナが言った。

「やっぱヒマなんじゃねぇか」ユルキが笑った。「大英雄会議はどうだったんだ?」

「さぁ」エルナが首を傾げた。「まだアクセル戻ってないものー。ま、戻ったら決まった方針を伝書鳩《でんしょばと》で飛ばすでしょー」

「なるほど」マルクスはいつも通り、壁にもたれている。「とりあえず、教祖が本当に英雄だった場合、称号の剝奪は可能か?」

「少女たちを殺しているか、あるいは殺しを指示していたら、可能ねー」

「拉致だけじゃダメなの?」とレコ。

「拉致してはいけない、というルールはないのよー。そんなの、明記しなくても普通しないものー。それにここってラスディアよ? 国の法律ですら裁けるか微妙だわね」

「そうですよね」サルメが言う。「税金を納めているなら、難しいですね」

「まぁ、定期的に少女たちを補充しているわけだし、ほぼ間違いなく殺してるから、剝奪自体は可能よー。ただ、地方を跨《また》いじゃってると、時間かかるわねー」

「だから団長は、庇えと言っている」マルクスが言う。「どうだ? 庇えるか? 本来、団長は英雄たちと敵対しても気にしないタイプだが、今はジャンヌと揉《も》めている最中だ。面倒を増やしたくないのだろう」

英雄を殺すと、全ての英雄が敵に回る。英雄特権に『英雄を殺してはいけない』と明記されているからだ。

英雄たちは命を懸けて世界を守る。その代わりに、多くの特権がある。そしてその特権を侵害する者を許さない。

基本的には、という注釈が必要だが。

エルナは場合によっては見逃すタイプだ。

「大丈夫よー。英雄が少女を拉致して、生け贄《にえ》に捧《ささ》げていたー、なんて前代未聞だもの。最悪も最悪。汚点なんてレベルじゃないわー。吐き気がするわね。だから、《月花《つきばな》》が称号剝奪前に英雄を殺しても、わたしが守るわねー」

「そうか。これで憂いはないな」マルクスが小さく頷《うなず》く。「団長のオーダーを確認するぞ？」

「隠密です」とサルメ。

「周囲に気取られないこと。特に憲兵かな」とレコ。

「三人生かす、んで、一人はアダ・クーラ」ユルキが言う。「簡単な任務だな。役割振ってくれマルクス」

「その前に」マルクスは床に座っているアイリスに視線を送る。「どうするアイリス？　作戦に参加するか？」

アイリスは団員ではないので、無理に作戦行動に参加する必要はない。

現在のアイリスの立ち位置は《月花》の生徒、あるいは弟子と言ったところ。アスラの、ではなく《月花》の。

「皆殺しでしょ？　あたしにできるわけないし……」

どちらかと言うと、皆殺しは止《や》めて欲しい、という雰囲気のアイリス。

けれど口を噤《つぐ》んでいる。立場を理解しているのだ。アイリスは団員ではないが、ゲストでもない。

「殺さない任務なら、参加するか？　ただ、依頼ではないので金は出ないぞ」

「え？　ええ、そうね……。あたしも魔法兵目指してるし、殺さなくていいなら、参加したいわね」

アスラも他の団員も、アイリスに全ての技術を教えるつもりだ。

けれど、それを使用するかどうかはアイリスが決めること。

殺す技術を教えるけれど、別に殺さなくてもいい。

「ふむ。エルナはどうする？」

「なんでわたしが参加するのよー？　お客さんよー、わたしは」

椅子に座っているエルナが肩を竦《すく》めた。

「そうか。ヒマかと思って聞いただけだ。ではアイリスとサルメは誰でもいいから二人を拘束。アダ・クーラは出会った者が拘束」

アダの容姿はすでに知っている。カルト教団の住所を突き止めた時、ついでに調べた。

「自分とユルキは信者の暗殺。声を上げるヒマもないぐらい、迅速に殺す。確か、全部で二〇人だったか？」

「……うん。でも……あたしが潜入した時は……全員確認できてないかも……？　隠密を、優先したから……」

イーナが小首を傾げながら言った。

「了解。多少の誤差は問題ない。アイリスとサルメも、悲鳴を上げさせないよう努めること」

マルクスの言葉に、アイリスとサルメが頷く。

「イーナとレコは団長と銀髪の少女の救出。途中で信者と出くわしたら、即座に始末」

「……あい」

「はぁい」

「作戦開始は信者たちが寝静まった頃だ。もちろん、見張りなどが起きている可能性もあるが、その場合は弓を用いて手早く始末。エルナ、一緒には来るのか？」

「そうねー。お手並み拝見したいわねー」

エルナはニコニコと言った。

「分かった。だが出入り口にいてくれ。逃げようとする者がいたら、引き留めてもらいたい。殺すのは自分たちがやる」

「ちょっとー、どうしてわたしに役割振るのよー。お客さんだって言ったでしょー？」

「流れでいけるかと思ったが、仕方ない」マルクスが溜息《ためいき》を吐《つ》く。「サルメとアイリスは二人を拘束したのち、出入り口を確保。誰も出すな。以上。何か質問は？」

マルクスが全員の顔を見回した。

ユルキは小さく両手を広げた。ない、という意味。

イーナはユルキと同じ動作。

サルメは首を横に振り、レコは「特にない」と言った。

アイリスはやや緊張した面持ちだったが、質問はないようだ。

「では、しばらくゆっくりしろ。日が沈んで三時間後に、準備を整えて宿の前に集合だ」

五章　七話

私を拷問できないなら死ね
役に立たない奴はいらないんだよ

粗末な夕食が終わると、修道女たちがアスラとイルメリの服を脱がし、丁寧に身体を洗った。

アダの手つきがいやらしかったので、アスラは少し嫌な感じがした。

アスラの身体はまだ性欲に目覚めていない。下ネタやセクハラは好きだが、性的欲求とは結びついていない。今は、まだ。

それから何時間かして、イルメリがスヤスヤと寝息を立て始めた。

アスラは相変わらず、拘束されたまま。

「もう二時間もないくらいかな」

団員たちがオーダーを実行する時間のこと。

と、足音が聞こえた。

「アダの足音だね」

アスラが呟《つぶや》く。

アダの足音は何度も聞いたし、歩き方も見た。だから間違いない。

足音が地下牢《ろう》の前で止まる。

やはりアダだった。

アダは牢の鍵を開け、薄暗い地下牢の中に入った。

廊下に松明《たいまつ》があるので、暗闇というわけではない。

アスラは真っ直ぐにアダを見ていた。

アダもアスラを見ている。

「何か用かね？」アスラが言う。「私は大人しくしていたはずだが？」

「疼《うず》きます」

アダは淡々と言った。

「何が？」

「私はあのお方に調教され、いつしか女でなければイケない身体になってしまいました」

「ほう。たぶん思い込みだよ。元から女好きというわけじゃないなら、きっと男に戻れるよ。筋肉ムキムキのイケメンと、細身のイケメンならどっちが好きかね？　オプションで頭がイカレた子供も付けようか？」

アスラは小さく笑いながら言った。

アダはアスラの質問に答えず、その場で修道服をスルリと脱いだ。

「おいちょっと待ちたまえ。疼くって、もしかして私に相手をしろって意味か？」

アスラが言うと、アダが強く頷《うなず》いた。

「おいおい。私は確かに美少女だけれど、一三歳だよ？　いや、一三歳にしては小さいだろう？　それとも、君は小児性愛者かい？」アスラが苦笑い。「言っておくが、小さいというのは胸のことじゃない。全体的にだよ?」

アダは何も言わず、下着も全部その場で脱いだ。

それからチラリとイルメリを見た。

イルメリはよく眠っている。だがアスラとの距離は近い。アダが喘《あえ》いだら起きる可能性が高い。

「他の修道女と寝ればいいだろう?　なぜ私だ?」

「自分で言ったでしょう?」アダが笑う。「あなたは美しい。私は美しい者を鳴かせたいのです。それに、修道女たちとは普段から寝ていますので」

「はん。カルトらしく乱交でもしてるのかい?」

アスラが肩を竦《すく》める。

アダはアスラに近寄り、拳でアスラの顔を殴りつけた。

「鳴かせたいって、もしかして泣かせるの方かい?　涙を流せ的な?」

「私たちはカルトではありません。《人類の夜明け教団》は、ジャンヌ様の救済を手助けするべく、あのお方が立ち上げた神聖な団体です」

「いやカルトだよ。頭がどうかしているね」

「くっ……」

アダは唇を噛《か》みながら、再びアスラを殴りつけた。

アスラの唇の端が切れ、血が流れた。

「カルトじゃないなら、教えろ。救済って?」

「新世界秩序です」

「ほう。自分が法律になる、という意味かね？」

「我が神、ジャンヌ様は世界の現状を憂い、創造し直すことにしたのです」

「よく分からないな。別にジャンヌが世界を創ったわけでもないだろうに」

「はい。邪神ゾーヤが創造した歪《いびつ》な世界を、ジャンヌ様が正すのです」

アダはアスラの頬に手を添え、それからゆっくりと顔を近付ける。

ペロリ、とアダがアスラの血を舐《な》めた。

アスラはぞわぞわした。

気持ち悪い、と思ったけれど、それを表には出さない。

「邪神、ね」アスラはそこから推理を進める。「確か銀髪だったよね？　銀色の神と言われているぐらいだし。ということは、私とイルメリはゾーヤの代替品、かな？　きっと嬲《なぶ》り殺すんだろうね」

「もういいでしょう？」

アダが膝を突いて、アスラの服に手を入れる。

「よくない。私が誰と寝るかは私が決める。私は女が好きだし、君はブスじゃない。前世なら、普通に寝ただろうね。でも今はダメだよ」

「そんな権利はありません」

アダの手が、アスラの胸に触れる。

まぁ、胸を触られたぐらいで取り乱すアスラではない。

散々レコに触られているのだから。

しかもレコは触っておいて小さいと文句を言う。

「私にはまだ性欲がない。くすぐったいだけだよ」

「すぐに、良くなります」

「まだ少女だった頃に、そう言われたのかね？」

アスラが言うと、アダの動きが止まる。

「なるほど。君が犯されたのは一三歳前後？　一〇年近く前？　私ぐらいの時だろう？　君は小児性愛者ではない。ただ、その時をなぞっているだけだ」

「くっ……」

アダが表情を歪《ゆが》め、アスラの服から手を抜いた。

「修道院に入って、先輩修道女にやられたのかな？　修道服はカルトの衣装というわけじゃないだろう？　本物っぽいんだよ、君たちは。全員同じ修道院の出身？」

半分は勘。証拠があるわけじゃない。

本物っぽい、という感覚だけ。

「うるさい……。あのお方を悪く言うな……」

「悪く言ってないはずだけどね」やれやれ、とアスラが小さく息を吐く。「そんなに取り乱して、敬語が消えてるよ？　全裸で狼狽《ろうばい》している姿は割と面白いよ？」

「黙って」

アダがアスラの腹部に拳をめり込ませる。

「ははっ……結構きくね。体術やってるね？　もちろん、武器も何か使えるんだろうけどね。ってゆーか、あのお方……教祖様は先輩修道女なんだね。つまり女の英雄。ふぅん。一人、心当たりがあるよ」

英雄で修道院出身。

女が好きな女。

「あぁ、余計なことを……余計なことを……」

アダが両手で頭を抱えて首を振った。

「ふむ。そんなに怖かったのかね？　まだ無垢《むく》だったたから？　ああ、今も怖いんだね？　逆らうとお仕置きされる？」

虐待と性的虐待。

それらが続くと、大抵は無力感と無価値感に蝕《むしば》まれる。

そして従順な人形のようになってしまう場合がある。

サルメが少し近いか、とアスラは思った。

サルメが傭兵《ようへい》になったのは、結局のところ、無力感をねじ伏せたかったたから。

何者かになりたいと願うのは、無価値感への叛逆《はんぎゃく》。

「逆らいません……私は、ノエミ様には逆らいません……」

アダは両手を胸の前で組んで、お祈りするように言った。

「ノエミ・クラピソン。どこまで行っても、クズはクズだね」冷めた口調でアスラが言った。「自由にしてあげようか？」

「私に、自由などありませんっ」

アダがアスラを睨《にら》んだ。

「ノエミの言うままに、ノエミの信じる神を信じた、ってとこかね？　君、本当はジャンヌの救済を信じていないだろう？　世界を作り直す？　ははっ、世迷い言もいいところだね」

アスラが言うと、アダは首を大きく横に振った。

「信じています……もちろん信じています……。ノエミ様のために生きて、ノエミ様のために死にます……。ですから、ノエミ様の信じるジャンヌ様を信じます……」

「泣きそうな顔で言うなよ。君はノエミが怖いだけだ。自由にしてあげるよ？　ノエミの呪縛を解いてあげよう」

ククッ、とアスラが笑った。

アダがビクッと身を竦める。

「ほら、目を瞑《つむ》って。楽にしてあげるから。君はノエミのために生きてきた。もういいだろう？　ノエミのために死ぬことはない」

しかしアダは目を閉じなかった。

「いいだろう。分かったよ。でも、君が死ぬのはノエミのためじゃない。私が君を殺そうと思ったからだ」

アスラが指をパチンと弾《はじ》くと、アダの頭が吹き飛んだ。

攻撃魔法【地雷】。威力は低い。花びら一枚で人間の頭をバラバラにできる程度。

でも十分なのだ。頭がなくなれば、人は死ぬのだから。

血肉が飛び散って、イルメリが飛び起きた。

「これで自由だろうアダ？　良かったね。あの世で私に感謝したまえ。お代は結構だ」

アスラが淡々と言った。

イルメリは周囲を見回して、首ナシ死体となったアダを見つけて悲鳴を上げた。

「おっと、ごめんよイル。変なものを見せてしまったね。心の傷にならなければいいのだけど」

イルメリはアスラの言葉を聞いていない。

叫びながら地下牢の隅の壁に走って逃げて、そこで頭を抱えてうずくまった。

「ははっ、本当にごめんよイル。君は綺麗《きれい》なまま、家に帰してあげようと思っていたんだけどね。

本当だよ？　ククッ、でも私は割と気まぐれでね。首ナシ死体を見た件は自分で乗り越えたまえ」

と、修道女たちが数人、地下牢の前まで走って来た。

爆発音はそれほど大きくなかったが、そのあとのイルメリの悲鳴はかなり響いたはず。

地下牢なので、建物の外にまでは漏れていないか、とアスラは思った。

「アダ様⁉」

「どうして⁉」

修道女たちが混乱した様子で言った。

そして続々と修道女たちが集まる。

「ほう。君たち、首がなくなってもこの死体がアダだと分かるんだね。なるほど。寝ていたというのは本当なんだね」

修道女たちは身体で誰か判断した、という意味。

修道女たちは最終的に五人まで増えた。

「貴様がやったのか！」

「拷問部屋に連れて行きましょう！」

修道女がすごい剣幕でアスラの髪を引っつかんだ。

別の一人が床と繋《つな》がっている鎖を外す。

修道女はアスラを引きずるように地下牢から出して、別の部屋へと連行した。

修道女たちは怒っているけれど、ちゃんと牢に鍵をした。イルメリが逃げないように注意したのだ。

「はん。カルトっぽくていい部屋だね」

その部屋には拷問用の色々な器具が用意されていた。

何度か使われた形跡もある。

恐らくは、命令違反の罰などで使用したのだろう、とアスラは思った。

「お前がアダ様を殺したのか⁉」

「そうだよ。だから？」

アスラは少し笑った。

これから自分がどんな目に遭うのか想像して、ゾクゾクする。

修道女の一人がアスラを殴った。

他の修道女も釣られるようにアスラに暴行を加える。

「おいおい……せっかく色々な道具があるんだから、使いたまえ。その方がきっと楽しい」

素手でいくら殴られても、アスラはあまり楽しくない。

アクセルぐらいギリギリの力加減で殴ってくれるならまだしも、修道女たちの腕力では気絶することもできやしない。

修道女の一人が、他の修道女たちを手で制した。

暴行が止《や》む。

「そうそう。それでいい。そうだなぁ」アスラは室内を見回す。「鞭《むち》は普通すぎるから、そっちの焼きゴテで遊ぼうか？」

この部屋に殺すための器具はない。

あくまで罰を与える部屋だ。

「針も悪くないね。お、そっちにあるのは有名な三角木馬というやつかね？　ぜひ乗ってみたい。最初はそれでどうだい？」

アスラは心底嬉《うれ》しそうに言った。

「他にも、使い道のよく分からない道具がいくつかあるね。どうせだから、全部試そう！　どれか一つぐらい、私を泣かせることのできる道具があるかもしれない。もしあったら、持って帰ることにするよ。拷問訓練用にね」

アスラは気付いていなかった。

修道女たちが怯《おび》えていることに。

アスラの笑顔が凶悪すぎて、震えていることに。

「普段、君らがこの部屋を使う時って、まぁたぶんそれなりに手加減するんだろうね。しかし、私に手加減は不要だよ。全力でやりたまえ。殺す気でやっておくれ」

修道女たちが何も言わないので、アスラは「あれ?」と首を傾《かし》げた。

「どうしたんだい? 急いでくれ、あまり時間がないんだから」

団員たちが来てしまう。

「あ、あのお方の……指示を……仰いでからでも……」

「こ、拘束だけで……明日……指示を……」

修道女たちは表情が引きつっていた。

「ああ。悪いね。笑っていたか」アスラが言う。「なぜだろうね。私は美少女のはずなのに、私が笑うとみんなそんな風になる。安心していい。私は純粋に楽しみたいだけで、特に抵抗はしないし、君らも殺さない。まぁ、どうせ君ら、長生きできないしね」

殺す必要がない。どうせ団員たちが殺すのだから。

アスラはもう命令を下した。彼らはそれを忠実に遂行する。

修道女たちは動かない。まるで石化してしまったかのように。

「はん。期待だけさせておいて、それか」アスラは急に冷めてしまった。「クソつまらない。飽きたよ、ただ拘束されている状況にはね」

傭兵団《焔《ほむら》》に捕まってから、ずっと大人しくしていたのだ。

いい加減、ストレスが溜《た》まる。

せっかく発散できる状況だったので、アスラはいい気分だったのだ。

「いいよ、もう。やっぱり今、死ね。私の役に立てないなら死ね。サービスタイムは終了だ」

五章　八話

サプライズパーティは好きか？　まぁ、嫌いでも決行するがね

《人類の夜明け教団》の本拠地に、見張りはいなかった。
よくよく考えれば、見張りがいたら逆に怪しい。
ここは重要な施設ですよ、と宣伝するようなものかな、とレコは思った。
ユルキが正面玄関の鍵を開けて、ゆっくりと音が出ないよう扉を開けた。
そこから、団員たちが滑り込む。レコも中に入る。
最後にエルナが入ったのを確認して、ユルキも中へ。
マルクスがハンドサインを送って、それぞれが任務のために散る。
レコの任務は、イーナと一緒に銀髪の少女と団長の救出。
イーナがハンドサインで付いてこいと指示。レコは頷《うなず》いて、イーナの後に続く。
地下へと続く階段を、音を立てないよう素早く降りる。
いくつかの牢《ろう》を越え、イーナが止まれと指示。
牢の中に首ナシの死体が寝ていて、隅っこの壁で銀髪の少女がガタガタと震えていた。
イーナが鍵を開け、レコに保護しろと指示して、自分はそのまま進んだ。
レコは中に入って、死体を見下ろす。

死体が全裸だったので、レコはちょっと得した気分になった。

それからすぐに、少女の元へと移動。

「大丈夫？　助けに来たよ。団長は？」

レコが小声で聞くが、少女は震えるだけで何も言わない。

「アスラ・リョナは？」

団長という単語でピンと来なかったのかと思って、レコは聞き直した。

しかし少女は返事をしない。

「ねぇ。オレの方見て？」

レコが少女の肩に触れると、少女は「ひっ！」と小さな悲鳴を上げた。

「もう大丈夫だよ？　あの死体は団長……アスラ・リョナがやった？」

まぁ聞くまでもない。

この少女にそんな芸当は不可能。

「……怖い、怖いよぉ……」

少女は泣くばかりで、会話が成り立たない。

レコは面倒になった。

「言うこと聞いて？　一応、保護しろって言われてるから何もしないよ？」

言われていなければ、殴って連れて行くところだ。

しかし、目的は保護。脅迫ではない。面倒だが、懐柔しなくてはいけない。

「もう拉致した人たちはみんな死んでると思うし、大丈夫だから」レコは優しい声を出した。「立って。歩けるでしょ？　ケガとかしてないっぽいし」

レコの声が優しかったからか、少女は少し落ち着いた。

「あ、オレはレコ。レコ・リョナだよ。団長のお婿さんになるから、ファミリーネームはリョナにしようと思ってさ」

無許可である。

アスラには一切相談していない。

「……人が……死んじゃって……頭……なくて……」

「うん。それがどうしたの？」

レコがキョトンと首を傾《かし》げた。

少女はグシグシと涙を拭った。

「オレの家族は魔物にバリバリ食われたよ？　なんかそのせいで、オレ、あんまり人が死ぬってことに心動かないんだよね。団長が言うには、オレは心が壊れちゃって、感情がいくつか欠落しちゃったんだって。だから、君の気持ち分からない。あ、君の名前は？」

「……イルメリ……」

レコは笑いながら言った。

「そっか。じゃあイルメリ、立って。牢から出るよ？　手を繋《つな》いであげるから、眼を瞑《つむ》っててもいいよ？」

レコが右手を差し出すと、イルメリは少し迷ってからレコの手を掴《つか》んだ。

◇

「何人殺した？」とマルクス。

「七人だな。そっちは？」

ユルキとマルクスはほぼ全ての部屋を開けて、中にいた者を容赦なく殺して回った。

「自分も七人だ。数が合わんな。残りは地下か？」

「かもな。けど、それならイーナがやってるだろうぜ」

「ふむ。自分は一応、地下を見てくる。ユルキはアイリスたちを見てくれ。大丈夫だとは思うが、一応な」

「ああ。了解だぜ」

ユルキが右手を上げると、マルクスは地下へと向かった。

ユルキは背伸びしてから、のんびりアイリスとサルメが入った部屋に移動した。

部屋の中に入ると、すでに縛られた修道女が一人、床に転がっている。

そしてサルメがもう一人の修道女を縛っているところだった。

アイリスは剣を抜いている。

アイリスが脅して、サルメが縛ったのだ。

「よぉ。ちゃんとできてるな」とユルキが笑う。

「……こんな夜襲、なんか嫌だなぁ、あたし」

「でも魔法兵になるんでしょう?」サルメが言う。「じゃあ、夜襲は基本です。私の初陣も夜襲でしたし。はい、完了です」

サルメが縛り上げた修道女を蹴り倒した。

「サルメって結構乱暴だよな」

「抵抗されたので、少しイラッとしました」

「抵抗したのは、ユルキが入った時に転がってた方よ」アイリスが言う。「あたしが峰打ちしたの」

「なるほど。でも声を上げてねーべ? 速攻で倒したってことか?」

「アイリスさん、やっぱり強いですよ」サルメが言う。「その修道女が何かしようとした瞬間には、もう叩《たた》き伏せていました。こっちは戦意喪失です」

「実力差に抵抗する気が失《う》せた、ってことか。つーか、抵抗してねー方を蹴ったってことだろサルメ?」

ユルキの指摘に、サルメは沈黙した。

「別に俺らに隠さなくてもいーんだぜ? 気付いてるしよ」

「……そうですよね。はい。私、蹴りたくて蹴りました」

「ま、傷付けるなって命令されてたらやるなよ? それ以外ならまぁ、ルミアもいねーし、誰も何も言わねーよ」

ずっと虐げられる立場だったサルメ。

いつかは虐げる側に立ちたいと、心の底で願っていることにユルキは気付いていた。

もっとも、誰でも虐げたいわけじゃなく、相手がクズの場合に限る。

団員たちは誰もその話をしていないが、たぶんみんな気付いてんだろうなぁ、とユルキは思った。

「分かりました。それでは、私とアイリスさんは出入り口を固めてきます。誰も出さなければいいんですよね？」

「おう。ついでに、誰も入れるな。俺は地下の方見てくるからよぉ、頼んだぜ？」

ユルキは右手を振ってから部屋を出た。

◇

「……団長、何してるの？」

イーナは苦笑いした。

地下牢の並ぶ廊下の奥の部屋で、イーナはアスラを発見した。

その部屋が拷問用の部屋だというのは、入ってすぐに分かった。それらしい器具がいくつもあったから。

ついでに、修道女の死体がいくつか重なっている。みんな色々な部位を吹き飛ばされているので、【地雷】を使ったのだとイーナは察した。

「見ての通り、三角木馬に乗っている」

アスラは笑顔で言った。

「……それ、痛そうだけど……？」

「うん。実に痛い。股間に全体重が乗るから、思ったよりしんどいね、これ。このワンピースの下は何も着てないから、直接乗っているというのもあるかな。まぁでも、そんなすぐ気を失うようなものでもない」

アスラはすでに手枷《てかせ》も足枷《あしかせ》も外している。

元々は白かったワンピースが、ところどころ血で汚れていた。

ほとんどは部位破壊された修道女たちの血だ。

「……ずっと乗ってたの……？」

イーナの表情が引きつる。

「うん。君たちが来るまで耐えられるか実験してたんだけど、まぁ大丈夫だね」アスラが言う。「あ、そうだ。アダ・クーラなんだけど、ウッカリ私が殺してしまってね。私が入っていた牢の中に死体があったろ？　それだ」

「うん……。あったけど……。降りないの団長？」

「いや、ボチボチ降りるよ。だいぶ飽きてきたしね」

アスラはとっても楽しそうに言った。

イーナはやや引いてしまった。

アスラがこういう性格なのは知っているが、やはり目の当たりにすると引く。

「アスラちゃんって、マゾなのねー」

いつの間にか、エルナが開けっ放しのドアの前にいて、ゆっくりと中に入った。

「違うよ。今のところ性的欲求とは繋がってない。いや、どちらにしても同じかな？　まぁどっちでもいい。気配を消してくるとは、君も趣味が悪いね」

「一応、消しておいただけよー。隠密作戦だって言ってたから」

エルナが肩を竦《すく》めた。

「団長、それ面白い？」

部屋の入り口で、レコが言った。

レコはイルメリと手を繋いでいた。

「君も乗ってみるかいレコ？」アスラが言う。「それなりに苦痛だが、泣き叫ぶほどじゃないね」

「……それ、団長だから平気なだけで……他の人なら、泣くんじゃ……」

イーナが引きつった表情のまま言った。

「オレ、団長の後ろでいいなら、ちょっと乗ってみようかな？」

「ダメだ。君はどうせ私の胸を揉《も》むからダメだ。乗るなら一人で乗れ」

アスラは木馬に両手を突いて、腰を浮かせ、右脚を大きく後ろに回しながら木馬を降りた。

「いたたっ……、なんだかんだ、痛いね」

着地したアスラが、笑いながら言った。

「てゆーか団長、今日もボロボロで笑う」レコが笑いながら言った。「それもう趣味だよね？」

アスラの身体には、暴行を受けた痕がある。顔にも。

「まぁね。ダメージを受けた方が、気分が乗るタイプなんだよ、私は」

「……ノーダメージでも……ノリノリな時、結構あるけど……」

イーナがボソッと呟《つぶや》いた。

「なるほど。残りの修道女たちは団長がすでに殺していましたか」

今来たばかりのマルクスがレコの背後で言った。

「ああ。悪いね。ストレスが溜《た》まっていたからついやってしまった。反省はしてないよ」

アスラが小さく両手を広げた。

「問題ないでしょう。アダ・クーラだけ、まだ見つかっていませんが」

「アダはもう私が殺してしまった。それで？　他は順調かねマルクス……いや、副長」

「はい。何も問題ありません」

「それは良かった。今夜はここに泊まろう。死体を並べたり、捕虜を尋問したり、色々とやることもあるしね」

ニタァ、とアスラが笑った。

◇

翌朝。

ノエミ・クラピソンは自らが立ち上げた《人類の夜明け教団》の本拠地の前に立っていた。

移動に使っていた馬を馬屋に預け、いつもの修道服に身を包み、フードで顔を隠している。

入り口の前に、見たことのない小柄な修道女が立っている。

ノエミと同じように、フードで顔を隠していた。

「新入りか？」とノエミが小柄な修道女に近付く。

今は勧誘なども含め、組織運営の多くをアダに任せているので、希《まれ》にこういうこともある。

「似合うかい？」

小柄な修道女がフードを外し、微笑《ほほえ》む。

あまりの美しさに、ノエミは少しクラッとした。

絶世の美少女と表現して差し障りない。

だが、とノエミは思う。

その美少女は銀髪だった。

銀髪の信者は有り得ない。銀色の神ゾーヤを邪神と定めている教団なのだ。間違っても銀髪の少女など入団させせない。

それに。

血の臭いがする。この少女からは血の臭いがするのだ。

「アスラ・リョナ……なのか？」

銀髪の美少女で、ノエミが最初に連想した名前。

「ふふっ、即バレしちゃったね」アスラが笑う。「まぁいいさ。中へどうぞ教祖様。今日は教祖様のために、サプライズパーティを用意している」

さっきの美しい笑顔とは打って変わって、今度は醜悪な笑み。

ノエミの背中を、ゾクリと冷たい何かが走り抜けた。

冷や汗が出た。

なんだこいつは？

まるで、超自然災害《魔王》のような嗤《わら》い方。

ノエミは身構えた。

今、ノエミは武器を持っていない。だがそれでも大英雄。素手でもそれなりに戦える。

「おいおい、そう警戒しないでくれたまえ。ほら、私を見て」

アスラは言いながら、指をパチンと弾《はじ》いた。

ノエミは咄嗟《とっさ》に魔法を躱《かわ》そうとしたのだが、何も起こらなかった。

「……魔法を使ったのかと思ったが、違うのか？」

「君、魔法の発動なんか察知できないだろう？　それができるのは、ある程度魔法に精通している者か、半端なく勘のいい奴だけだろうに」

「ふん。我は見て躱す。英雄候補程度でも、魔法を躱すなど造作もない」

「ああ。そうだろうね。逆に言うと、見えなきゃ躱せないという意味だけど、まぁいい。とにかく入りなよ。ほら、これで安心かい？」

アスラはクルッと背を向けた。

完全に無防備なように見える。

組み伏せることができるのでは？

いや、しかし、とノエミは思い直す。

アクセルとルミアはアスラを高く評価していた。

それに。

拘束していたはずのアスラが堂々と修道服を着て立っているという事実。

アダや修道女たちはどうなった？

この無防備な姿も罠《わな》か？

できるなら中に入りたい。中の様子が知りたいし、中には槍《やり》がある。槍はノエミの得意武器だ。

街中で修道女が槍を持ち歩いていたら怪しいし、ノエミだと気付く者がいるかもしれない。だから手ぶらだし、フードで顔を隠しているのだ。

「警戒しすぎだよ教祖様」アスラが笑う。「まだ殺さないから安心したまえ」

その言葉に、ノエミはカチンと来た。

「ガキが。粋がるな。我を誰だと思っている？」

大英雄であるノエミに対して、まだ殺さない？

殺せると思っているのか？

舐《な》めるなよ、というのがノエミの思考。

「ノエミ・クラピソン。中央の大英雄。知ってるから中に入れ」

「ふん。我をアクセルのようなジジイと同じだと考えているなら、貴様は今日死ぬ」

「分かった、分かったから」

アスラは面倒そうに言って、入り口を開けた。

「ほら、私が怖くないなら、付いてきたまえ」

アスラは言いながら建物の中に入った。

「舐めるな。いざとなったら、貴様ごとき素手でくびり殺してやろう」

ノエミもアスラに続いて中に入った。

その時点で、ノエミはフードを外す。

そして、いつも集会で使う広い部屋まで移動。

そこで。

ノエミは見た。

「……貴様らが、やったのか?」

綺麗《きれい》に並べられた修道女たちの死体を。

「「サプラーイズ!」」

アスラと《月花《つきばな》》の面々が、満面の笑顔で言った。

五章　九話

私は魔法の歴史を変える
今日はその一歩目さ

アスラたちのサプライズに、ノエミは硬直していた。

綺麗《きれい》に等間隔に並べられた、二〇体近い亡骸《なきがら》。

死の匂いと血の臭い。

これは異常だ。

特に、この状況で笑顔を浮かべているアスラ・リョナは異常者だ、とノエミは思った。

そんなノエミの姿を見て、アスラと団員たちは少し楽しい気分になった。

この広間には、アスラたち《月花《つきばな》》の面々とエルナ、アイリス、それから生け捕りにした修道女が二人とノエミ。

イルメリは昨夜、エルナが憲兵団の屯所に預けた。

ラスディア王国の憲兵は怠惰だが、さすがに大英雄エルナの預けた子供を無下に扱うことはない。

ちなみに、修道女二人は部屋の隅の方で正座し、ガタガタと震えている。

二人が知っている全ての情報を、アスラたちは聞き出した。

「ノエミ。あなたの悪行も終わりよー」エルナが言う。「大人しくしているなら、痛い目に遭わずに済むわー。あなたには色々と、吐いてもらいたいものねー。ジャンヌのこととか」

ノエミとジャンヌに繋《つな》がりがあることも、すでに聞き出している。

この教団が本当にジャンヌの手足となって動く集団だということも。

正確には、集団だった、だが。

「エルナ・ヘイケラ……なるほど」ノエミが少し笑った。「アスラの後ろ盾は貴様か。貴様がバックに付いているから、調子に乗っていたということか。ふん。種が分かればどうということもないな」

「あらあら？　わたしは何もしてないのよー？」

エルナが肩を竦《すく》めた。

「ふざけるな。貴様こそ、悪行は終わりだエルナ」ノエミがエルナを睨《にら》む。「傭兵《ようへい》団《月花》を使って何がしたいのか知らないが、この惨殺は貴様の指示だろう⁉」

「わたしが指示したことになってるわー。困ったわねー。わたし、傍観していただけなのだけどー」

「つーかさ」ユルキが言う。「お前らって、惨殺されても仕方ねぇべ？　そんだけのことしたろ？」

「そう……」イーナが強く頷《うなず》く。「……女の子たちを……何人も嬲《なぶ》り殺した……」

「それも、神様に見立ててね」アイリスが酷《ひど》く怒ったように言う。「アスラたちもクズだけど、あんたはもっとクズよ」

「お前たちの行いは正直、虫酸《むしず》が走る」マルクスが顔を歪《ゆが》めた。「そっちの二人が全て吐いた。よくもあれほど残酷なことができるものだな」

拉致した少女たちの使い道は、一般人が聞いたら卒倒するような内容だった。

「それを団長にもしようとした」レコが言う。「正直、興奮するけどお前は死ね」

「罪の共有による結束」アスラが言う。「恐怖での支配。いやぁ、三流の悪党がよく使う手だね。君のことだよ、ノエミ。ちなみに、死体を捨てた場所も全て吐かせた。君はもう、罪から逃げることはできない」

「ふん。それがどうした？　責めれば我が反省するとでも？　我らが神はジャンヌ様ただ一人。銀色の神など不要。それを信者どもにすり込むため、少女らを神に見立てて殺した。だからどうした？　順当に行けば称号の剝奪だろう？　大英雄などに未練はない。ジャンヌ様のために、色々と都合が良かったというだけのこと。だがその後、誰が我を裁く？　貴様らか？　ん？　槍《やり》さえあれば、我一人で貴様らなど全員串刺しにしてくれるわ」

ノエミの視線の先には、槍が転がっている。

その槍はアスラたちが事前にこの部屋に運んでおいたもの。

きっとノエミの物だろうと思って親切丁寧に心を込めて床に転がしていた。

「だそうだ」アスラが肩を竦めた。「おいサルメ。槍を渡してやれ」

「はい団長さん」

サルメは槍を拾い、ノエミに近寄った。

「どうぞ」

サルメが両手で槍を渡す。

「くはははっ！　貴様ら！　我の実力を見誤っているぞ⁉　エルナがいれば勝てるとでも⁉　この室内で弓使いのエルナが十全の力を出せるとでも⁉」

ノエミは槍を受け取り、すぐにクルッと槍を回し、石突き付近の柄《え》でサルメの横腹を下から斜め上へと殴打。

サルメの身体が派手に宙を舞うが、サルメは床に落ちる時にちゃんと受け身を取って、すぐに起き上がった。

「痛いじゃないですか……」

サルメは涙目で言った。

「ほう。力の方向に逃げたか。さすが傭兵と褒めてやろう。まぁ、我も相当、手加減をしてやったからな」

ノエミが笑いながら言った。

サルメは打たれる瞬間に、自分で飛んだ。だから派手に舞い上がったように見えたのだ。

「うん。サルメはいい感じに仕上がってきてるね」

アスラはウンウンと頷く。

メンタル的にも、そろそろ処女を捨てさせてもいい。

「さて、どこからでも来い雑魚《ざこ》ども」ノエミが上機嫌で言う。「皆殺しにしてくれる。人数が多いからと油断し、我に槍を渡したこと、あの世で後悔するがいい」

上機嫌なノエミとは対照的に、《月花》の面々は呆《あき》れたように顔を見合わせていた。

特に身構える様子もなく、肩を竦めたり、ノエミをバカにした風に笑っている。

「いやいや、アホなことを言うなノエミ」

アスラがやれやれと両手を小さく広げた。

「なんだってお前みたいな雑魚相手に、俺らみんなで戦う必要があんだよ？」

ユルキがケタケタと笑った。

「その通りだ。何か勘違いしているぞノエミ」マルクスが言う。「自分たちはお前とは戦わない」

「……団長一人で……余裕だし……。って、団長が言ってたけど……本当に余裕？　団長……大丈夫？」

イーナはやや心配そうに言った。

アスラは昨夜のうちに、ノエミは一人で倒すと宣言していた。

「あたし、ちょっと心配なんだけど」アイリスが言う。「アスラは強いけど、それでも大英雄相手に戦えるほどじゃないと思うわ」

「まぁ、私の正当な実力は、アイリスとそう変わらないぐらいだからね」アスラが言う。「アイリスと一〇回まともに戦えば、七回は私が負けるかな」

「ノエミはアイリスより強いわよー。心配だわー」

エルナが右手を頬に添えてから小さく息を吐いた。

「団長さんが大丈夫だと言ってますから、きっと大丈夫です」

「そうそう。団長が余裕って言うなら余裕」

サルメとレコはアスラを信頼し切っている。

「貴様ら……」ギリッとノエミが歯嚙《はが》みする。「我を舐《な》めるのもいい加減にしろ……」

「別に舐めてない。私は大英雄を甘く見たりしないさ」アスラが言う。「でも、私は君に決闘を申し込む。立会人はエルナだ。文句ないだろう？」

アスラの台詞に、当のエルナが「は？」と首を傾《かし》げた。

「思いつきだがね。面白いだろう？」アスラがノエミを見ながら言う。「もし君が勝ったら、君は逃げていいよ？　誰も君を追わない。いや、それどころか私が君のペットか奴隷になってあげるよ。他にも何でも望みを言いたまえ。必ず叶《かな》えてあげるから」

アスラの提案に、ノエミは数秒呆《ほう》けてから、大笑いを始めた。

「腹が捩《よじ》れるわっ！　全員で戦えば、可能性は低いが、我に勝てる道もあったかもしれんというのに！　それを捨てるのか⁉　決闘だと⁉　その自信はどこから湧いてくる⁉　エルナは腐っても大英雄、貴様の決闘を手助けしたりしないぞ⁉」

「その通りよアスラちゃん」エルナが真剣な表情で言う。「決闘なら、わたしは誰の乱入も許さないわー。ちなみに腐ってないわよー？」

「あたし、アスラが一人で戦うとか言いながら、結局みんなが何かすると思ってたわ」

アイリスが少々引きつった表情で言った。

「いいよ別に。何の問題もない。元々、本当に一人で倒すつもりだったしね」アスラが肩を竦めた。「ほら、最近の私はちょっと団長の威厳が足りないだろう？　ここらで回復しておかないとね」

「そんなことねーっすよ？」とユルキ。

「団長は……団長だし……」とイーナ。

「特に不満はありません。団長の威厳がないとも思いませんが？」とマルクス。

「ふむ。君らはよくても、世間一般の私の評価はたったの二〇万ドーラで、しかもお飾り団長だなんて言うんだよ？　威厳が足りていない証拠さ」

「団長は威厳より胸が足りて……いぎぃやぁ！　いだぃいいぃぃぃ！」

レコがアスラに寄って行き、胸を揉《も》もうとしたのだが、アスラがレコの手を思いっきり捻《ひね》り上げた。

「真面目な場面だから控えろレコ。空気を読め空気を。吸ったり吐いたりするだけじゃダメなんだよ、空気ってやつはね」

「うぐぅ……痛いけど興奮した……」

レコは捻られた手をヒラヒラさせながら言った。

「まぁ茶番は終わりだ」アスラが真剣に言う。「ノエミ、望みを言え」

「ふん。ならば私が勝ったら、アスラ以外はみんな自決しろ。この場で」

「よし。じゃあそれで」

「ちょっとぉぉ⁉　勝手に決め……」

騒ぎ立てようとしたアイリスの口を、マルクスが塞ぐ。

「黙ってろアイリス」ユルキが言う。「団長マジみたいだから、余計なこと言うと殺されるぞ？　団、い、い、い、い、い、い、い、い、い、い、長の雰囲気が変わったことに気付け」

普段のアスラは、割とレコに甘い。

胸を触られそうになったぐらいで、手を捻り上げたりしない。

「そしてアスラ、貴様は生涯、我の奴隷だ。文句はあるまいな？」

「もちろん。それでいいよ」

アスラが軽いストレッチを始める。

「有り得んことだが、貴様が勝ったらどうする？　決闘は双方の望みを立会人に確認する必要がある」

「特にない。私が勝ったら君は死体だ。できることなどない」

「ノエミを殺されると困……」

「エルナ」イーナが言う。「黙って。……先に殺されたくなければ……」

「ふん。その根拠のない自信を粉々に砕いてやろう。愚か者め。我はアクセルのように貴様の花びらに触れたりしない。貴様のアドバンテージは魔法だけだ」

「愚か者はどっちだか。アクセルも君も、ちゃんと戦うことに慣れすぎている。私はい、い、い、い、いい、い。私は君らのようには戦わない。ただ殺すだけ。よって、君は私の影すら踏めんよ」

「口だけは達者だな」

「私は最善を尽くした。すでに。君を舐めたりしなかった。でも、君は私を舐めて油断してる。これはとりあえず、さっきのサルメの分」

アスラが指をパチンと弾《はじ》いた。

その瞬間に、ノエミの右腕が爆発した。

「ぎぃやあああああぁぁあっぁあぁあああああ‼」

右腕を失ったノエミが床をのたうち回る。

自慢の槍が虚《むな》しく床を転がる。

「ちょっとアスラちゃん⁉　まだ合図は……」

「うるせぇ、つってんだろうがエルナ」とユルキ。

「誰がこんなクズ相手に決闘なんぞするものか」とマルクス。

「……油断させただけだし……」とイーナ。

「油断って何よ⁉」アイリスが言う。「決闘でしょ⁉　油断って何のことよ⁉」

「分かりませんか？」サルメが言う。「決闘って、相手が真面目な人じゃないと成立しないんですよ？」

「合図があるまで攻撃されないいいいいいいいいいから、油断するよね、決闘って」レコが言う。「オレたちみたいなロクデナシなら、そこに付け入るよ？」

「ははっ！　戦えば君の方が強いのにね！　戦えない、ってどうだい⁉　さぁ、次は君が今までに殺した少女たちの分だよ！」

アスラが指を鳴らす。

今度はノエミの左腕が消し飛ぶ。

「な、何をしているの⁉　魔法なの⁉」

エルナはなぜノエミの腕が千切れているのか理解できない。

エルナの知る限り、アスラの攻撃魔法は花びらを爆発させるもの。

爆発はしているが、花びらなんかどこにも見えない。

「俺らも分からねーよ」ユルキが言う。「魔法が発動してんのは察知できるがよぉ、これ何だ？　俺知らねぇぞ？」

「よく見ておけアイリス！　これが私らの殺し合いだよ！　そして、かつてのジャンヌの分だノエミ！」

今度はノエミの右脚が爆散。

ノエミは奇声を発しながら転がり回る。血と肉が周囲に飛び散って酷く異様な景色が浮かんでいた。

「さて、次はいよいよ……」

「待て！　待て！」ノエミが泣きながら言う。「殺さないでくれ！　待ってくれ！　ジャンヌのことを話す！　だから待って！」

「まだ人の言葉を話せるだけの理性があるんだね」アスラが笑う。「そんな姿になっても生きていたいのかい？　でも残念。君は死ぬ。だって君、少女たちも命乞いしただろう？　君だけ助かるなんてそんな都合のいいこと起こるわけない」

アスラが指を弾き、ノエミの左脚が爆裂した。

「あ、今のは私に二〇万ドーラなんていうクソみたいな金額を付けた分だよ？　って、もう聞こえてないか」

ノエミは意識を失っている。だがまだ死んでいない。このまま血が流れれば、放っておいてもすぐに死ぬ。

けれど。

「サルメ。真剣の使用を許可する。トドメを刺せ」

「はい団長さん！」

サルメはとっても嬉《うれ》しそうに返事をした。

「これを使え」

マルクスが自分の剣を抜いてサルメに渡した。

サルメは両手でしっかりその剣を握り、四肢を失ったノエミの近くに立つ。

そして剣をノエミの胸に突き立てる。

「そのまま墓標にしておけ。マルクスには私が新しい剣を買ってやる」

「いえ、予備が拠点にありますので、別にそれで」

「やったねサルメ」レコがサルメに寄って行って、肩を叩《たた》いた。「サルメも処女を捨てたね」

「はい。やっとレコに追いつきました」

サルメは少し興奮した様子だった。

レコの時のような冷静さはない。肩で息をしているし、頬が赤い。

それでも。

私の見立てに間違いはなかったか、とアスラは思った。

メンタル的な意味だ。大森林経験前のサルメなら、取り乱すか、トリガーハッピーのようになって、相手が肉塊になるまで剣を突き立てただろう。

この場合、ソードハッピーの方がしっくりくるかな、とアスラは思った。

「……いくらなんでも、酷すぎる……」アイリスが嗚咽《おえつ》混じりに言った。「やりすぎよ……。手段も、よく分からないけど……卑怯《ひきょう》だし……相手がクズだからって、あんまりよ……。こんな卑怯で一方的な決闘、見たことも聞いたこともない……。これがあんたたちのやり方だって言うなら……あんまりにも……」

「泣くなよアイリス。これが俺らだ。試合じゃねー。殺し合いが生業《なりわい》なんだよ。殺し合いに卑怯もクソもねー。生き残った方が強い、そんだけだ」ユルキが言う。「つーか団長、何やったんっすか？今の【地雷】じゃねーっすよね？」

「これさ」

アスラが人差し指を立てると、花びらが一枚、ヒラヒラと床に落ちた。

アスラはそれを踏んでみせるが、爆発しない。

アスラが足を退《ど》けると、花びらはそこにあった。

別に当然のことなのだが、団員たちは首を傾げた。

「つまりどれさ？」とレコ。

「これは普通の花びら。生成魔法で作った花びらなんだけど、ククッ、いいかね？」アスラが楽しそうに言う。「私は今日ここに、新しい魔法の性質を確立したことを宣言する」

アスラが指を鳴らすと、さっきの花びらが爆発した。

「攻撃、支援、回復、生成、そして今日加わるのは、変化」アスラは勝ち誇ったような表情で言う。「どうだい諸君。尊敬したかね？」

「す、素晴らしい……」

マルクスが半泣きで言った。

「すげぇ、マジかよ……、俺、もしかしてとんでもねぇ人の仲間になったんじゃね？」

「……魔法の、新性質……信じられない……何百年単位で、増えてなかったのに……」

「よく分かりませんが、すごそうです」とサルメ。

「オレもよく分からないけど、団長すごい」とレコ。

「ちょっと待ってよアスラちゃん」エルナが言う。「普通の花びらを、最初から仕込んでいて、途中で爆発物に変化させたってことなの？」

「そうだよ。察しがいいねエルナ。外で会った時に仕込んでおいた。ノエミが気付かなかったから、そのまま使った。途中で気付かれないよう念のため、油断もさせた。油断していると細かいことに気が回らないからね」

「自分は、自分は団長を抱き締めたいであります！」

ついにマルクスが感動のあまり泣き出した。

「ちっ、一回だけサービスだマルクス。魔法にロマンを感じる者同士だしね」

アスラが両手を広げると、マルクスがアスラを抱き上げる。

「おいマルクス！　痛いじゃないか！　バカみたいな力で締め付けるな！　怪力を自覚しろ！

うっかり私の背骨をへし折る気か⁉」

五章　一〇話

アスラ・リョナこそが世界最大の脅威　少なくとも、わたしはそう思うわねー

　エルナは震えた。心底から震えた。

　怖い。アスラ・リョナが怖い。

「そんなの……そんなの無敵じゃない……。知らない間に、爆発物が仕込まれてるなんて……想像しただけで寒気がするわよ……」

　アイリスが言った。

　アスラが立ち上げた新性質、変化に対して言ったのだ。

　正確には、その使い方か。

「そうでもない。第一に、狙った場所に魔法を発動させるのは割と高等技術なんだよね」アスラが言う。「最初の生成魔法も、ノエミの服と肌の間、タイツと足の間とかにピンポイントで花びらを生成したんだけど、これが本当に難しい。動きながらだと至難の業。私でも戦闘開始前でないと無理かな」

「自分も、【水牢《すいろう》】を使う時は基本的に立ち止まっている」

　マルクスはサルメとレコに言った。

　サルメとレコが頷《うなず》く。

「名乗らねーけど、団長って一応、大魔法使いだからな」ユルキが笑う。「ちなみに俺らでも、自分の掌《てのひら》とかなら、動きながら全然余裕で発動可能だぜ？」

これも、サルメとレコのための補足。

《月花《つきばな》》はこうやって、要所で知識の共有を図っている。

「そ。あくまで離れた場所にピンポイントで発動させるのが難しい。大ざっぱでいいなら、まぁすぐできるようになるね」アスラが言う。「第二に、魔法兵なら躱《かわ》す。というか、最初の仕込みの時点で気付くよ。あと勘のいい奴と知ってる奴も」

「……何言ってんのよ、魔法兵なんて他にいないじゃないの。やっぱり無敵の魔法よ」

「知ってる者が少ないから、今は通用しやすい、というだけだアイリス」アスラが溜息《ためいき》を吐《つ》く。「私らが活躍すれば、必ず真似する連中が出てくるし、対策を取られる。まぁ私はその対策の更に対策もするがね」

「つーか、誰か忘れてねーかアイリス」とユルキが笑う。

「忘れているな」とマルクスが頷く。

「敵に魔法兵いるんだけど」とレコ。

「それも最強の魔法兵が」とサルメ。

「ルミアのことかしらー？」エルナが言う。「もしかしてアスラちゃん、想定してるの？　最初から、魔法使い……いえ、魔法兵と戦うことも、想定しているの？」

「当然だ。当然のことだエルナ」アスラがニヤッと笑う。「私たちこそが魔法兵。魔法への対策は他の誰よりも完璧だよ。まがい物の魔法兵の魔法なんて、私らに通用するものか。いつか、いつの日か魔法兵と戦うことも私は想定している。証拠を見せよう。躱さなきゃ殺す」

アスラが指を弾《はじ》くと、ユルキが右脚を下げた。

さっきまでユルキのブーツがあった位置に、花びらが一枚落ちる。

「【地雷】じゃねーから、飛ばなかったっす」

「ほう」

アスラが笑って、ユルキが後方に飛んだ。ユルキの近くにいたイーナも飛んだ。

次の瞬間に花びらが爆発。

「……変化は、もう見たから……」

「さすがに躱すわな」

「ちょっと待ってよ」アイリスが言う。「なんで躱せるのよ？　ユルキとか花びら見る前に足下げたでしょ？」

「自分たちは魔法の発動を察知できる。いずれ、アイリスもできるようになる。見てから避けていては遅い場合もあるからな」

「そういうこと。よって、私の魔法は無敵じゃない。割と簡単に躱せる。それに、この変化なんだけど、属性によっては何の意味もなかったりするから悲しいね。今のところ、生成魔法を途中で攻撃魔法に変化させるだけなんだよね」

「あー、それ思ったっすわー」ユルキが苦笑い。「俺とか火しか作れねーし、攻撃魔法も火だし、火を火に変化させてどうすんだって話で」

冗談じゃない、とエルナは思った。

割と簡単に躱せる？

それは魔法使いだけの話だ。いや、魔法使いで更にフィジカルも鍛えている場合に限られる。

要するに、魔法兵にしか躱せないじゃないか。

あるいは、対魔法兵用の訓練を積んだ者。だが今のところ、それもアスラたち以外にいない。

向こう一〇年は猛威を振るうことができる。少なくとも、アスラに限れば。

なんて恐ろしい。

エルナの想定より、アスラはずっと賢い。信じられないぐらい先を行っている。

そもそも、魔法の新性質を作ろうなんて考えがぶっ飛んでいる。

「まぁ、まだ確立したばかりの性質だし、今後、他の性質間の変化や、属性に関係する自然界の物質の変化も試してみるつもりだよ」

それは。

道ばたに咲いている花を、突然爆発させるということ。

可能なら、恐ろしい考え。

「素晴らしい！」マルクスが力強く言う。「これは偉業であります！　団長！　すぐに魔法書を出版するべきです！」

「ああ、そうだね。落ち着いたら、その方向に動くよ。ククッ、歴史の一ページに私の名が刻まれるということか。素晴らしいね」

「団長が歴史に残る！」レコが嬉《うれ》しそうに言う。「オレはそのお婿さんとして残る！」

「じゃあ私は団長さんの愛人として残ります！」

「いや。君たちちょっと冷静になりたまえ。お婿さんと愛人？　いやいや、普通に君らも魔法兵として名を残せ。ビックリしたじゃないか」

「団長、この二人は割と楽して強くなろうとか、楽して名を残そうという気持ちがあるようです」

マルクスが言う。「根性を叩《たた》き直した方がいいのでは？」

「そうだね。二人とも処女切ったし、訓練のレベルを引き上げよう」

アスラが言うと、サルメがビクッと身を竦《すく》めた。

レコは特に反応しなかった。

「だったら全員、英雄選抜試験に出たらどうかしらー？」エルナが言う。「自分の実力がどの程度なのか、把握できるわよー？」

アスラは危険だ。最上位の魔物並みに危険。実力も思想も、何もかもが劇薬。

側《そば》に置いて管理しなくては、とエルナは強く思った。

自由にさせてはいけない。アスラを自由にさせては、いつか世界が滅ぶかもしれない。そんな風に思えるほど、強烈な恐ろしさがある。

「まだ言ってるのかいエルナ」アスラが笑う。「出ないと言っただろうに。それに、サルメやレコが出たところで、一次すら通過しないだろう？」

「いつか通過できたら、それがそのまま成長した、ってことだわー。分かり易《やす》いじゃないのー」

「そうだね。確かに分かり易くはあるね。ただ、マルクスはもう二次まで通ってるし、アイリスは英雄。出るならユルキ、イーナ、サルメ、レコの四人かな。ユルキとイーナは二次さえ通れば英雄候補になれるだろうね」

「げっ、それ命令っすか？」

「……めんどい……。命令じゃないなら、断る……」

「と言っても、日程的に次は三次なのよねー」エルナが言う。「だから出られるのはマルクスと、アスラちゃんねー」

「は？　私は英雄候補じゃないぞ？」

「これ渡したかったのよねー」

エルナが暗い茶色のベストの裏ポケットから封書を取り出し、アスラに渡した。

アスラが中身に目を通す。

「……一次合格通知？　いつ受けたんだい私は」

「よく読んでー。英雄三人の推薦で免除合格よー」

「エルナ、アクセル、それからアイリス？」

アスラがアイリスを睨《にら》み付ける。

「だ、だって、アスラって強いじゃない!?　英雄のレベルにある、って言っただけよあたし！」

アイリスがエルナを見る。

エルナはニコニコと笑った。

何がなんでもアスラ・リョナは制御する。

強引にでも側に置く。少なくとも、手の届くところに。

英雄という鎖で縛っておく。

「二次はわたしが担当したことにして、合格にしとくわねー」

「それ不正だろう？」とアスラ。

「いいのよー。面と向かってわたしとアクセルに文句言える子いないものー」

本当は何人かいる。

けれど、アスラの強さを見たら黙るはず。

大英雄を魔法のお披露目代わりに惨殺するような少女なのだ。

アスラを側に置くべきという意見は通る。

というか、他の英雄たちを説き伏せる自信が、エルナにはある。

「まぁ出ないがね」

「出てもらうわよー？　わたしを立会人にしたくせに、わたしの合図を待たなかったし、ノエミを殺されると困ると言ったのに、殺したわー。おかげで貴重な情報源を失ったのよー？　傭兵《ようへい》として、その辺りの責任はどうするのー？　わたしたち、共闘関係なのよー？　そうよねー、マルクス？」

「う……」とマルクスが言葉に詰まった。

「そんな報告受けたかなぁ？」ニヤニヤとアスラが笑う。「マルクス？　報告は大切だと教え忘れたか私は？」

「いえ、すみません……昨夜はバタバタしていたので……」

「ふん。今回罰を受けるのは私とマルクスのようだね。私は雑魚《ざこ》に拉致された罰で、マルクスは報告を怠った罰だ。共闘関係自体は問題ない。フルマフィ撲滅には最善だと思っての行動だろう？」

「はい……。こちらにも都合がいいかと……。報告忘れは本当に申し訳ありません」

マルクスは大きな身体を小さく丸めて項垂《うなだ》れている。

「なんだかんだ、団長いつも罰受けてて笑う」レコが言う。「今度こそいっぱいエロいことする」

「つーか、毎回罰受けるのが団長と副長ってどーなんだ？」

「……どーなんだろね……」

ユルキが苦笑いして、イーナが溜息を吐いた。

「それでー？　出てくれるわよねー？　傭兵って信用が大切でしょー？」

「……ちっ、一回だけだよ？　それで共闘関係の君の意見を無視した件はチャラ」アスラが言う。「マルクスが最初に共闘関係を報告してくれていたら、私は情報を聞いてから殺したのに」

アスラがマルクスを睨む。

マルクスは更に小さくなった。

「てゆーか、なんで何も聞かずに殺したのよ？　しかもあんなに残虐に……」

アイリスが不思議そうに言った。

「聞く価値すらないね。それほどのクソ女ってことさ。というか、あいつ簡単にジャンヌを売ろうとして面白かったね」

「本当それっすね」ユルキが楽しそうに言う。「クズ・オブ・クズってとこっすね」

「でも……サッパリした」

イーナが晴れやかな笑顔で言った。

「はい。ザマァミロ、と思いました」とサルメ。

「団長、あっちの二人はどうするの？」

レコが部屋の隅で震えている修道女を指さす。

「逃がしてやれ。昨日聞いた以上のことは知らないだろう。私らの恐ろしさ、特に私がどういう人間か広めてもらう」

修道女たちはジャンヌの居場所を知らない。まぁ、下っ端なので当然だが。

「それでー？　これからどうするのかしらー？」

アスラたちの動向を知っておきたい。

アイリスが監視をしていると言っても、アイリスはエルナほど賢くない。

事前に知れることは知っておきたい、というのがエルナの本音。

「うん。せっかくラスディアにいるんだし、少し遊ぼう。それから訓練して、予定通りアーニアを目指す。ラスディア滞在中に新しい情報が得られたら、それを加味してまた考えるよ」

「……やった、カジノ行く……」

イーナがガッツポーズ。

「いいね。みんなでカジノ荒らしだね」アスラが笑う。「それからエルナ、悪いけど、イルメリを家まで送ってやってくれ。たぶんもう、私には寄りつかない」

「いいわよー。じゃあ、ここの後始末よろしくねー？　中央の英雄たちがノエミの死体を引き取りに来ると思うわー。鳩《はと》を飛ばしておくから」

「後始末なんてしないよ？　私らはこのまま出る。死体を回収するなら勝手にしたまえ」

◇

アスラの予想と反して、イルメリはアスラに会いたがった。

だから、アスラは会った。

というか、エルナが宿に連れて来たので、ほとんど不意打ちのような状態で会うことになったのだ。

ここは宿のロビー。周囲に《月花》の関係者以外はいない。

他の客がいると不便なので、貸し切ったからだ。

「アスラお姉ちゃん……、イル、お姉ちゃんのこと忘れないよ？」

「ああ。私もイルのこと忘れないよ」

もう会うことはないだろう。

アスラとイルメリの道は違いすぎる。

「首ナシ死体は、忘れたいけど」とイルメリが少し笑った。

「だろうね。悪かった」

「ねぇアスラお姉ちゃん、イルをいっぱい励ましてくれてありがとう」

「ああ。イルも私の話し相手になってくれてありがとう」

「歌いながら帰るね！　すかーぼろーふぇあ！」

「ああ。いい歌だろう？　さよならイル」

アスラが手を振り、イルメリも手を振った。

エルナがイルメリの手を繋《つな》ぎ、宿を出た。

「信じられないようなクズと、信じられないような無垢《むく》な少女と会った」アスラは独り言のように言った。「これだから、世界は面白い。前世の世界も好きだけど、私はこの世界が好きだよ」

五章　一二話

神々は黄昏れて聖戦の始まりを予感した

「あたくしはこの世界が大嫌いです」

ジャンヌはムスッとした表情で言った。

ここはジャンヌたちが根城にしている中央フルセンの古城。かつて謁見《えっけん》の間であった場所。

玉座はすでに朽ち、ジャンヌは背もたれも肘置きもない簡素な椅子に座っていた。

ルミアはその安っぽい椅子に見覚えがあった。

「だから、滅ぼします。中央の人間はみんな殺します。西の人間もみんな殺します。東の人間も同じです。大聖堂を破壊し、考古遺跡を塵《ちり》にして、ハルメイ橋を落とし、自由の塔を引き倒し、女は犯します、男も犯します、子供も老人も犯して、残虐に、なるべく残虐に絶滅させます。人間という種族をこの世界から消し去って、そこに新しい楽園を築きます。救済です。これが救済。人類以外の種のための救済」

ジャンヌの前に立っているルミアは、息を呑《の》んだ。

凄《すさ》まじいまでの憎悪。人間に対する憎悪。

神性を持つ者は必ず何かを救う。ジャンヌの場合、人間以外の種族。

ちなみに、ジャンヌの隣にはティナが立っている。

ジャンヌはルミアに自分の計画を話してくれた。

全てではなく、前半だけだが。

「もちろん、建前は違います。あたくしは人類の救済を謳《うた》っています。ふふっ、用が済めば自分たちも始末されると、あたくしの部下たちは知りません」

壊れた笑顔。ジャンヌの笑顔は毀《こぼ》れている。

「さてルミア。ノエミも死んだという話ですし、計画の実行を早めようと考えています」

ノエミが死んだのは昨日。

「だから、言ったでしょ？」ルミアが言う。「アスラは、傭兵団《ようへいだん》《月花《つきばな》》は危険だって」

「ルミアはそう言いますけれど」ティナが口を挟む。「普通に考えて、ノエミに勝てる人間が姉様以外にいるというのが有り得ませんわ。大英雄ですのよ？」

腐っても、ノエミ・クラピソンは大英雄。

けれど。

「立場なんて関係ないわよ。アスラに殺せない人間なんていないの。たぶんノエミは戦うことすら、できなかった」ルミアが肩を竦《すく》めた。「唯一、アスラに対抗できるのは、アスラと同じことができるわたしだけ」

人間に限れば、という話。

ティナならば、アスラの戦術を戦闘能力だけで跳ね返せる可能性がある。

「ふむ。どうであれ、ノエミが死んだのは嬉《うれ》しいですね」ジャンヌが少し笑う。「清々しました。あたくし、何気にノエミ嫌いでしたので」

「はいですわ。実はぼくも嫌いでしたの」

「わたしだって嫌いよ」

それでも、ジャンヌはノエミが有能だから使っていたのだ。

愛も情も何もない。ジャンヌはノエミをただの下僕として扱っていた。

「というわけで、今日からルミアが中央のゴッドハンドです」

「え？」

ジャンヌがあまりにもサラリと言ったので、ルミアは目を丸くした。

「頑張ってください。地方単位の長《おさ》がいないと不便ですので」ジャンヌが言う。「東はミリアム、西はニコラなので、ルミアならすぐ打ち解けるでしょう」

「ニコラって、ニコラ・カナール？」

「はい」とジャンヌが頷《うなず》く。

かつて、ルミアが最後まで信頼していた男。初陣から終戦まで、ニコラとはずっと同じ釜の飯を食った。

「そう。彼も生きていたのね……」

ルミアはホッと息を吐いた。

《宣誓の旅団》は解体され、その多くが戦争犯罪で逮捕された。処刑された者もきっといるはず。

「ティナ。アレを持って来てください」

「はいですわ」

ティナがトテトテと走って、謁見の間の奥の部屋へと移動。

「アレって何かしら？」

「お楽しみです」

ジャンヌが子供みたいに笑った。

ジャンヌは安定している時と不安定な時の落差が激しい。今は安定している。こういう時は何を言っても叩《たた》かれない。

とはいえ、不安定な日の方が多いので、ルミアの尻は酷《ひど》いことになっているが。

今もズキズキと痛む。回復魔法の禁止がやはりキツイ。

でも、良かったこともある。ルミアが叩かれるようになってから、ティナが叩かれなくなった。

「そう、じゃあ楽しみにしておくわ」ルミアが肩を竦めた。「それより、話を戻すけれど、本当にそんな方法で世界を滅ぼせると思っているの？」

ジャンヌの計画はあまりにも粗すぎる。

それに、仮に上手くいっても膨大な時間が必要だ。

「あたくしが始める戦争のことを言っているなら、それは序曲に過ぎません」

「やっぱり、まだ何かあるのね？」

戦争で世界を滅ぼすなんて、夢物語に近い。

不可能だとは言わないが、限りなく不可能に近いのだ。

たとえ、どれほど世界が憎くても。

それに、とルミアは思う。

戦争なんか始めたら、嬉々《きき》として《月花》が、アスラが出てくるに決まっている。

「ルミアなら、どうします？　世界を壊したいと心から願ったなら、そしてそれを実行するとしたら」

「そうねぇ……」

ルミアは思考する。

アスラの元で培った知識、戦術、戦略、それらを余すことなく鍋に突っ込み、グルグルとかき回すような感じで。

そしてある閃《ひらめ》きを得る。

わたしがどうするか、ではなく。アスラなら？　アスラ・リョナならどうするか？

切り口の変更。

ルミアは一〇年もアスラと一緒に過ごした。それでも理解できない部分は多々あるが、世界中の誰よりもアスラを知っているという自負がある。

「……《魔王》を使う……かしらね？」

単独で世界を滅ぼせるような武器や魔法は存在していない。

であるならば、超自然災害の活用が最善か。

「いいですね。どう使います？」

「……英雄の皆殺し」ルミアが言う。「わたしたちが殺すのは英雄だけで十分。そうすれば、放っておいても《魔王》が世界を滅ぼしてくれるわ……たぶんね」

《魔王》に関しては分かっていないことが多すぎる。

たとえば、どの程度活動できるのか、とか。

もし英雄たちが倒さないなら、《魔王》は世界を破滅させるまで動き続けるのか？

「……ルミア」ジャンヌが少し驚いたように言う。「あなたは少し、壊れていますね」

「壊れている？　わたしが？」

ジャンヌにだけは言われたくない、とルミアは思った。

「自分の発言の恐ろしさを理解していますか？　そして、それは確かに可能かもしれないのです。理解していますか？　今、ルミアは何の躊躇《ちゅうちょ》もなくこの世界を滅ぼす案を出したんですよ？」

「仮定の話よ。それに、英雄を皆殺しにできるのなんて、アスラかジャンヌ姉様ぐらいでしょ？」

それでも膨大な時間が必要だし、最悪は途中で英雄たちに囲まれる。

アスラにせよジャンヌにせよ、五人以上の英雄に囲まれたらさすがにキツイ。

「だとしても、です。それより、《魔王》を使うというのはあたくしも考えました。《魔王》になぜ個体差があるか、ルミアは知っていますか？」

「いえ、知らないわ」

《魔王》はあくまで人間側がそう認定するだけで、同じ《魔王》が何度も出現しているわけじゃない。

姿形から大きさ、その戦闘能力まで、割と幅がある。

「なぜかと言うと……」

「姉様、持って来ましたわ」

ティナが両手で何かを抱えて小走りで寄って来た。

その何かは小綺麗《こぎれい》な布でクルクル巻かれている。

大きさ的には大剣ぐらいかしら、とルミアは思った。

「《魔王》の話は今度にしましょう」

ジャンヌが立ち上がる。

ティナが布で巻かれた荷物をジャンヌに渡す。

ジャンヌがサッと布を外した。

そして。

布の中から出てきたそれは。

ジャンヌの右手に握られているそれは。

「わたしの……剣？」

かつて、ユアレン王国最高の鍛冶師《かじし》がジャンヌ・オータン・ララのためだけに打ったクレイモア。

数多《あまた》の金と膨大な時間を使って製作した、技術の結晶。

伝説に残っているような規格外の武器を除き、史上最高の剣と名高いそれは、
神々の黄昏《たそがれ》――ラグナロクと命名された。

終末の日、という意味が含まれているのだが、それはユアレン王国に敵対する国の終末、という

意味だった。

軽く、扱いやすく、最高の切れ味と耐久力を備えた剣。

一〇〇年もすれば『伝説の武器』に名を連ねるだろうと言われたほどの傑作。

「プレゼントです。懐かしいでしょう?」

「ええ……。あの頃を思い出して感傷的になる程度には、懐かしいわ」

「あたくしも何度か使いましたが、これぱっかりはルミアの方が似合うと思います」

ジャンヌがスッとラグナロクを差し出す。

ルミアがそれを受け取る。

あの頃と変わらない、目映《まばゆ》い刀身に息を呑んだ。

「ですが、今はあたくしがジャンヌです。それは妹へのプレゼントです」

「ええ。ええ、ありがとう姉様……素直に嬉しいわ」

もう二度と、ラグナロクを手にすることはないと思っていた。

「鎧《よろい》も一応、回収しているのですが、きっとサイズが合いませんね。ルミアは昔より太……いえ、肉感的になっていますので」

今わたし、デブになったたって言われたの!?

一〇代の頃のルミアは、確かに今より細かった。というか、引き締まりすぎていた。体脂肪も低かったので、胸のサイズも今より小さかった。

「そういう姉様も、昔よりやや丸くなってるわよ?」

ルミアが言うと、少し気まずい沈黙が訪れた。

ルミアは二八歳で、ジャンヌは二六歳。一〇代の頃と違うのは当たり前のこと。

特に、ずっと最前線で重たい鎧を装備して、大剣を振っていた頃と比べたら筋肉量は落ちて当然。

それでも、ルミアにせよジャンヌにせよ、そこらの一般的な女性に比べると、引き締まっている。

「ふ、二人ともメスとして魅力的ですわ」ティナが慌てて言う。「ぼくなんて、こぢんまりしてて、一七歳なのにもっと年下に見られますのよ？」

「……まぁ、いいでしょう」ジャンヌが息を吐く。「それよりティナ。招集をかけてください。集まり次第、フェイズ一を開始します」

戦争が始まる。

多くの人を巻き込む、復讐《ふくしゅう》のための戦争が。

アスラなら、きっと喜ぶわね、とルミアは思った。

EX ○七

魔法少女アイリス！ さぁ何属性になるのかな？

宿屋のロビーで、アイリスは配達員から手紙を受け取った。

「アイリス、聞きたいんだけど、手紙ってどういうシステムで届くんだい？」

ロビーのソファで読書をしていたアスラが、本をパタンと閉じた。

「え？　アスラもしかして手紙知らないの？」

アイリスは手紙の封を切りながら、アスラの対面のソファに腰を下ろした。

ノエミを残虐に殺した二日後の午前中。

昨日は全員完全にオフの日だったが、今日は違う。

サルメとレコが一生懸命にドアを蹴破る練習をしていて、その音が宿の中に響いている。

ちなみに、宿のドアは全てアスラが店主から買い上げたので、壊しても問題ない。

アイリスも蹴破る練習に参加していたのだが、一発で蹴破れてしまったので、もうやることがない。

「生まれてこのかた、誰かに手紙を出したことがなくてね」

アスラが肩を竦《すく》めた。

ユルキ、イーナ、マルクスの三人は昼までオフなので、それぞれの部屋で好きに過ごしている。

ユルキはきっと寝ていて、マルクスは筋トレだろう、とアイリスは思った。

イーナが何をしているのか、アイリスには予想できない。

「各国にね、配達機関があるのよ」

アイリスはちょっとだけ自慢気に言う。アスラに物を教える機会は滅多にない。

「ほう。郵便局みたいなものだね。それで？」

「だいたいは国が運営してるんだけど、アーニアとかは民営化されてるわね」

「アーニアはこの世界じゃ、かなり先端を行っている。貴族による領主制を廃止しているのが最高だね。ボンクラ貴族が領主になったら、領民はたまったもんじゃない」

「うちはちゃんと治めてるわよ⁉」

アイリスの家は小貴族なので、田舎の小さな領土しか管理していない。

「君の家の悪口を言ったわけじゃないよ。手紙の話を続けて。鳩《はと》を使うんだろう？」

確か地球の鳩より遙《はる》かに賢くて、場所を覚えることのできる鳩だったはず、とアスラは思った。

「そーよ。基本的には、他国に手紙を出したい時は配達機関にお金を払って、鳩を飛ばしてもらうの。そしたら、相手国の配達機関に鳩が届いて、そこから配達員が手紙を宛先に届けてくれるのよ」

「ふぅん。それはまぁ分かる。が、君のように移動していた場合は？　君、住所ラスディアじゃないだろう？」

「ああ、これはね、英雄用の手紙なの」

アイリスが手紙を封筒から取り出す。

「当然、英雄特権で無料なんだろうね」

アスラが肩を竦めた。

「そうよ。でもこれ、業務連絡用の手紙よ。封筒がね、茶色でしょ？　茶色だと業務連絡なの。あたしがアクセル様に手紙送る時も、茶色の封筒で送るのよ」

アイリスが手紙の中身に目を通す。

「どうしてそれが君の元にちゃんと届く？」

「えっと、これは一斉送信の手紙だから、あたし宛ってわけじゃないわよ」アイリスは手紙を見ながら言う。「強《し》いて言うなら英雄宛」

「だから、なぜ英雄にちゃんと届くのか聞いているんだよ私は。英雄は頻繁に移動してるだろう？」

アスラがやれやれと溜息《ためいき》を吐《つ》いた。

「全部の国に鳩飛ばすのよ」アイリスが顔を上げた。「英雄は英雄特権で全ての国を通過できる。何の審査も持ち物チェックもなくね」

「それはまた、麻薬を売るにはうってつけだね」

「普通はそんなことしないもん」アイリスがムッとして言う。「で、義務として関所で名乗らなきゃいけないのね。ノエミは無視してたみたいだけど、今、英雄の誰それがこの国にいますよってことを明確にしなきゃいけないの」

「それで君、国を移動する度に税関……えっと、関所の憲兵に名乗ってたのか」

「そ。その情報は憲兵団と配達機関で共有されるの。英雄宛の鳩が飛んできた時に、ちゃんと英雄に手紙を届けられるようにね」

「なるほど。どこの国にいるかさえ分かったら、あとは憲兵の情報網で君の居場所を掴《つか》み、手紙を配達する、と。なかなか上手なシステムだね」

「アスラにも知らないことあるのね」

アイリスはとっても嬉《うれ》しそうに言った。

「そりゃそうさ。私は全知全能の神じゃなく、ただ頭がいいだけの人間だからね」アスラが小さく笑った。「で？　その手紙の内容は？　ジャンヌに関することだろう？」

「そうよ。フルマフィ撲滅に手を貸すよう命令してるわね。最後に、アイリスは現在の任務を続けること、って書かれてたから、あたしはあんまり関係ない感じよ」

「つまり、全ての英雄がアイリスだけは今の任務を続けていると知るわけか」

「そうよ。基本、全部同じ内容の手紙だもの。あ、これは代筆屋さんがいっぱい書いてくれるのよ。だからアクセル様が実際に書いたのは一通だけ」

「ま、コピー機もないし、そうだろうね」

「アスラってたまに知らない言葉使うわよね。自作の言葉なの？」

「……そういうことにしておこうかねぇ」

「団長さん！　私！　ドア蹴破れました！」

サルメが嬉しそうに駆け寄ってきた。

「そうか、じゃあ次は一発で蹴破れるようになるまで練習したまえ。心配するな。全てのドアを壊していい」

「は、はい……」

サルメはしょんぼりしてアスラから離れた。

「あれ、褒めて欲しかったのよ？」とアイリス。

「知ってるよ。一発で蹴破れるようになったら、褒めてあげるさ。一発じゃないと意味ないしね」

「まぁ、そうだけど……」

ドアを蹴破るのに時間をかけるわけにはいかない。

「君は教えたら一発でできた。さすがの才能ってとこだね」

「あたしの方があの二人より鍛えてるし、初めてだったけど、ドアぐらいなら余裕よ」

「そうだよね。ドアも蹴破れない英雄とか笑いものだね」

「それより魔法、教えてよ。ノエミを殺したやり方は、あたし嫌だけど、魔法がすっごく強いってのは分かったわ」

「別に強くはない」アスラが言う。「世間一般の認識は正しいよ。魔法で人を殺すより、剣で斬《き》り殺す方が早いし楽だね。でも、私らみたいなやり方をするなら、魔法は有効な武器の一つさ。主軸と言ってもいい」

「あたしも魔法兵になるんだってば！　でも、あたしは人を殺すより、人を守りたい。そういう魔法兵になりたいの！」

「いいんじゃないかな。技術をどう使うかは君の自由だ。とりあえず、闘気が使えるならＭＰの認識はもうできるだろう？　取り出すのはどう？」

「闘気の感覚だと、MPを身体に巡らせるんだけど、取り出すってなると、こうかな？」

アイリスは自分の掌《てのひら》に魔力を集中させた。

「……一発か……若干、ムカックね」アスラが苦笑い。「私ですら、数日かかったのに」

才能。

アイリスはあまりにも愛されすぎている。

でもそれは優しい神様じゃなくて、戦神だ。

アイリスがもし、アスラ側に堕《お》ちたなら、それこそ人類の脅威となり得る。

とはいえ、アイリスはあまり頭が良くないので、なんだかんだ、脅威になり損ねそうだが。

「すごいの？」とアイリス。

「すごいよ」アスラが言う。「あるいは、英雄にはさほど難しいことじゃないのかもね。基本となるMPを、闘気としてすでに利用しているから」

まぁ、戦士としてのプライドがあるので、英雄たちが素直に魔法を習うとは思えないけれど。

「みんなが魔法使えるようになったら、アスラたちの利点減っちゃうんじゃない？」

「いいよ別に。魔法が全てじゃないし。対策の対策をするし、新しい性質も生み出すし、追いつかれる気はしないよ。それより、属性変化を試そう。みんなを呼んできてくれ。説明を交えながらやろう」

◇

「基本六属性を言ってみろレコ」

アスラはロビーのソファに座ったままで言った。

「火、風、土、水、闇、光」

レコが指を折りながら言った。

レコはアスラの隣に座っている。逆隣にはサルメ。

対面にアイリス。その隣にユルキ。逆隣にイーナ。マルクスは立ったまま。

「レア属性は？　サルメ」

「はい。闇がレアです。あまりいません」

「そう。闇は少ない。この基本属性は、実際に変化させてみないと何になるか分からない。が、ある大魔法使いはその人物の人格と人生が大きく関わっているのではないか、という仮説を立てた。私もある程度、その仮説に賛成だね」

「俺の火は、俺が燃えるような人生歩んでたとか、そういう感じっすか？　ピンとこねーっすね」

「……あたしの風は？」

「イーナは風っぽい」とレコ。

「はい。イーナさんは風っぽいです」とサルメ。

「てゆーか、アスラは固有属性になる前は何だったの？」アイリスが言う。「すっごい闇っぽいけど、花は全然闇っぽくないし、固有属性と基本属性の間には関係がないの？」

「関係はあるだろう。そして私は闇じゃない」

「え？」とアイリス。

「……え？」とイーナ。

「闇っすよね？」とユルキ。

「人格が関わるなら闇でしょう」とマルクス。

「団長さんは闇だとばかり……」

「オレ的には光だよ、団長は。オレの光、なんちゃって」

「私は土だよ」

アスラは自分の属性に納得している。前世も含めれば、土が一番しっくりくる。砲弾で抉《えぐ》れる大地、巻き上がる土煙、戦車が立てる砂煙。

ああ、まさに土だ。

しかし、みんなは納得できなかったようで、首を捻《ひね》っていた。

「まぁ、人格よりは人生の方が影響している、と思うがね。それでも仮説は仮説。絶対に正しいわけじゃない。そこで、アイリスが何属性になるか賭けよう」

「んじゃあ、俺は光っす。いくら張るんっすか？」

「一人一〇〇〇ドーラでいいだろう。遊びさ。ルミアがいなくなってしまって、回復に困っているから私も光であって欲しいが、たぶん水だろう」

アスラがテーブルに一〇〇〇ドーラ札を置いた。

続いて、他の団員たちも一〇〇〇ドーラをテーブルに置く。

「光っぽいですが、ルミアさんとはタイプが違いますし、火じゃないでしょうか？」

「それなんだよね」レコが言う。「人格がルミアと違いすぎる。って、ルミア光じゃなかったよね？」

「固有属性・天だが、元は光だよ」

「……アイリスとルミアは人生も……人格も違う……でも、あたしらとも、違う……。強いて言うなら、マルクスと同じ水……」

「あえて風に張ってみるか」マルクスが言う。「他に風に賭ける者がいなければ、自分は総取りになる」

「闇はレアだし、アイリスは闇だけはないと思うし……」レコが言う。「団長と違って胸はそこそこあるから、土も違う……。うーん。でもやっぱり光っぽいからオレ光」

「よし。火ならサルメの総取り。風ならマルクスの総取り。光ならユルキとレコの山分けで、水なら私とイーナの山分けだ」

「ってゆーか、属性変化ってどうやるのよ？」アイリスが言う。「今日やって今日できるものなの？」

「属性変化自体はすぐできるよ。自分の属性を知るだけだし。まず自分の掌にＭＰを集めて」

アスラが言うと、アイリスは掌を上に向けて、言われた通りにした。

「さて、暗闇をイメージしたまえ。掌の上のＭＰに暗闇をイメージするんだ」

アイリスは自分の掌をジッと見詰めてイメージしたが、特に変化は起こらない。

「ふむ、やはり闇は違うようだね」

「じゃあ次光！　光やって！」とレコ。

アイリスが光をイメージすると、掌が僅《わず》かに輝きを見せた。

「おや？　どうやら光のようだね。レコとユルキの山分けか。私は外れたが、まぁ光なら便利でいい」

「あたし光属性なのね」アイリスはまだ掌を見ている。「これ、どうすればいいの？」

「消していいよ。性質変化はさすがにパッとできるもんじゃない。今度ゆっくり教えるよ」

アイリスが手を何度か振ると、輝きが失われる。

「まぁ、見たまんま光だったな」とユルキ。

「……団長が人格とか言うから……騙《だま》された……」とイーナ。

「いや、アイリスの人格なら光でいいだろう。ルミアと比較したのが間違いだ」とマルクス。

「さて、アイリスの属性も分かったことだし、昼からみんなでカジノに行こう。でも遊びじゃなくて訓練だ」アスラが言う。「罰金として払った一万ドーラを持って、帰る時には一〇万ドーラ持っていればいい。それで合格」

前回の件でのアスラとマルクスへの罰は、普通に罰金だった。

ルミアがいないので、身体的ダメージを与えると回復に時間が必要だから。

レコはエロいことを主張したが、アスラが本気で嫌そうだったので、レコは「そんなにオレにエロいことされるの嫌なんだ……」と軽くショックを受けて取り下げた。

嫌だから罰になる、とアスラは言ったが、レコの方がもうやる気を失ったのだ。

ちなみに、罰金はマルクスとアスラが全員に五千ドーラずつ支払うというものだった。

「全ての技術を使え。手段は問わない。一万ドーラ持って入って、一〇万ドーラ持って出る。簡単だろう？　アイリスも参加だよ。これは訓練だから、全員参加。いいね？」

EX 〇八

さぁギャンブル回の前編だよ！ ジャンヌ？ 放っておけ！

サルメはカジノのフロアを一通り見て回ってから、休憩用のソファに腰を下ろした。

「オレたちにできそうなの、なかったね」

レコがサルメの隣に腰を下ろした。

ここは傭兵団《ようへいだん》《月花《つきばな》》が滞在している宿から一番近いカジノ。

「そうですね……。どれも難しそうです……」

生まれてこの方、サルメはギャンブルをやったことがない。

「でも一〇万ドーラ作らないと、団長に怒られるよ？」レコが言う。「それも興奮するけど、見捨てられるの嫌だし、ちゃんと達成したいな、オレ」

「私だってそうですよ。あ、興奮するってことじゃなくて、達成したいってことです」

「休んでても仕方ないし、とりあえず団長の様子でも見に行ってみる？」

「参考になるといいのですが」

言いながら、サルメが立ち上がる。

レコも続いて腰を浮かせた。

◇

「おいおい嬢ちゃん、ここは高レートの席だぜ？」

アスラがブラックジャックの席に座ると、隣のオッサンが言った。

「知ってるよ。場代が一〇〇〇ドーラだろう？」

言いながら、アスラは一〇〇〇ドーラ札をテーブルに置いた。

「混ぜておくれよ。初心者だが、興味あってね。ルールの説明をしておくれ」

「私はディーラーのヨルと言います」小綺麗《こぎれい》なスーツを着た女性が言った。「ここでは、ディーラーである私と、プレイヤーの皆さんが戦う普通の形式か、あるいは全員が敵というデスマッチ形式の二種類の遊び方があります」

「今はどっち？」とアスラ。

今日のアスラはいつものローブではなく、小綺麗な赤いドレスを着ていた。髪の毛はツインテールの形に括《くく》っている。パッと見、上品な貴族の子供に見える。

「デスマッチです。参加しますか？」

「もちろん」

アスラがテーブルを見回す。

ディーラーのヨルとアスラを除けば、プレイヤーは三人。

話しかけてきたオッサンはたぶん一般人だが、ギャンブル慣れしているように見えた。

残り二人も、高レートの席にいるのだから、金持ちかギャンブラーのどっちか。もしくは両方。

「デスマッチでは、勝った一人が場に出ているドーラを全て回収できます。同点ですと、二人で山分けという形になります」

「オッケー。ブラックジャックの方は？　特殊なルールはあるかね？」

「ありません。二一が最高得点で、二一を超えたら豚《ブタ》となります。絵札は全て一〇として扱い、エースは一か一一のどちらでも、都合のいい方として使えます」

「こちらで選べるのはヒット、スタンド、それからドロップか？　レイズは幾らまで？」

ヒットはカードの追加。スタンドはそのまま勝負。ドロップは勝負を降りるということ。レイズは賭け金の上乗せ。

「レイズは現在一万ドーラが上限となっています」

「了解。始めよう。デスマッチなら、配るのは誰？」

「面倒でしょうから、私が配りますが、配りたいならどうぞ」

ヨルがカードをシャッフルしながら言った。

アスラは大げさに肩を竦《すく》めた。面倒だから配らない、という意味。

ヨルは最初に表向きにしたカードを順番に配った。

アスラのところにはクローバーのエース。

「おや。これはいいのが来たね」

続いて、ヨルが裏向きのカードをみんなに配った。

アスラは裏向きのカードを他のプレイヤーに見られないように少しだけ捲《めく》って確認。

他のプレイヤーとヨルも同じ動作を行う。

「ほう。ビギナーズラックってあるんだね。ヒットとかの順番は？」

「私からです。ヒット」

言いながら、ヨルは裏向きのカードを一枚自分の場に置き、すぐに一〇〇〇ドーラ札を置いた。

なるほど、ヒット一回につき金を払うのか、とアスラ。

「レイズ」

ヨルから見て右側の女性が一〇〇〇ドーラを場に出した。

これ以降、ドロップしない限り全員が必ず一〇〇〇ドーラを場に出さなくてはいけない。

「スタンド」

アスラの左の男性が、一〇〇〇ドーラを置く。

「レイズだ」

アスラは最初のレイズ分一〇〇〇ドーラを置いたあと、更に一〇〇〇ドーラを足した。

「お？　嬢ちゃん、割といいのが来たんだね？　スタンド」

オッサンが二〇〇〇ドーラを場に置いた。

ヒットしなかったので、それなりの手ということ。

見えているカードは九だ。裏のカードが絵札なら一九になる手。強い手だ。

「スタンドです」

ヨルが二〇〇〇ドーラを置く。

「レイズよ。お嬢ちゃん、悪いけどわたしもいい手が来てるのよ」

最初にレイズした女性が笑い、一〇〇〇ドーラ追加。

金髪で、見るからに裕福そうな身なり。

見えているカードは絵札。これも強い。

が、裏を向いている方のカードが、本当に強いかは分からない。

「初っぱなから飛ばすねー」男性が言いながらドーラを置く。「ブラフくせぇよおばさん。スタンドだ」

男性の見えているカードは七。裏がエースでも一八。弱くはないが、強いとも言い切れない。

「私は二一だよ。レイズ」

アスラが更にドーラを追加。

これで四〇〇〇ドーラのレイズ。場代の一〇〇〇と合わせて五〇〇〇ドーラ。

「嬢ちゃんはギャンブルを分かってない」オッサンが言う。「本当に二一なら、黙って賭け金を釣り上げればいいんだ。二一なんて言われると、降りるかもしれないだろう？　ドロップ」

オッサンはもう場に金を出さなかった。

ドロップする場合は、金を積まなくていい。

降りれば傷が浅く済む、というわけだ。

「まぁ、ビギナーズラックはあります。ドロップ」

ヨルも降りた。

「おや？　私は失敗したのか？　せっかくの二一なのに、みんなが降りたら面白くない」

「お嬢ちゃん、ポーカーフェイスって知らないの？」女性が言う。「いい手でも悪い手でも、淡々としているのが一番いいのよ、ドロップ」

さっきお前もいい手が来たと言ったじゃないか、と思ったけどアスラは言わなかった。

「嬢ちゃんのブラフ、とは思えない。が、遊んでやる。スタンドだ」

男性がドーラを置く。

「ありがとう。レイズ」

アスラが更に金を積む。

「マジかよ。レイズするならドロップ」

「え？　遊んでくれるんじゃないのかい？」

「スタンドで勝負するって意味だ。俺だって無尽蔵に金持ってるわけじゃねぇ。傷は浅い方がいい。ま、嬢ちゃんの総取りだ。良かったじゃねぇか。二一見せてくれよ」

「嘘《うそ》に決まってるだろう。ビギナーズラックなんて、そうそうあってたまるか」

アスラがカードを開くと、三だった。

エースと合わせても最大で一四にしかならない手。

アスラ以外の全員が、目を丸くする。

「一四で……あんだけ強気のレイズしてたのか……」

「こりゃ嬢ちゃんに一杯食わされたな……」

「ドロップしなければ、わたし勝ってたじゃない……」

「なるほど。初心者の振りをして、全員を降ろす策略だったわけですか。やりますね。クソ度胸です。ギャンブル慣れしていますね。次は私も本気で相手します。まさか逃げませんよね？」

「もちろんだとも。君らも続けるのかい？　だとしたら、君らは私の天使だよ。無償で私に金を譲ってくれるわけだからね」

アスラが笑う。

カードゲームなど、結局のところ心理戦だ。

であるならば、アスラに負ける要素などない。イカサマすら不要。読み合いだけで十分。

◇

「団長さん、すごいですね」

アスラの背後で、サルメが言った。

「ははっ、サルメも参加するかい？　レイズだ」

アスラはサルメの方を見ずに言った。

「いえ、レートが高すぎて怖いですね」

「そうかい？　でも怖がってちゃ、何も得られないよ？　勝負しなきゃね。君はもうそれができる子だと思ったけど、見込み違いかな？」

「……もう少し、レートの低いところで練習します」

サルメが踵《きびす》を返すと、黙って隣に立っていたレコも踵を返した。

「オレたちがあのテーブル座ったら、速攻でお金溶けるよね」

レコがケタケタと笑った。

「そうですね。勝てない勝負はしたくないです。私、負け続けの人生なので」

「まーたサルメが卑屈になった。過去を気にしすぎ」レコが笑う。「話変わるけど、今日の団長、本当可愛《かわい》いね。アイリスと髪型一緒だけど」

「そうですね。私もああいう服、一着欲しいです……似合わないかもしれ……」

「似合うよ」レコが強い口調で言う。「だから買えばいい。欲しいなら買えばいい。オレたちって、自由で愉快な傭兵団だし」

と、ユルキとイーナが寄って来たので、サルメとレコは立ち止まった。

「俺らもう終わったぜ？　そっちどうよ？」

「え？　早くないですか？　何したんですかユルキさん」

「何って、ここカジノだぜ？　しかもレート高めだしよぉ、客もみんな金持ってるわけだ」

「……そして、あたしらは……元盗賊。一〇万余裕で……盗《と》れた」

盗ったんですか⁉

危うくサルメは叫びそうになった。

「団長は技術使えって言っただけで、ギャンブルしろとは言ってねーよ」ユルキが笑う。「つーわけで、俺らはこれから余った金で純粋に遊んでくるわ。お前らも頑張れよ」

ユルキは笑顔のまま、二人の元を去った。

「ユルキとイーナって、やっぱり悪党だね」

レコが感心したように頷《うなず》いた。

「……じゃあね」

イーナが手を振ってから二人の側《そば》を離れた。

「なるほど」サルメが頷く。「技術を活かす……。ギャンブルにこだわらなくていいんですね……」

「何か思い付いた？」

「いえ。でも、感触があります」サルメが言う。「マルクスさんとアイリスさんがどうしてるか、見に行ってみましょうか」

「そうだね。あの二人はギャンブルとか苦手そうだもんね。どうしてるんだろう？」

サルメとレコはフロアをうろうろと歩いて、マルクスを発見した。

マルクスは赤毛で背が高く、ガタイもいいので割とすぐ見つかった。

マルクスはポーカーをプレイしていた。

「すごいですマルクスさん。完全なポーカーフェイスです」

「いつもあんな感じじゃない？」

すでにマルクスは五万ドーラ近く稼いでいた。

「いえ、マルクスさんは結構、表情の変化ありますよ？　ジャンヌのことや、魔法のことになると目の色変わりますし。娼婦《しょうふ》がいると照れてますし」

「純潔の誓いがあるから、欲求不満なのかな？」

「かもしれませんね。でも、いやらしい目で見られたことはないですね。誠実な人ですし、見た目もいいですし、相手はすぐ見つかりそうですけど……」

「マルクスの好みが大人の女だからだよ。サルメや団長、アイリスにも興味なさそうだもん。当然イーナにも」

「ルミアさんがいなくなって、一気に平均年齢が下がってしまいましたね」

「それルミアに言うと怒りそう」

レコがケラケラと笑った。

「アイリスさんを探しましょう。マルクスさんはきっと一〇万稼げますね」

「そうだね。アイリスは絶対全部スッて泣いてるよ」

サルメとレコは再びフロアをうろうろして、アイリスを発見した。

「はい！　イカサマしたでしょ！　押さえたからね！　黒服さん！　この人イカサマやってるわよ！」

アイリスはちょうど、イカサマをやっていた男を捕まえて、黒服に引き渡していた。

そして黒服から謝礼金を受け取っていた。

「ホクホクだわ！　イカサマ見つけるの超簡単‼　謝礼だけで一〇万いけるわね！　これでアスラへの借金が減らせるわ！」

アイリスは上機嫌でテーブルからテーブルへと移動した。

「……なるほど。アイリスさんの動体視力なら、イカサマを見破るのは確かに簡単でしょうね」

「そういう方法で稼ぐんだね。アイリスのくせに生意気だよ」

「私たち、どうしましょう？」

「感触あるんだよね？」

「はい……。勝てそうな気はしています……」

「何するの？　ギャンブルじゃないよね？」

「大勝負、です」

「大勝負……面白そう」

「え？」

レコの言葉に、サルメは驚いた。

「何？」

「いえ、そういう見方もあるんだなぁ、と思って」

大勝負。

つまり、勝てばいいけれど、負けたら火傷じゃ済まない。

サルメはどうしても、負けた時のことがチラつき、楽しいと思えなかった。

でも、レコは違う。勝つか負けるかは脇に置いて、勝負そのものを面白そうと言った。

「よく分からないよ、オレ」レコが肩を竦めた。「大勝負って面白い以外に何かあるの？」

「いいえ。いいえレコ。それがきっと、愉快な傭兵団の基本でしょう。面白いからやる。それでいいと思います」

サルメも少し、楽しい気持ちになった。

やってみたい。試してみたい。

「で、何やるの?」

「一万ドーラ持って入って、一〇万ドーラ持って出ればいいんですよね?」

「そうだよ?」

サルメはレコの耳元に口を寄せ、ゴニョゴニョと作戦を言った。

「サルメも悪人だよね、何気に」

「レコも共犯です。ダメだった時は、一緒に怒られましょう」

「いいよ。それでやってみよ。最初は何から? ってゆーか、オレほとんど役割ないよね」

「アスラ式プロファイリングで、勝率がどの程度あるか確認しましょう。みんなの性格診断です。さすがに勝ち目が低すぎるなら、やらない方がいいですから」

「サルメが楽しそうな顔になって良かった」

「はい。私も、楽しく生きていきたいです。自由に。今から実践です。失敗したら、楽しく団長さんに殴られましょう!」

サルメが拳を握って突き出す。

レコも拳を握って、サルメの拳にコツンとぶつけた。

EX 〇九

後編だよ！ 私だって敗北することはある。敗北好きだし

「団長さん」

サルメは弾んだ声でアスラに声をかけた。

アスラはまだブラックジャックをやっていた。

「どうしたサルメ？　やっぱりここに座るかね？」

アスラとヨル以外のメンバーは入れ替わっていた。

アスラが彼らの金を毟《むし》り取ったのだ。

「いいえ。私、もっと大きな勝負をすると決めました」

「ほう。それで私の力が必要だから来た、というわけか。スタンド」アスラがドーラをテーブルに置きながら言った。「ダメだよ。自分の力でなんとかしたまえ」

「団長さん、今、どのぐらい勝ってます？」

「一五万」

「いいですね。それ全部、貸してください」

「おいおい」アスラが肩を竦《すく》めた。「どんな勝負をするんだ君は。一五万の勝負？　正気かい？」

「正気です。それに、五万の勝負です。それを三回やりたいので」

「ふむ。勝つ見込みは？」

「七割以上」

サルメは自信たっぷりに言った。

「なるほど。一〇割じゃないから、三回勝負か」

「はい。そうです。さすが団長さん。お見通しですね」

全てではない。

アスラは一度もサルメを振り返っていない。

顔を見ていない。声の調子だけで判断している。

「勝てればいいが、負けた時、どうする？」

「お金は依頼をこなして、返します。もちろん、みなさんほど役には立てませんが、時間をかけても必ず返します」

サルメは真剣に言った。

そして、嘘《うそ》じゃない。金は必ず返す。その意思はアスラにも伝わったはずだ。

「ふぅむ……」

アスラは少し考えている様子。

「そりゃ、一万から開始の訓練なので、私だけ一五万というのは不公平だとは思います」サルメは強い口調で言う。「でも、これはレコも一緒にやります。だからその半分です、実際は。団長さん、私とレコが、他のみんなと同じ土俵というのは、それこそ不公平では？　実力が違います。技術が違います。私とレコはみんなに比べると、まだまだ劣っています。不公平です。ハンデがあってもいいはずです」

「なるほど。言うじゃないか。そのハンデが、一五万ね」

「はい。そのぐらいのハンデは認めてもらわないと、私とレコだけ達成できない。基礎訓練過程をすでに終えたみんなや、英雄のアイリスさんと私たちは同じじゃないです」

「いいだろう。正当な主張だ。だから選択肢をあげよう。その一。サルメ、それだけ言って一五万失ったら、君を逆さまに吊《つ》るして気絶するまで鞭《むち》でしばくよ？　その二。ただ達成できないだけなら、ビンタで済ませてやろう。どうする？　それでも借りるかね？」

「借ります」

サルメは迷わなかった。

「分かった。持って行け」

アスラはローブの下から札束を出して、サルメに渡した。

その時も、アスラは振り返らなかった。背中越しに札束を手渡しただけ。

「ありがとうございます」

◇

アスラたちはみんな笑顔でカジノの外に出た。

レコだけはトイレに行ってから出るとカジノ内で別れたまま。

「さて、それじゃあ一〇万ドーラあるか確認しよう」

アスラが言うと、最初にユルキが一〇万ドーラを見せた。

ここは大通りだが、気にせずユルキは大金を手に持っている。

当然のことだが、《月花《つきばな》》は強盗など恐れていない。むしろ上等だ。逆に身ぐるみ剝《は》いで半殺しにするだけの戦闘能力があるのだから。

「……余裕だった……」

イーナも金を見せる。

「自分は余裕ではなかったが、なんとか稼げた」

マルクスも一〇万ドーラを見せる。

「あたし、本当にギリギリだったわ。謝礼だけじゃ届かなくて、仕方なくステージで剣舞とかやらせてもらったのよ」

「見てたよ。綺麗《きれい》だった。さすが英雄だね」

英雄の称号はこういう時も便利だ。

アイリスがショーをやらせてと頼んだら、『最速英雄少女アイリスによる超絶剣舞！』という即席の舞台をカジノ側が用意してくれた。

普段は英雄に縁のない連中がこぞって見に来て、かなりの盛り上がりを見せた。

ショーにせよイカサマの発見にせよ、アイリスはカジノ側とお互いに利益のある関係を築き、団員たちの中で一番まっとうな方法で金を稼いだと言える。

アイリスは見た目もいいし、よく喋《しゃべ》るし、ショービジネスに向いている。ちょっとアホなところも親近感が湧いたのか、ウケが良かった。

最初からショービジネスの道に進んでいたら、きっと世界的な人気者になったことだろう、とアスラは思った。

「あ、私も一〇万です」

サルメが金を見せて、そのままカジノの出口まで戻った。

みんな、どうしてサルメが戻ったのかよく分からなかった。

サルメは出口の前で待っていたレコに一〇万ドーラを渡した。

そして二人で一緒にアスラたちのところに戻った。

「はい一〇万」レコがサルメにもらった一〇万ドーラを見せる。「これサルメが団長に借りた金だから、はい団長、返すね。あと五万も」

レコがポケットから残りの五万ドーラを出した。

「いやちょっと待てレコ、サルメ」アスラが言う。「どういうつもりだい？　私は確か……」

「一万持って入って、一〇万持って出ろと言いました」サルメが言う。「私もレコも達成しています」

「それはズルくない⁉」とアイリス。

「屁理屈《へりくつ》ここに極まる、って感じだな」とユルキ。

「やはりこの二人は、楽をすることに精力を注いでいるように見えるが……」とマルクス。

「……でも、ルール上……問題なくない？」とイーナ。

「しかしそれは私の金だぞ？　サルメが大勝負をしたいと言うから、私は貸したんだ。私を騙《だま》したのか？」

「騙される方が悪い」とレコ。

「はい。団長さんを騙せた私の演技が優れていた、ということです。団長さんって熱中すると振り返らないので、いけると思いました。だって、私は声だけ演技すればいいんですから」

「なるほど。言い分も確かに一理あるけどね」アスラが言う。「私は細かい指定は何もしていないからねぇ」

「認めるってこと？」レコが言う。「オレとサルメは合格？」

「そうだね。確かに合格だよ。おめでとう。なかなか君らズル賢いよ。将来が楽しみだ」

「ふふっ、団長さん、甘いですね。だって私たちを認めるなら、団長さんは達成していないことになりますよ？」サルメがニヤッと笑う。「私に一五万貸したので、団長さんはカジノを出る時に一〇万持っていませんでした。でしょう？」

アスラはサルメに金を貸したあと、更に七万ほど勝って止《や》めた。勝ちすぎたので、相手がいなくなってしまったのだ。

ディーラーとの勝負ならできるだろうが、ちょうどアイリスが剣舞をするという話を小耳に挟んだので、そっちを見学していた。

「ほう。私を騙した上に、追い詰めるわけか」アスラが笑う。「なるほど。私の善意を逆手に取ったか。

サルメ、君の案か？」

「はい。私です」

「ククッ、そうかい。やっぱり君はいい団員になる」アスラが言う。「演技が上手くて、頭が回って、度胸がある。それに、普段は私にベッタリなくせに、いざとなったら私を切り捨てる非情さがある。これはレコにもあるね」

「ま、サルメの二面性は俺らも知ってるぜ」

「……うん。善いサルメと、悪いサルメが……サルメの中で同居してる」

「それが人間だろう」マルクスが言う。「完全な善も完全な悪も存在していない。団長以外」

「アスラは色々と例外すぎよ」

アイリスが肩を竦めた。

「種明かしを聞かせておくれサルメ」アスラが言う。「なぜ私を騙せると思った？　そして、なぜ私がこのズルを認めると思った？　勝率は七割だったか？」

「七割方、いけると思いました」

「オレたち、最初にプロファイリングしたんだよ」レコが言う。「その結果、ユルキとイーナは絶対認める。でもアイリスとマルクスは認めない。だから団長次第になるって分かった」

「へー。俺らをプロファイリングか。やるじゃねーか」

「……それで？　団長がどうして……七割認めると思ったの？」

「それもプロファイリングです」サルメが澄まし顔で言う。「まず、団長さんはお金を貸してくれます。

これは団員なら誰が頼んでも貸すでしょう」

「団長って、がめついように見えて、実はお金に執着ない」レコが少し笑う。「正当な報酬が欲しいだけ。あとは、団を運営するのに必要だし、多くても困らないってだけ」

「正解」とアスラ。

「ですから、持っているだけ貸してくれます。一五万勝ったと言っていたので、一五万要求しました」

「一〇万ちょうどだと怪しいから、借りるならそのぐらいがベストだった」

「あとは、私の演技です。大勝負をするという嘘《うそ》を信じてもらいました。さすがに何の理由もなく貸してはくれないでしょうから」

「そ。団長はお金を貸してくれるけど、理由は聞くタイプ。別に理由は何でもいいけど、興味本位で知りたいだけ」

「いいね。君たち何気に賢いよね」

「オレ、学校通ってたし、サルメも短い時間だけど通ってたみたい」

レコはムルクスの村の出身。ムルクスの村はアーニアが世界に誇る茶葉を育てている。当然、一国の主要産業なので、村人は裕福な者が多い。

「お父さんが学費をお酒につぎ込んで、私は学校を追い出されました」

サルメが肩を竦めた。

「学校のことはいいから、続けてよ」アイリスが言う。「アスラを騙すなんて、クソ度胸もいいところよ。なんで認めると思ったわけ?」

「アイリスって学校の成績悪かったタイプだよね」とレコが笑う。

「う、うっさいわね！　運動は一番だったんだから！」

小貴族であるアイリスも、当然学校には通っていた。ちゃんと卒業もしている。

この世界の学校教育は、国によるがだいたい四年前後。

「団長さんが自分で言ったように、この訓練、細かいルールを決めていなかったので、そこを主軸に攻めれば、団長さんは折れると思いました。まぁ七割ですが」

「だって、技術を使えって言っただけで、ギャンブルしろとは言ってない。ユルキとイーナなんて盗んだわけだし。オレたちがズルなら、ユルキとイーナもズル」

「はい。アイリスさんもズルになります」

「え？」とアイリス。

「だからアイリスもオレたちを認めざるを得ない」

「団長さんがなかなか折れなかった場合は、そっちを攻める予定でした。怒られる人を増やそうかと思って」

サルメは笑顔で言った。

「サラリとあたしを巻き込んだぁ!!」

「俺とイーナもな」

「ふむ。しかし確かに、レコとサルメを認めないなら、達成したのは自分と団長だけになってしまいますね」

マルクスは小さく頷《うなず》いた。

「次からはギャンブルで、と言うよ」

アスラはどこか楽しそうに笑みを浮かべている。

嬉《うれ》しいのだ。

サルメはもう虐げられていた頃の弱々しい女の子ではない。

傭兵団《ようへいだん》《月花》の一員として、生死の境を彷徨《さまよ》ったこともある。処女も捨てた。サルメはもう自分の命をベットできる。

普通にギャンブルをやったとしても、そこらのギャンブラーやカジノのディーラーに負けるわけない。

いや、それどころか、
サルメは今日、アスラにすら勝ってみせた。

「ふふ、その一五万は二人で分けたまえ。私を出し抜いたご褒美と、達成できなかった私の罰金代わりだ」

アスラが言うと、二人は「やったぁ！」とハイタッチ。

こんなに嬉しいものかねぇ、とアスラは思った。

自分で育てた者が、自分を抜く瞬間。

サルメとレコはアスラの想定を遙《はる》かに上回る速度で成長している。

実に素晴らしい。

ルミアにも、
こんな風に思った瞬間があったのだろうか？
そんなことを、ふと考えた。

EX 一〇 誰にだって平和で幸福だった時期はある　そしてその逆も

「アスラはわたしの想定を超える速度で成長したわ」ルミアが笑顔で言う。「わたしは全てを教えたの。剣術、闘気、魔法、用兵、常識、何もかもよ」

「嬉《うれ》しそうですわね、ルミア」

ベッドの上にぺったんこ座りしたティナが言った。

ルミアはティナと向かい合う形で、同じくベッドに座っている。

ここは中央フルセンの古城、ルミアの部屋。

「嬉しかったわ。アスラは本当にすぐに何でも吸収して、信じられないぐらい強くなったの。英雄並み、と言えば伝わるでしょう？」

ルミアが言って、ティナがコクンと頷《うなず》いた。

「でも少し不思議なのは、最初から知っていたように振る舞うことがあったのよね。知らないことを知っていることもあったし、本人は前世の記憶なんて言ってるけど、種明かしはしてくれなかったわ」

「ルミアは、本当にアスラのことを愛していますのね」

「ええ。そうね。この一〇年、アスラだけがわたしの家族だったわ。だから愛してるわ」ルミアが曖昧に微笑《ほほえ》む。「ただ、アスラは悪逆非道なの。わたしはアスラにもう少しでいいから、優しい子に育って欲しかったわ。極悪なことを、あまりして欲しくなかったの。だから、わたしはアスラの副長をやっていた」

「と、言いますと?」とティナが小首を傾《かし》げた。

「アスラの残虐行為を止めるためよ。わたし決めてたのよ。育ての親として、アスラがただの殺人鬼に落ちぶれるなら、自分の手で殺そうって。殺人鬼って、ただのクズでしょ?」

でも、ルミアはアスラの元を去った。

もう誰もアスラを止められない。

「それなのに、ルミアはぼくたちと来ましたわ」

「あの子……ジャンヌも大切なのよ、わたしにとっては」ルミアが肩を竦《すく》めた。「救えなかったという罪悪感もあったし、死なせたくなかったの」

「ぼくは、それが嬉しいですわ。ルミアには……悪いと思っていますのよ? でも……」

「叩《たた》かれなくなったから、嬉しいのね? いいのよ。わたしは平気だもの。それより、あの子とティナがどんな生活をしていたのか聞かせて」

「はいですわ。一番幸せだった頃の話をしますわね」

ティナが笑顔で言った。

◇

四年前。

ジャンヌとティナは人里を離れて、中央の各地を放浪していた。

その途中で、多くの犯罪組織を手中に収めた。

ジャンヌには、すでに考えていることがあったのだ。そのために、金が必要だった。

時々、アサシン同盟がジャンヌを殺しに来たが、全て返り討ちにした。

「この古城いいですね。しばらくここを根城にしましょうティナ」

「はいですわ」

現在のアジトを発見し、二人は一生懸命に掃除した。

「あわわっ、ティナ、蛇です！　蛇が住んでいます！」

「えいっ！」

「一撃⁉　さすがティナですね！」

ジャンヌは、当時まだ一三歳のティナに抱き付いていた。

◇

「そういえば、あの子って爬虫類《はちゅうるい》が苦手だったわね」

「姉様は苦手なモノが多すぎますわ」ティナがやれやれと首を振った。「本当は人間も苦手ですわ。

だから、組織の運営はだいたい、ぼくがやってましたの」

「昔は違ったわ。人懐っこい子だったの。あんな風に壊れるなんて、一〇年前に何があったの？」

だいたい想像はできている。

だから、これは確認。

「拷問ですわ」

「やっぱりそうよね……」

あの日、地下牢《ろう》でノエミが言っていた。

心が壊れるほど過酷な拷問を用意している、と。

ルミアは言う通りにしたのに、妹を助けるという約束は果たされなかった。

ノエミか、第一王子のどちらか、あるいは両方が裏切った。

「姉様の身体はボロボロでしたわ。でも、ぼくが全部、舐《な》めて治しましたのよ？」

「……え？」

「どうしましたの？」

「舐めて治したの？」

「はいですわ。ぼくの唾液には治癒効果がありますの。だから、今の姉様の身体には傷一つありませんわ」

「なるほど。種族固有のスキルというやつね」

魔物の中には、特別な能力を持った者がいる。

大森林で出会ったアルラウネもそうだった。

「あ、でもでも、姉様が壊れたのは二年前で、一〇年前じゃありませんわ。不安定ではありましたが、今みたいに叩くようになったのは二年前ですわ」

「二年前？」

また分析をやり直す必要がある。

「そのことは、姉様が話さないなら、ぼくは話せませんわ」

「そう。いいわ。楽しかった頃の話をしてくれるかしら？」

一〇年前の拷問で不安定になり、徐々に心が蝕《むしば》まれていった可能性が高い。

だが当時は性的サディストではなかった。

尻フェチはもっとずっと昔からのこと。

そして二年前を境に性的サディストになった。

二年前に何があったのかしら？

◇

ティナとジャンヌは古城で平和な生活を送っていた。

「姉様、朝ですわよ」

ティナがジャンヌの頬をペロペロと舐めた。

「うー、あと少しだけ……」

ジャンヌがベッドで寝返りを打つ。

ちなみに、二人はいつも一緒に寝ていた。

「ダメですわ。姉様そう言って昼まで起きませんもの」

「……お尻触ってもいいなら、起きます」

「いいですわよ」

ティナが笑うと、ジャンヌはガバッと起き上がってティナに抱き付き、尻を撫《な》で回した。

「はい、じゃあ姉様、顔洗いに行きますわよ」

ティナがジャンヌをお姫様抱っこして洗面所まで運ぶ。

そこで揃《そろ》って顔を洗って歯を磨いた。

「今日は、組織の麻薬畑を視察に行きますわ。あと、東側にも組織が根付き始めましたので、そろそろ東を統括する人材が欲しいですわね」

「……ティナは真面目ですね……」

ジャンヌが面倒くさそうに言った。

「資金が必要だと姉様が言うから……」ティナがムスッとして言う。「しかも組織を大きくするだけ大きくして、自分では全然管理してくれませんわ」

「怒らないでくださいティナ、愛してますよ」

ジャンヌはティナの額にチュッと唇を当てた。

「いつもそう言ってごまかしますわ」ティナは少し照れながら言う。「でも、今日は一緒に視察に来てくださいませ。新たな管理人を採用したとノエミが言ってましたの。見に行きますわ」

「えー？」

「心底から嫌そうな顔しないでくださいませ。姉様は組織のボスですわよ？　たまには顔を見せておかないと」

「仕方ないですね。お尻ペチペチさせてくれるなら、行きます」

「分かりましたわ。でも痛くしないでくださいませ」

◇

「なんてだらしない子……」ルミアが呆《あき》れ顔で言った。「……いえ、昔から多少、そういうとこあったけれど……」

「あの頃は本当に幸せでしたわ」

ティナが昔を懐かしむように、遠い目で言った。

「まぁ、確かに尻フェチと可愛い女の子がイチャイチャ生活しているだけに聞こえるものね」

話を聞く限り、心が壊れている感じはしない。

「続けますわよ？」

「待って。あの子が人を殺すところ、教えてくれない？」

絶対にジャンヌは心が壊れている。

いや、少なくとも今は壊れているように見える。

アスラがいれば、もっとキチンと分析できるのに、とルミアは思った。

「いいですわよ。ちょうど、視察先で管理人を殺しましたので、そこを話しますわね」

◇

管理人は太った男で、元々は小さな犯罪ファミリーのボスだった。

「ジャンヌ様、どうか踏みつけてください」

男はいやらしい笑みを浮かべてから、その場に土下座した。

ここは麻薬畑の管理小屋。

「ノエミはあとでキックお仕置きですね」

「はいですわ。気持ち悪いですわ、この人」

この管理人を選んだのはノエミだ。

「とはいえ、あたくしの神性の前ではみんなこんな感じですが。アサシン連中ですら、こうなる人がいますからね」

言いながら、ジャンヌは管理人の頭を踏みつけた。

「ああ、ありがとうございます！　ありがとうございます！」

罪悪感が消えてスッキリした男が、額を床に擦《こす》りつけた。

「一度スッキリしたら、神性の効力は薄まるので、まともに話ができるでしょう。立ってください」

ジャンヌが言うと、男が立ち上がる。

男はやはり、いやらしい笑みを浮かべていた。

「視線が気持ち悪いですわ」とティナ。

「ああん？　おいチビ、言葉に気を付けろや？　俺だって腕は立つんだ。まぁ、ジャンヌ様ほどじゃないだろうが」

「あなたが言葉に気を付けてください。あの世で」

ジャンヌはクレイモアを一閃《いっせん》、男の首を刎《は》ねた。

男の身体が倒れ、首が床を転がった。

「姉様!?」

ティナは驚いて大きな声を出した。

「今のを避《よ》けられないような雑魚《ざこ》が、何を根拠に腕が立つなんて言ったのでしょう」

ジャンヌはクレイモアを振って、血を払う。

「な、何も殺さなくても……」

「いいえ。ティナに無礼な態度を取る者は許しません。殺します。徹底的に殺します。ティナを軽く扱う者はみんな死なせます。ティナを狙う者も絶滅させます。あたくしの家族はティナだけです。あたくしが愛しているのはティナだけです。他は全部死んでもいい」

ジャンヌは真面目に言った。

◇

「人間が苦手と言うよりは、やっぱり人間を憎んでいるわね。そして、愛する者とそうでない者との扱いの落差が激しいわ」

やはりジャンヌは不安定だ。

「はいですわ。姉様はぼくとぼく以外で態度が豹変《ひょうへん》しますわ。最近ですと、よく分からない理由で怒ることもありますわね。ぼくに対しても、最近は多かったですけども……」

「わたしなんて『あなた』って言っただけで叩かれたわ……」

正直、理由は何でもいいのだろう、とルミアは思った。

ただ尻を叩きたいだけだ。

お尻ってそんなにいいものかしら？

と、コンコンとドアがノックされた。

ルミアが返事をする前に、ドアが開いてジャンヌが入ってきた。

「二人は最近、仲良しですね」ジャンヌがムスッとして言う。「あたくしは除《の》け者ですか？」

「そんなことありませんわ！」

ティナが立ち上がり、走ってジャンヌに抱き付いた。

ジャンヌはティナの頭を撫でる。

「配下たちと傭兵団《ようへいだん》《焔《ほむら》》の大半が到着したので、一度演説をします。ルミアもゴッドハンドなので、あたくしの近くにいてください」

「傭兵団《焔》も、ジャンヌ姉様の手下なの？」

フルセンマーク大地最大の傭兵団だ。

「いいえ。《焔》の団長はあたくしの神性に膝を折りましたが、傭兵としてのプライドが高く、手下にはなりませんでした」ジャンヌが肩を竦める。「ですので、普通にお金で雇いました。そのための資金集めです」

「……もしかして、《焔》を全員雇ったのかしら？」

莫大《ばくだい》な資金が必要だ。《焔》は《月花《つきばな》》のような弱小傭兵団ではない。フルセンマーク全体で数えたら三〇〇〇人規模の超大型傭兵団なのだ。

これは小国の最大兵力に匹敵する。

師団か、あるいは兵団を名乗れる戦力。かつてルミアが率いた旅団より遥《はる》かに規模が大きい。

普通に戦争ができるだけの戦力なのだ。

それに加えて、犯罪組織フルマフィ、アサシン同盟がジャンヌの手下。

「もちろんですルミア」ジャンヌが薄く笑う。「半端に済ませる気はありません。演説が終わったら、全員で神聖リヨルール帝国に向かいます。道中、別の国を通りますが、ついでに滅ぼして行きましょう」

EX 二

恋は盲目　君しか見えない
「いいね！　失せろ！　私ならそう言うけどね」

プンティ・アルランデルは、中央フルセンの古城の前で、ジャンヌの演説を聴いていた。

傭兵団《ようへいだん》《焔《ほむら》》に入って、初めての仕事がジャンヌの戦争に加わることだった。

「班長、こういうのってよくあるのかなー？」

「あるわけねーだろプン子。全員集合なんて初めてのことだぜ？」

傭兵団《焔》の最小単位はスリーマンセル。

プンティの組の班長は二〇代前半の女性。口の悪い女性だ。

「だよねー」

プンティの位置から、ジャンヌの顔はよく見えない。

髪の色が白なのは見える。

しかしジャンヌの声はよく通った。

一〇〇〇人以上の人間がここに集まっていて、ジャンヌに近い者はみんな跪《ひざまず》いている。

神性の効果なのだが、プンティの位置ではその神性を実感できない。

「けっ、なーにが人類の救済だ」班長が言う。「うさんくせぇ。要は戦争したいから手伝えって話だろーが。はん。そう言ってくれる方がスッキリするってもんだ」

「だよねー」

ジャンヌの話は、回りくどい。

要約すると、みんなで戦争しましょうね。なるべく残酷な戦争をしましょう。それだけ。

「ま、前の方の連中は神性のせいで恍惚《こうこつ》の表情だがな」班長が笑う。「クソ、あたしも神性喰《く》らってみてーな」

「僕も試しに神性にやられてみたいねー。実際どんな風なんだろうねー」

プンティが笑みを浮かべる。

ジャンヌがかつての三柱を紹介し始めた。

ニコラ、ミリアム、
そして。

「ルミアさん⁉」

プンティは思わず声を上げてしまった。

周囲の人間たちがプンティの方を見たが、特に何も言わない。ただ見ただけ。

プンティはバツが悪そうに頭を掻《か》いた。

「おいプン子、お前、ルミア・オータンと知り合いなのか？」

「うん。そう。てゆーか、ルミアさん何でいるの？《月花《つきばな》》辞めたのかな？」

プンティは小さく首を傾《かし》げた。

ジャンヌはルミアにラグナロクを譲渡したと言って、ルミアがラグナロクを掲げて見せた。

「いい剣じゃねーかクソ。あたしもああいうの欲しいわー。なぁプン子」

「伝説級の武器でしょー？　班長に扱えるかなー？」

「生意気言うなプン子。ぶっ殺すぞ？」

「そりゃ困るなぁ。僕は強くならなきゃいけないから、殺さないでね班長」

プンティは班長の二の腕を指で突《つつ》いた。

「気安く触るなプン子」

班長がプンティの二の腕を拳で殴った。

ジャンヌが目的地を告げて、プンティたちは進軍することになった。

先頭集団が動き出して、プンティも続く。

道中、生きている者は全て殺せ。

それがジャンヌのオーダー。

リヨルール帝国に入るまで、ありとあらゆる人間を殺せ。目に入ったら殺せ。残酷に殺せ。なるべく犯して殺せ。子供も老人も分け隔て無く。

「イカレてるな、ジャンヌって」と班長。

「だねー。でも、やるのが傭兵？」とプンティ。

「そりゃそーだ。オーダーは無視できねぇーんだよ。だからなるべく犯せよプン子。まさか童貞じゃねーべ？」

「……いや、僕、童貞……」

「マジかよ。そりゃいいや！　初めては強姦《ごうかん》でしたってか！　運悪いなお前！」

班長がプンティの背中をバシバシ叩《たた》いた。

「はぁ……。ちょっと班長ごめん。僕、ルミアさんと話してくるよー」

プンティは進軍の流れに逆らって、ルミアを目指した。

班長が怒ったように何か言っていたのだが、プンティは聞こえない振りをした。

◇

「ルーミアさん」

「あら、プンティ君じゃないの」

ルミアは馬に乗って移動していたのだが、その後ろにプンティが座った。まるで友人のような気軽さで。

プンティは動作も軽やかだったので、馬は特に驚かなかった。さすが英雄候補。それなりの実力は備えている。

「《月花》辞めちゃったの？」

プンティは口調も気軽だった。

「そうね。そういうプンティ君こそ、ここで何を？」

「僕は《焔》に入ったからさー」

「なるほど。そしてまた勝手な行動をしてるのね？」

ルミアは呆《あき》れたように笑った。

「班長には断ってきたよー。ルミアさんと話したくてさ」

「でしょうね」ルミアが肩を竦《すく》めた。「お父様の件、わたしは関係ないわ。本当よ？」

「だろうね。その件で話したかったわけじゃないよー」

「そうなの？　じゃあ何の用かしら？」

「うん。単刀直入に言うけどさ……」

「ルミア」馬に乗ったジャンヌが寄って来た。「ずいぶん若い彼氏ですね」

「年下の彼氏ですわね」ジャンヌの後ろに乗っているティナが言う。「どこで捕まえましたの？」

「ちょっと……」とルミア。

「おいおいマジかよー。お前ちゃっかり彼氏とか作ってたんかよ。俺なんか未《いま》だに独り身だぞ」

ニコラ・カナールも寄って来た。当然、ニコラも馬に乗っている。

ニコラはすでに四〇歳になっていて、頭髪と無精ヒゲに少しだけ白髪が混じっている。

ちなみに、ニコラはジャンヌとルミアの入れ替わりに気付いている。

「ほう。ルミアに彼氏ですか。まぁ、ルミアは昔から性格も良かったですしね。実は人気ありましたからね」

ミリアムが馬上でニコニコと笑った。

ミリアムはジャンヌとルミアの入れ替わりに気付いていない。

「まさか《宣誓の旅団》の人たちに会えるとは思わなかったよー」プンティが笑う。「それより僕、なんだかすごく土下座して懺悔《ざんげ》したい気分になってきたんだけど、これってジャンヌさんの神性？」

「はい。別に土下座してもいいですよ？　望むなら頭も踏んであげます。馬で」

「馬で踏まれたら僕死ぬんじゃないかなー」

プンティが肩を竦めた。

すごいわね、とルミアは思った。

このメンバーに囲まれても、プンティはまったく動じていない。

アスラとレコを除く《月花》の団員でも、このメンバーと話すことになったら少しは緊張するはずだ。特にマルクス。

やはり、父親が英雄だったからだろうか、とルミアは考察する。

英雄の知り合いは多いはず。要するに、大物に慣れている、ということ。

「平手打ちがお勧めだぜ」ニコラが言う。「一発で気分爽快だ」

「姉様の罰には罪悪感を浄化する効果がありますの」

ティナが澄まし顔で解説した。

「ふぅん。神性ってすごいね。でも今は土下座したくないかなー」

「そうですか。では少し離れましょう。あまりルミアとイチャイチャしないでくださいね。うっかり殺してしまうかもしれません」

ジャンヌは少しだけムスッとした表情で言ってから、ルミアから離れた。

その動きに合せて、ニコラとミリアムも離れる。

「ジャンヌさんってシスコン？」とプンティ。

「かなりの」とルミア。

「だよねー」

言いながら、プンティがルミアに抱き付いた。

「ちょっと、わたしを支えにしなくても落ちたりしないでしょ？」

レコやサルメならまだしも、プンティは英雄候補だ。

トロトロと歩いている馬から落ちたりしないはず。

「はー、ルミアさんいい匂い……ぐえっ！」

ルミアは左の肘をプンティの腹部にめり込ませた。

「叩き殺すわよ？　変態はお腹《なか》いっぱいなの」

アスラ、レコ、ジャンヌにノエミ。

周囲に変態が多すぎて溜息《ためいき》も出ない。

「痛いなぁもう……」

プンティがルミアから離れる。でも馬からは降りない。

「あなた随分と性格が変わったわね」

「そりゃ短期間で色々あったからね」プンティが肩を竦める。「特に、ルミアさんにボロ負けしたことが大きいけど」

「そうなの？」

「うん。僕は英雄の息子だから負けられない、って気を張って生きてたんだけど、ルミアさんに手も足も出なくて、逆に肩の荷が下りたって感じかな」

プンティは爽やかに言った。

「なるほど。プレッシャーからの解放、ね。それで？　本当の用件は何かしら？　世間話をしに来たわけじゃ、ないでしょう？」

「結婚してください」

「……は？」

一瞬、ルミアの思考が停止する。

何を言われたのか理解できなかった。

「結婚してください」

プンティが繰り返した。

「……なるほど。そういう作戦に出るわけね。エグいわね」ルミアが怒ったように言う。「わたしに仕返しする気ね？　実力じゃ勝てないから、心理的に攻撃するのね？　わたしが婚期を逃しているってことね？　それとも、好意がある振りをして油断させたいのかしら？」

「ルミアさんって、割と心が荒《すさ》んでるねー。本気なんだけどなぁ、僕」

「信じないわ」

「いやいや、落ち着いて。さっきも言ったけど、ルミアさんのおかげで僕はプレッシャーから解放されたんだよ？　すごく感謝してる。僕を打ち負かしてくれてありがとう、ってね」

「じゃあプンティ君は、自分をボコボコにした相手に本気で求婚しているって言うの？　そういう趣味なの？　わたしはジャンヌ姉様みたいに踏みつけたり叩いたりしないわよ？」

「そういう趣味じゃないけど、単にルミアさんを好きになっただけ。顔もすごく好みだし」

「そうだとしても、断るわ」

　ルミアはツンと澄まして言った。

「じゃあ、また決闘だねー」

「プンティ君が勝ったら、結婚しろってことかしら？」

「そう」

「懲りないわねぇ」ルミアは呆れ顔で言う。「どう考えたって、まだわたしの方が強いわ」

「そうだよー、だから五年後」

「そんなに待たないわ」

「分かったよ。三年。三年だけ待って」

「三年、ね」

　ルミアは思考する。

　プンティは嘘《うそ》を吐《つ》いていない。

　声の調子を冷静に判断して、本気で言っていると感じた。

　正直、

ちょっと嬉《うれ》しいルミアだった。

けれど。

「三年でわたしより強くなるのは難しいんじゃないかしら？」

プンティの今の実力だと、ルミアと並ぶのはもっと先。

英雄になるのに五年、そこから更に三年鍛えて同等。

つまり、今のルミアに追いつくのに八年はかかる計算だ。

それも、ルミアが今のままなら、という意味。

「強くなるよ」プンティは強い口調で言った。「絶対に強くなる。僕はルミアさんに追いつきたい。三年で追いつく。だから待ってて欲しい」

「追いつくだけじゃダメよ。勝たなきゃ結婚してあげないわ」

「そうだね。勝てるようにする」

「じゃあアドバイス」ルミアが言う。「魔法戦士になりなさい」

「魔法戦士？　どうして？」

「わたしは魔法兵なのよ？　本気でやるなら魔法を駆使するわ。魔法を知らないと、魔法を躱《かわ》せない。でしょ？」

「見て躱せるよー？　実際、マルクスとイーナの魔法は僕に通じなかった」

「わたし、名乗らないけど大魔法使いなのよ？　マルクスやイーナと一緒だと思わないでね？」

魔法使いと大魔法使いの間には、大きな差がある。

「ピンとこないなー」とプンティ。

「そう。じゃあ、見て躱してみて。【神罰】」

美しい天使の降臨に、周囲がざわついた。

天使は宙に浮いた状態で、馬の速度に合わせて移動している。

「この子、英雄と同等の戦闘能力があるのだけど、やり合ってみる？」

ルミアはニコニコと言った。

「……ごめん、無理……」プンティは引きつった声で言った。「ルミアさんも使えるんだね……。ってゆーか【神罰】って何？　……魔法なの？」

「そう。ただの魔法。性質は攻撃」

「そんな風に思えないけど……」

「まぁ、ね」ルミアは少し寂しそうに言った。「まだ少女だった頃の私は、神様のギフトだと思っていたわ。他の魔法に比べて強力だったし、天使の姿だったから……」

だから神の使徒を名乗った。

そうだと信じていたのに。

それらは全て、結局のところ、

思い込みにすぎなかった。

当時のルミアの信仰心が、攻撃魔法に反映されただけ。

神などいない。

今でも癖で、時々祈ってしまうけれど。

「ふぅん。本当にギフトだったのかもねー」プンティが無邪気に笑う。「ルミアさんが気付いてないだけでさ」

「神様なんていないのに？」

「どうかな？　僕は会ったことないけどねー。ってゆーか、【神罰】持ち出されたら、魔法を覚えるとか以前に、英雄以外、誰も勝てないんじゃ……」

「そんなことないわよ？」ルミアが言う。「正直、アスラには通じない。それどころか、サルメとレコ以外の団員にも通用しないわね、きっと」

ルミアは団員たちに【神罰】を見せた。

だから、きっともう彼らは【神罰】を封じる。

彼らは対策する。絶対に対策する。

「本当に？」とプンティ。

「本当よ」ルミアが天使を消す。「だからプンティ君も魔法を知って。魔法を知れば、魔法の対策が可能よ。でも知らなければ、対策はできない。でしょ？」

現状、ルミアの【神罰】に個人で対応できる人間はジャンヌ、アスラ、一部の英雄たちぐらいか。

そして、複数でいいなら《月花》の団員たち。

「分かった。魔法も覚えるよ。ってゆーか、ルミアさん僕のこと嫌いじゃないでしょー」

「嫌いだなんて言ってないわ。好きだとも言ってないけれど。さぁ、もう行って。三年後を楽しみにしてるわ」

「うん。またねー。時々、会いに行くからお茶でもしよーね」

プンティは音もなく馬から降りた。

「三年……ね」

ルミアは少し笑った。

生きる理由ができてしまった。

差し違えてでも、アスラに勝ちたいと思っていたのだけれど。

ジャンヌを守るために死力を尽くすつもりだったのだけれど。

「どうしたものかしらねー」

よく晴れた青い空を見ながら呟《つぶや》いた。

ああ、でも、
モテるのって気分がいいわね。

アスラがよく、「モテるのは気分がいい」と言っていたのだが、その気持ちが分かったルミアだった。

六章　一話

断崖絶壁、崖っぷちの小国
それって団長の胸に似てるね

神聖リヨルール帝国、帝城。謁見《えっけん》の間。

ルミアたちは何の審査もなくリヨルールに入国し、何の検査もなく帝城内に通された。

謁見の間まで素通りしたのはジャンヌ、ティナ、そしてかつての三柱。

傭兵《ようへい》団《焔《ほむら》》やフルマフィの連中は帝都付近に陣を張って待機している。

「ジャンヌ様、お待ちしておりました」

リヨルール皇帝が玉座を立つ。

そしてジャンヌの前まで歩き、膝を折った。

その光景に、ルミアは違和感を覚えた。

そこらの小国の王ならまだしも、いくつも属国を従える強国の皇帝が、跪《ひざまず》いたのだ。

神性によるトランス状態にも見えない。

「約束通り、帝位を貰《もら》いに来ました」

ジャンヌは柔らかく微笑《ほほえ》む。

その言葉に驚いたのはルミアだけ。他は誰も何の反応も示さなかった。

謁見の間にはリヨルールの実力者たちが集っているのだが、彼らはみな、その場で跪いた。

「どうぞ、ジャンヌ様」

皇帝は自らの王冠を外し、ジャンヌに差し出す。

「ありがとうございます」

ジャンヌは王冠を受け取り、自分の頭に載せた。

似合ってない、とルミアは思った。

「どうなってるの？」とルミアはティナに耳打ち。

「神性を用いながら、長い年月をかけて、姉様に服従するよう調教しましたの」

なるほど、とルミアは小さく頷《うなず》いた。

洗脳したのだ。

ジャンヌはリヨルールの皇帝を含む実力者たちを全員、洗脳したのだ。

「皇族のみなさまはこちらへ」

ジャンヌが言うと、皇帝の妻、息子、娘の三人がジャンヌの前に移動。

そして皇帝と同じように膝を折った。

「あとは、あたくしが行います。『神典』解釈の違う異教徒たちの殲滅《せんめつ》、リヨルールによる中央支配。あとはあたくしが遂行します。ご苦労様でした。さようなら。おやすみなさい。悪夢を見られるといいですね」

ジャンヌはクレイモアを四度振って、彼らの首を刎《は》ねた。

四人の首から鮮血が噴き出し、身体は力なく倒れる。

頭は床を転がって、それでも幸福そうな表情だった。

「皇帝の交代を伝えなさい。全ての国民に伝えなさい」ジャンヌが言う。「そして戦争を始めると伝えなさい！　リヨルールによる中央支配の夢を叶《かな》える時が来たと！」

跪いていた実力者たちが立ち上がり、「ジャンヌ様万歳！」と声を上げ、そして急いで謁見の間を出た。

ジャンヌの命令を実行するためだろう、とルミアは思った。

「愚かですねー」クスクスとジャンヌが笑う。「全てが終われば、あたくしに殺されるとも知らずに」

ジャンヌはクレイモアを仕舞って、玉座に腰掛けて脚を組んだ。

ルミアは複雑な心境だった。

ジャンヌは皇族を皆殺しにした。

それだけではなく、ここに至るまでに多くを殺した。殺しすぎたと言ってもいい。

古城からリヨルールまでの間に、別の国を通った。

その国は滅びた。

虐殺。一切容赦のない虐殺で、誰一人残らなかった。

あらゆる建物を倒し、焼き払い、家畜に至るまで全て殺した。

悲鳴が耳に残っている。絶叫に心を痛めた。泣き叫ぶ声が頭から離れない。

ただ滅びたのではなく、絶滅させたのだ。

ジャンヌ自身も積極的に前線で剣を振った。

ルミアはただその様子を見ていた。

ジャンヌを守りたい。その想いは本物だけれど。

ルミアの嫌うクズたちとジャンヌの区別が付かない。

姉妹というだけ。ただ、それだけ。

「はん。目的は一〇年前の復讐《ふくしゅう》だぜ」ニコラが言う。「リヨルールなんざ踏み台に過ぎない。俺たちの復讐だ。俺たち《宣誓の旅団》のな。お前が戻って嬉《うれ》しいぜ」

ニコラがルミアの背中を叩《たた》いた。

ルミアが軽くむせる。

「ちょっと、手加減してよニコラ。思いっきり叩いたでしょ?」

「細かいことは考えるな。一〇年前、お前はどんな目に遭った? これは世界への復讐だ。神なんざいねぇ。いたとしても殺す。みんな死ねばいいのさ。こんなクソみたいな世界、ぶっ壊れて当然だ」

ニコラの暗い心の内を知って、ルミアは軽くショックを受けた。

ああ、でも。

あの日、アスラに出会わなければ。

似合いもしない王冠を頭に載せて、
玉座で脚を組んでいたのは、
わたし、だったかも。

◇

それから、神聖リヨルール帝国は全方位に戦争を仕掛けた。

アサシン同盟が各国の実力者を排除し、混乱している最中をリヨルール軍と《焔》で蹂躙《じゅうりん》した。

リヨルールの正規軍だけでも数が多いのに、ジャンヌは更に徴兵も行った。

凄《すさ》まじい数のジャンヌ軍が形成され、彼らは一心不乱に行軍した。

彼らは「万歳」を連呼しながらあらゆる国を踏み潰《つぶ》した。

全方位に向けて、二度と戻らない行軍を続けた。

彼らは何も知らず、ただ「万歳」を連呼した。

死体の山が積み重なり、昼間はずっと悲鳴が途絶えなかった。

夜間も同じだ。傭兵団《焔》は、夜間も休むことなく攻撃を仕掛けた。

国王を含む実力者たちを失った国々は、為《な》す術《すべ》もなく滅び去った。

神聖リヨルール帝国の——ジャンヌ軍の快進撃は止まらない。

近隣諸国は恐怖に震えた。

次は自分たちの番かもしれない、と。

だが、
彼らの進軍は止まった。

何の特産品もなければ崇高な歴史もない小国を、彼らは落とせなかった。

王を暗殺し、指導者を奪った。将軍を暗殺し、戦う術を奪った。

残ったのは昆虫好きの王子様だけ。

けれど。

王子は聡明《そうめい》な決断をした。

王子は突然現れた銀髪の少女たちを雇ったのだ。

藁《わら》に縋《すが》るように。

「勝たせてあげるよ」

そう言って楽しそうに嗤《わら》ったアスラを。

傭兵団《月花《つきばな》》を。

◇

「今日は晴れ。私は晴れが好きだよ。戦争するなら晴れの日に限る」

椅子に座り、脚を組んだアスラが言った。

空は青く、雲は白く、風が柔らかい。

昨日は雨が降っていたので、地面はぬかるんでいる。水溜《みずた》まりだって残っている。

「アスラ殿……今日もボクたちは凌《しの》げるでしょうか？」

サンジェスト王国の王子が言った。

王子はアスラの右側に立っている。

王子は青い髪に金の王冠を載せている。

年齢は一七歳で、体型は細い。筋肉もあまり付いておらず、パッと見ただけで戦闘能力が低いと分かった。

顔立ちは悪くない。知能も低くない。

人柄もいいので、きっと立派な王になるだろう、とアスラは思った。

「凌げなければ死ぬ。それだけだよ。君は私を信じて、私に指揮権を渡した。自分では何もできないからだ。英断だよ。頭を撫《な》でてあげてもいい」

アスラの視線の先では、戦争が行われていた。

殺したり、殺されたり、血が流れたり、身体の一部が飛び交ったりする、本物の戦争。

サンジェスト王国の相手は、神聖リヨルール帝国。

新たに皇帝となったジャンヌ・オータン・ララの命令で始まった戦争。

『神典』解釈の違う異教徒を絶滅させるための戦争だ。

もっとも、アスラはそんな建前を信じてはいない。

「見ての通り、ボクは武闘派じゃない……。戦争なんてできない」王子が息を吐く。「でも、もうボクしかいない。本当は、昆虫学者になりたかったのに……」

「王様も軍を指揮できる立場の者も、みんな暗殺され、君だけが残された。理由は簡単。君ならすぐ降伏すると思ったからさ。ジャンヌらの手だよ」

神聖リヨルール帝国が全方位に戦争を吹っかけた時に、多くの国の要人が死んだ。

アサシン同盟の暗躍であることは間違いない。

その証拠に、アスラもアサシンに狙われた。

もちろん返り討ちにしたけれど。

「けれど、君は私を雇った。私たちを雇った」アスラが笑う。「だからこそ、二日で陥落すると言われていたこの国が、もう一〇日も戦い続けている」

アスラの前にはテーブルがあって、その上には地図と駒が置いてあった。

地図はこの辺りの詳細地図。

駒は青が自軍、赤が敵軍。現在の配置と戦力がパッと分かるように置いているのだ。

正直、アスラには軍を率いた経験がない。

正規軍に所属していたこともない。

アスラが前世で指揮したのは、人数が多い時でも五〇人に満たない傭兵団だった。

されど一騎当千。

それはこっちの世界でも同じこと。

「運が良かったのは、敵も一カ所からしか攻められないことだね。全方位に喧嘩《けんか》売ったんだから、当然だけどさ。人員不足なんだよ。フルマフィや《焔》の連中を動員してはいるがね、それでも人員不足さ。何のための戦争だ？　まるで茶番だよ。勝つ気がないとまで思うよ、私は」

「しかしアスラ殿……いくつもの国が滅びたと……聞いています」

「ああ、そうだろうね。負けて滅びて皆殺しにされた。なぜそこまでする？　ジャンヌは何がしたい？　目的が見えない。新世界秩序と聞いていたんだけどねぇ」

市民を皆殺しにするなら、いったい誰のための秩序なのか。

征服し、統治することが目的ではないのか？

「団長さん！　右翼が突破されます！　アイリスさんのいる第三大隊がもう限界です！」

伝令係をやっているサルメが、すごい勢いで馬を走らせて来た。

「そうか。やはりそっちか」とアスラ。

左翼の部隊はマルクスが指揮を執っている。

右翼の部隊にはアイリスを配置した。アイリスは人を殺せないが、それでも英雄。

アイリスには、敵兵を通すなとだけ命令している。

だがマルクスより先に崩れるのは予想していた。

肉体的な問題ではない。

戦場という極限状態が、アイリスの心を蝕《むしば》んでいるから。

「これまで、ですかね……」王子が力なく笑った。「ありがとうアスラ殿。感謝します……」

「バカ言うな王子」アスラが立ち上がる。「もうすぐ私の手配した援軍が来るんだ。それまでは死守だよ。意味分かるかい？　死んでも守るんだよ。死ぬ気で守れ。死ぬか守れ。守って死ね。そうでなければ、君はなぜ戦うことを選んだ？　諦めたらみんな無駄死にだよ」

すでに泥沼なのだ。兵の消耗は半数以上。

相手側に傭兵団《焔》がいたので、毎晩夜襲の応酬。休む間もない。

それでもサンジェストが保《も》っているのは、ユルキたちが敵の補給を断ってくれているから。

「しかし……突破されたら……もう終わりでは？」

「君が死ぬか、降伏すればね。それまでは終わらない」アスラが笑う。「それに私が行く。立て直してこよう」

アスラは青い駒を一つ抓《つま》んで、地図の外に置いた。

この部隊は壊滅した、という意味。

「私はどうします？」とサルメ。

「ここに残れ。各部隊からの報告を聞き、まとめておけ。戦況も動かしておいてくれると助かる。駒一つで大隊一つだよ」

アスラが地図と駒に目をやった。

「分かりました」

「正直、大軍を率いるのは苦手だよ」アスラが苦笑い。「もっと小規模な部隊しか経験なくてね」

まぁ、でも、とアスラは思う。

それなりに楽しめた。

◇

「なんで縄を切るだけの簡単な仕事ができないのさ？」

レコは頬を膨らませながら言った。

レコに怒られたサンジェスト王国軍の小隊長は、苦々しい表情でレコを見ている。

「おじさんたちの名誉は傷付かないってオレ説明したよね？」

レコたちは崖の上にいる。

断崖ではなく、やや角度のある崖。

「しかし、このような罠《わな》は……」

小隊長が顔をしかめた。

「でも作ったよね？」

「……上からの命令で仕方なく……」

小隊長が崖の下に視線を動かす。

レコも同じようにそっちを見た。

大岩に押し潰されたリヨルールの補給部隊の残骸がそこにあった。

「いい？」レコが言う。「罠を作ったのも、使ったのも、オレたち《月花》だから。おじさんたちはここには居なかった。分かった？」

後世に伝えられるのは、《月花》の仕掛けた罠で補給部隊が全滅した、ということだけ。

サンジェストの正規部隊の名前は出ない。

あくまで傭兵がやったこと。

「もー」レコが再び頬を膨らませる。「縄切ったの結局オレだし、別にいいじゃん。何が不満なのおじさんたちは」

「兵士として、一人の戦士として、このような卑劣な手段で勝ちたいとは思えん」

「じゃあ死ねば？」

レコはニッコリと笑った。

アスラの真似だ。

レコの笑顔を見た兵士たちが、酷《ひど》く驚いたような表情を見せる。

「この罠を発動させなかったら、オレが団長に半殺しにされる。それはそれで興奮するけど、使えない奴って思われたくない。それに、敵に補給が届いたら本当に負けるよ？　で、負けたら死ぬ。ジャンヌたちが皆殺しにしてるの知ってるよね？」

レコ、ユルキ、イーナはそれぞれサンジェストの小隊を率いて敵の補給線を断っている。

レコのいる崖の下には道があるのだが、そこはいくつかある補給路の中では一番の悪路。

要するに、他がダメだった時、苦肉の策として通るような道。

なぜ他がダメになったのかというと、ユルキとイーナがすでに他の道で大暴れしたから。

「上からの命令でなければ、貴様のようなガキに……」

「オレも【地雷】使いたいなぁ」レコは溜息《ためいき》混じりに言う。「そしたらこの人殺すのに」

相手をするのが面倒になったレコである。

「まぁいいや、本陣に戻るよ。大岩が塞いでるから、もうここは通れないし」

次の命令は何だろう？

レコはアスラの命令がとっても楽しみだった。

命令されるということは、アスラはレコを信頼しているということ。

レコなら任せても大丈夫だと思っているということ。

レコにはそれが嬉しくて堪《たま》らない。

◇

「放て！」

ユルキの命令で、サンジェスト軍の小隊が火矢を放つ。

街道を進んでいた荷馬車に矢が刺さり、燃え上がる。

荷馬車は二台進んでいて、狙ったのは前の荷馬車だけ。

ユルキたちは街道沿いの草原に身を伏せてずっと待っていた。

この街道にリヨルール軍の補給部隊が現れるのは四日ぶりだった。

「おっし！　突撃しろ！」

ユルキが言うと、小隊が弓を置いて剣を抜き、燃え盛る荷馬車に向けて走った。

荷馬車を守っていた敵の護衛部隊を殲滅するためだ。

「はっはー！　ここは盗賊が出るって聞いてなかったのか⁉」

ユルキは弓を置き、トマホークを片手に走った。
ちなみに、ユルキも含めて、全員が盗賊風の服を着ている。
サンジェスト軍の名誉を損なわないための偽装だ。
あくまで、盗賊に襲われて補給ができないと思わせる。
なぜそんな面倒なことをしているのかというと、サンジェストの兵士たちの要望だ。
それもかなり強い要望だった。
補給部隊を奇襲で叩いたという事実を後世に残したくないのだ。
正々堂々と戦わないのは不名誉である、という理屈。
国が滅びかけているのに、不名誉もクソもあるか、とユルキは思う。
しかし、それでも、サンジェスト兵は譲らなかった。
だから仕方なく、盗賊ということにしているのだ。
「つーか兵士ってこんな弱いのか⁉」
トマホークで敵兵の喉を裂く。
ユルキは四日前も同じことを思った。
サンジェストの兵たちは、リヨルールの兵たちと互角の戦いをしている。
ユルキは【火球】を使ったり、短剣を投げたりして援護した。
その結果として、結局ほとんどの敵兵をユルキが殺してしまった。
敵が一人逃走したが、放置する。

なぜなら、この街道に盗賊が出ることをもう一度本国に報告してもらう必要があるから。

「クーセラ隊長、強すぎませんか?」

サンジェスト兵の一人が、ポツリと言った。

「ユルキでいいって」ユルキが肩を竦《すく》めた。「つーか、お前らが命令通りに動いてくれるから、スムーズなだけじゃね?」

実際、やりにくさはそれほど感じない。

もちろん、《月花》のメンバーと比べたら意思疎通に少し問題はある。

ハンドサインを理解しないし、いちいち何をするか声に出す必要があるからだ。

「いえ、強いでしょう……少なくとも、うちの国にはクーセラ隊長より強い人はいないかと」

さっき発言したのとは別の兵士が言った。

「まぁ、強い方だとは思ってるけど、そんなにか? 過大評価じゃねーか?」

ユルキは自分を弱いとは思っていない。

実績も多い。

けれど、兵士の言葉は買いかぶりのように思った。

ユルキは身近な強者を思い浮かべる。

まずアスラ。絶対勝てない。勝つ可能性はゼロ。何しても負ける。

ルミア。アスラに同じ。

アイリス。正当に戦えばまず勝てない。手段を選ばなければ、チャンスはあるかもしれない。

アクセル。一発殴られたら死ぬ自信がある。

エルナ。屋外だと勝ち目はない。屋内、それも狭い部屋ならワンチャンあるか？

ジャンヌ。無理。

マルクス。それなりに戦えるが、結局は負けるだろう。

あれ？　俺やっぱ弱くね？

「いえ、強いです」兵士が頷く。「ひとまず、前回のように残った荷馬車の物資を回収します」

「おう。敵の物は俺らの物、ってなもんよ」

比較対象に問題があるんだな、きっと。

ユルキは考えるのを止《や》めた。

六章　二話

アスラ式、積極的な防衛それってつまり、攻撃よね？

林道を二台の荷馬車が進んでいる。

荷馬車の周辺を騎馬と歩兵からなる二小隊が護衛している。

木の枝に待機していたイーナが、最初に矢を放った。

イーナの矢は護衛小隊の隊長らしき男の頭をぶち抜いた。

敵兵たちは何が起こったのか分からない、という表情だった。

イーナの矢に合わせて、サンジェスト小隊の面々も矢を射る。

全員が木の上からの攻撃だ。

剣しか持っていない敵部隊に反撃の術《すべ》はない。

「……テルバエ軍と同じ……」イーナが呟《つぶや》く。「……上から攻撃されるって、概念がない……」

一人、また一人と敵が倒れ、最後に荷馬車の御者が死んだ。

イーナは木から飛び降りて、地面スレスレで【浮船】を使用。ふわっと衝撃を緩和する。

続いて、サンジェスト小隊の連中も木から下りる。

彼らはイーナと違って、そのまま飛び降りたりはしない。枝から枝へと移り、安全な高さで飛び降りた。

イーナもサンジェスト小隊の連中も、迷彩柄のローブを着用している。

風景に溶け込み、敵がこちらを発見する速度を落とすためだ。

「凄《すご》いですね」サンジェスト兵が言う。「ほとんどをクーセラ隊長が倒してしまった」

「……そうだっけ?」

イーナが首を傾《かし》げた。

「思うに、堂々と名乗りを上げてから戦っても問題ないのでは? それなら、我々もこんな服を着る必要も……」

「……それはダメ」イーナがサンジェスト兵を睨《にら》む。「……作戦の成功率が……下がる……。先制攻撃が、大事なの……」

先に敵を発見し、先に攻撃する。

それがどれほど大切か、イーナはよく知っている。

今回の戦闘も先制攻撃だからこそ、こちらの損失がゼロで済んだのだ。

名乗りを上げて正面から戦うなんて、考えただけでゾッとする。

「……とりあえず……荷馬車を確保して……本陣に戻ろう……」

イーナは本陣での戦闘に思いを馳《は》せた。

マルクスは今頃、大変だろうなぁ、とイーナは思った。

◇

「なんとか保《も》ってはいるが……」

マルクスは馬上で呟いた。

すでに何度も防衛ラインを下げている。

ここが最後だ。

ここを抜かれたら、もう町はすぐそこなのだ。

「旅団長代理！　第七大隊が押し込まれています！」

伝令兵が言った。

「くっ……第六大隊を救援に向かわせろ」

それが最善なのかどうか、マルクスには分からない。

旅団を率いた経験なんてない。

精々、騎士時代に小隊長を務めた程度。

それに。

正攻法しか使えないのが一番痛い。

アスラ曰《いわ》く、

「大軍に私らのやり方は無理だよマルクス。訓練していないことはできない。精々、私らのやり方ができるのは小隊までさ。分かるだろう？　やったことない作戦行動をある日、突然、見知らぬ隊長に命令されて、できるわけがない。もちろん、それができる奴もいるだろう。でも、人数が増えれば増えるほど、対応できない奴が増えて混乱する。だが安心しろ。しばらく守ればいい。ただ守るだけさ。君ならできるだろう？　なぁに、騎士時代を少しばかり思い出してくればいい。できるね？」

奇策は使うな、ということ。

《月花《つきばな》》では普通のことでも、軍隊では違う。

ユルキとイーナが羨《うらや》ましい、とマルクスは思った。

二人が率いているのは小隊なので、きちんと説明さえしてやれば、それなりに《月花》風の戦闘が可能だ。

もちろん、あくまで即席の《月花》風であって、《月花》の劣化でしかないが。

「ただ守るだけと、団長は簡単に言うが……」

厳しい。正直、もう厳しい。

今日が限界。これ以上援軍が遅れれば、戦線は崩壊する。

だけれど。

こんなところで、

こんな役立たずのクソみたいな兵たちとともに、

ただ死にたくはない。

それに。

《月花》は依頼達成率一〇〇％なのだ。

その軌跡に泥を塗りたくない。

「団長、普通の軍隊を指揮して理解しました。自分は心底、《月花》が好きです」

◇

腕が重い。

アイリスはまるで夢の中で泳いでいるような気分だった。

自分の周囲で、敵も味方も死んで逝《ゆ》く。

むせ返るような血の臭いすら、もう麻痺《まひ》して何も感じない。

向かって来る敵兵を一人、峰打ちする。

あ、この人、昨日も打った、とアイリスはぼんやりと思考した。

一〇日も続く戦争で、アイリスは誰も殺していない。

全て峰打ち。

だけれど。

アイリスに打たれた者たちはみな、翌日には再び武器を携えて向かって来る。

叩《たた》いても叩いても「リヨルール万歳！」「ジャンヌ様万歳！」と高らかに叫びながら突撃して来た。

朝から晩まで戦い続け、更に夜から朝日が昇るまで夜襲の応酬。

体力は限界に近いけれど、精神はとっくに限界を超えている。

「手首を返せば……刃を返せば……」

無意識にそう呟いていた。

悲鳴も怒声もいつしかアイリスには届かなくなっている。

「……命を奪えば、もう向かってこない……殺せばもう叩かなくていい……。殺せば……殺せば……」

アイリスは理解していた。

もし、アイリスが峰打ちではなく、全てキチンと斬《き》り殺していたならば、
この戦争はもう終わっている。

アイリスは一〇日間で五〇〇に近い敵を叩き伏せた。

毎日五〇人斬りをしているような感覚。

英雄であるアイリスだからこそできる芸当。

「……あたしじゃなければ……もう……終わってるのに……」

でも、
それでも、

「あたしは……あたしは……」

鎧《よろい》ごと敵兵を横に薙《な》ぐ。

もちろん峰打ち。

「人を殺すために英雄になったんじゃない!!」

その意思を貫く。

例えばそれが、世界を滅ぼす最悪の選択だとしても。

人間を殺さない。

それがアイリスの矜持《きょうじ》。

そして。

気付けばアイリスは一人ぼっちだった。

正確には、敵の中に一人だった。

味方がみんな死んでしまった。

アイリスはサンジェスト王国軍の第三大隊と行動していたのだが、彼らが全滅してしまったのだ。

「……ぼんやりしすぎでしょ、あたし……」

アイリスは片刃の剣を構え直す。

敵に囲まれている。

本来なら、普通の戦争なら、英雄であるアイリスは殺されない。

でも、ジャンヌの軍は違う。

そんなルールに縛られていない。

「あたしは大英雄になるんだからっ！　こんなところで！　死ねるか！」

アイリスが自ら動こうとしたその時、
敵兵の頭が順番に爆発した。

「よく頑張ったねアイリス。あとで頭を撫《な》でてあげるから、今はこの馬で下がれ」

アスラが馬から飛び降りて背中のクレイモアを抜いた。

「アスラ……」

呟いた瞬間、アイリスは脚の力が抜けてその場にへたり込んだ。

「おいおい、それは困るよアイリス……」

言いながら、アスラはクレイモアで敵兵を両断する。

同時に、アイリスの周囲に【地雷】を蒔《ま》く。

アイリスは片刃の剣を杖《つえ》の代わりにしてヨロヨロと立ち上がる。

しかし。

アスラの乗って来た馬が槍《やり》で突かれて息絶えた。

「ふん。死にたくなきゃもう一度構えろアイリス。やれるだろう英雄？」

「バカにしないでよ、やれるわよ……」

敵兵が数人、アイリスに近付こうとして【地雷】を踏んだ。

アスラがアイリスに近付き、
アイリスはアスラに背中を預けた。

「頼りない背中だね。いつか、安心できるといいんだけどね」

アスラが少し笑った。

その直後。

「突撃!!」

よく通る男の声が聞こえた。

そして、
アイリスは見た。

敵軍を斬り裂く青い波を。

「ふん。やっと来たか」アスラが言う。「しかし、まさか連中が来るとはね。てっきりエルナかアクセルだと思ってたんだがね」

蒼空《そうくう》の鎧に身を包んだ二〇〇人ほどの騎馬連隊。

その先頭には、アイリスも知っている男がいた。

蒼空騎士団団長にして、東の新たな大英雄候補。

透き通るような美しい金髪の男、ミルカ・ラムステッド。

「蒼空騎士団見参!!」ミルカが叫ぶ。「ジャンヌとその軍は《魔王》に相当する脅威と認定された!! よって!! 全ての英雄がジャンヌ軍の侵攻を阻む!! サンジェストの兵士たちよ!! 英雄と蒼空騎士が君たちの味方だ!! もはや恐れることはない!! 立ち上がり声を上げろ!!」

蒼空の連隊は真横から敵軍を斬り裂いて進んでいく。

その力強い青い波を見て、
ミルカの声を聞いて、
サンジェスト軍が息を吹き返した。

「すごい……」

アイリスは見惚《みと》れた。

これが、大英雄候補。

これが戦闘中のミルカ・ラムステッド。

アイリスの知っている普段のミルカと違い、凄《すさ》まじい安心感と信頼感がある。

「予定より少し遅れたが、まぁ概ね私の描いた絵の通りだ」アスラが言う。「下がるよアイリス。私らは明日から反撃に移る。ジャンヌを殺しに征くよ」

◇

「英雄たちの動きがあまりにも早すぎます」

報告に来たミリアムが焦った様子で言った。

ジャンヌは玉座で頬杖《ほおづえ》を突いている。

玉座は謁見《えっけん》の間にあるのだが、その周囲に段差があって、レッドカーペットの敷かれた床より少し高い。

レッドカーペットの上にはテーブルがあって、中央フルセンの地図が広げられている。

「円のような形で囲まれたわね」

ルミアが駒を動かしながら言った。

ジャンヌ軍と各国の軍、そして英雄の駒と《月花》の駒。

英雄の駒は、リヨルールを中心に円周上に配置されている。

ただし北側にはもう守るモノが何もないので、英雄のコマは配置されていない。

「ぼくたちを封じ込める形ですわね？」

ティナが地図を見ながら言った。

「英雄が動くことは想定していました」ジャンヌは気怠《けだる》そうに言った。「ただ、ミリアムの言う通り、行動が早すぎますね」

「その上、《魔王》認定ですって？」ルミアが苦々しい表情で言う。「アスラの入れ知恵よ、これ。絶対にそう。こっちを滅ぼすつもりよ、アスラは」

「そうだとして、次の動きは？　英雄たちは徐々に包囲網を縮めてきますか？」

ジャンヌは特に焦った様子もなく言った。

「違うわね。アスラは美味しいところを持って行くタイプよ。英雄にジャンヌ討伐を譲ったりしない。英雄の配置はあくまで、こちらの動きを制限しただけ」

「しかしルミア」ミリアムが言う。「《月花》はサンジェストにいます。情報では、サンジェストと契約したようですし、離れるとは思えません」

「離れるわ。絶対よ」ルミアが《月花》の駒を摑《つか》む。「防衛の依頼を請けていようが、アスラは積極的な防衛を行う。分かるかしら？」

「ただ守るのではなく」ジャンヌは相変わらず、頬杖を突いたまま。「攻めている相手を滅ぼすことで防衛する、という意味ですか？」

「その通り。すぐにサンジェストにも英雄が配置されるわ。そしたら、アスラは攻めに転じる。あの子は、信じられないほど好戦的なの。間違いなく来るわ」

ルミアは手の中で《月花》の駒を弄《もてあそ》ぶ。

「ふむ」ジャンヌが頬杖を崩す。「あたくしを殺したいなら、英雄みんなで来た方がいいようにも思いますが、その辺りはどうなのです？」

「それでもアスラが来るわ。だってジャンヌ姉様が、それを望んだでしょう？　アスラはそういうの、ちゃんと分かってるわ」

ルミアが言うと、ジャンヌは少し驚いたように目を丸くした。

「なぜ、あたくしが望むのです？」

「自覚していないのね」ルミアが肩を竦《すく》めた。「アスラと縁を作ったじゃないの。背中を斬ることで。アスラに興味があったでしょう？」

ジャンヌはしばらく沈黙していたが、
やがて小さく息を吐いた。

「そうかもしれません。神性をものともしない彼女に、少し惹《ひ》かれました」

「アスラみたいなタイプは魅力的に見えるのよ。基本的にね」

「どんなタイプです？」と首を傾げたのはミリアム。

「頭がイカレたタイプ」ルミアが肩を竦める。「とにかく、アスラはここに来る」

ルミアは《月花》の駒をリヨルール帝国の帝都に置いた。

「来たところで、姉様に勝てるとは思えませんわ」

ティナが淡々と言った。

「そうね。アスラの正当な実力は、わたしとそう変わらないわ。ジャンヌ姉様の方が強い。それは間違いない。でも」

ルミアはジャンヌを見詰める。

「死ぬのは姉様の方。アスラは英雄たちよりずっと厄介よ。だってアスラって、姉様よりも誰よりも、真性の悪党だもの」

悪は強い。何でもできるから。

何の制限もなく、どんな卑劣な手でも使えるから。

「なるほど」ジャンヌが少し笑った。「では、あたくしも悪に徹しましょう。それに、切り札はあります」

「【神滅の舞い】のことを言っているなら……」

「違います。まだ見せていませんよ。正確には、まだ発動できないので」

「発動できない？　何の話なの？」

ルミアが目を細めた。

「魔法の性質は四つではありません」

「……なんですって？」

ルミアは驚いたが、大きな驚きではなかった。

アスラがすでに、魔法の性質を増やす研究をしていたから。

「知ってるだけで六個ありますわよ」とティナ。

「六個？　嘘《うそ》でしょ？」ルミアが言う。「なぜ四つしか表に出て……」

そこまで言って、ルミアは理解した。

「……誰も知らなければ、それは強力な武器になるわね……」

誰が性質を増やしたのかは知らない。

だがそれを発表しなかった場合、地位と名声を得られない代わりに、切り札を得る。

「と、いいますか」ティナが普通に言う。「ぼくは人間たちが四つしか知らないってことを姉様に聞くまで知りませんでしたの。ぼくは普通に六個教わりましたので」

「人間たち？」と呟いたのはミリアム。

「言葉のアヤですミリアム」ジャンヌが言う。「忘れなさい」

「勝ち目が出てきたわね」ルミアが言う。「どんな魔法か教えてくれるかしら？　上手く使えば、アスラたちを倒せるかも」

ティナはジャンヌの方を見た。

ジャンヌは首を横に振った。

「近く、教えますが、今日ではないです」ジャンヌが言う。「ですが安心してください。発動さえすれば、アスラたちどころか、英雄も世界も呑《の》み込むでしょう」

「……魔法の話よね？」

ルミアにはそんな規模の魔法はすんなり信じられない。

「そうです」ジャンヌが視線をミリアムに移す。「ミリアム。部下を選《え》りすぐってサンジェストに向かってください」

「待って姉様」ルミアが言う。「《月花》と戦うなら、わたしも行くわ。ミリアムは確かに強くなってるけど、それでもアスラ一人に勝てないわ」

「いいえ。ルミアは側《そば》にいてください。そうでないと困ってしまいます」ジャンヌが微笑《ほほえ》む。「いいですねミリアム？」

「分かりました。《月花》を倒し、サンジェストを落とせばいいんですね？」

「はい。今すぐです」

「了解です」

ミリアムが踵《きびす》を返し、謁見の間を出た。

それを確認したのち、ジャンヌが言う。

「あたくしが死んだら、ティナのことをお願いしますルミア」

「何を言っているの？　死なせたりしないわ」

ルミアは強い口調で言ったのだが、
ジャンヌはただ笑った。

困ったような、寂しいような、
そんな曖昧な笑顔だった。

そこに女性がいれば、口説くのが礼儀「私を口説くのはよせ、男に興味ない」

アイリスは泥に足を取られ、顔から地面に突っ込んだ。

日が傾き、沈む寸前の時間帯。

すでに昼間の戦闘は終了した。

「……アイリス、そんなに疲れてるなら、もう休んで……」

アイリスの隣に立ったイーナが呆《あき》れ顔で言った。

二人は訓練用の木人を相手に、連携を深める訓練をしていた。

最近はずっと二人でその訓練をやっている。

ちなみにここは、サンジェスト陣の最後方。

「ごめん……」

アイリスが仰向《あおむ》けに転がる。

片刃の剣を手放して、アイリスは顔の泥を袖で拭う。

「……初めての戦争だし……長期だし……仕方ない」

「イーナは元気そうね」

「……あたしは、だって、補給路見張ってるだけだし……」イーナが短剣を仕舞う。「まぁ……おかげで、魔法の……練習できたけど……」

アイリスに与えられた任務より、イーナの任務の方が楽ではある。

補給部隊が通らなければ、やることがないのだから。

けれど、優先度はかなり高い。

敵の補給を断つのは基本中の基本。

絶対に信頼できる人物でないとアスラも任せられない。

「お前らも元気だよな」

ユルキが呟《つぶや》いた。

ユルキはサルメとレコの攻撃を捌《さば》いている。

サルメとレコは木製の短剣を両手に持って、順番にユルキを斬《き》り付けていた。

「それオレの取り柄！」

「私は伝令しかやってないので！」

二人とも本当に元気だった。

「ま、お前らかなり強くなったよな」ユルキが笑顔を浮かべる。「もう近接戦闘術と短剣術は合格レベルじゃねーか？　成長早すぎだろ」

と言いつつ、ユルキはレコの手首を捻《ひね》って地面に転がす。

続いて、サルメにカウンターの一撃をお見舞い。

サルメが腹部を押さえて座り込む。

「皮肉に聞こえた」とレコ。

「はい。私もです」とサルメ。

「いやいや、マジだって」ユルキが言う。「なぁイーナ、アイリス、そう思うだろ？」

「……うん」イーナが頷《うなず》く。「二人とも……そこらの一般人には……負けない。弓も……下手だけど使えるように……なったし」

「確かに、成長早いわね。サルメは投げ短剣も合格レベルなんじゃないの？　レコは下手だけど」

アイリスがその場にぺったんこ座りする。

ユルキとの模擬戦では、サルメもレコも短剣を投げていないし、弓も使っていない。

けれど、基本的な技術なので、レコもサルメも投げ短剣と弓の訓練はコツコツとやっていた。

「合格レベルかどうかは団長が決める。二人の成長が早いのは環境がいいからだろう。うちの団長は訓練大好きで、訓練と結婚したのかと疑ってしまうレベルだ」

胡座《あぐら》で地面に座り、イメージトレーニングをしていたマルクスが言った。

「普段から訓練してねーと、いざという時に動けない、ってのが団長の持論だな。まぁ、《月花《つきばな》》は強くなるには最高の環境だ。余所《よそ》じゃこんなに急成長はできねー。ところでマルクス、イメトレは勝てたか？」

「負けた」マルクスが小さく肩を竦《すく》める。「やはりルミアは強い。自分だけでは勝てんな。もっとも、自分がルミアと戦うかどうかは不明だが」

役割を振るのはアスラの仕事。

適材適所をアスラが見つけてくれる。

「明日はジャンヌのところに行くんですよね？」

サルメが少しだけ不安そうに言った。

「ああ」マルクスが言う。「団長は今、その件を王子やミルカと話し合っている。しかしミルカが来るとはな……」

「そういや、マルクスは蒼空騎士《そうくう》だったよね」レコが楽しそうに言う。「ミルカってどんな人？　見た目はすごいカッコイイと思ったよ」

「……それ思った……」

「私も思いました」

「俺とどっちが？」

ユルキが言うと、女性陣が二秒ほどユルキを見詰めた。

そして何事もなかったかのように目を逸《そ》らす。

「わぁお。俺、軽くショックだぜ今の反応」

ユルキが肩を竦めた。

「……ユルキ兄もイケメン……だよ」

「そうですね。ユルキさんもカッコイイです」

「性格はユルキの勝ちよ、ミルカさんってすっごい軽薄だもん」

「ユルキも軽薄」とレコが笑った。

「レベルが違う」マルクスが言った。「ミルカの軽薄さは神の領域だ」

「それってすごいね。想像できないや」

「はい。どんな領域か興味あります」

レコとサルメはミルカに興味津々だった。

「あいつはまず、女にモテるために蒼空騎士になった」マルクスが苦笑いしながら言う。「訓練学校時代には、同期の女だけでなく、教官さえも口説いたという話だ。自分はミルカより下の世代だが、ミルカの噂《うわさ》や謎の武勇伝は語り継がれていたな」

マルクスは二五歳で、ミルカは三〇歳。

「それで女にモテるために英雄になったんでしょ？」アイリスが言う。「あたしも会う度に口説かれるから、面倒なのよね」

「……は？　モテ自慢？」

「モテ自慢うざいです」

「ち、違うわよ！　本当に迷惑してんのよ！」

アイリスが慌てて両手を振る。

「話を続けるか？」

マルクスが言うと、みんな黙って頷いた。

「蒼空の団長は代々、英雄が受け継ぐ決まりになっている。だから、先代が引退してミルカが団長になった。しかし、だ」マルクスが真剣に言う。「あいつはすぐに団長を辞めたくなったらしい」

「なんでだ？」ユルキが言う。「地位も名誉も有り余ってるだろ、蒼空の団長なら。何が不満だったんだ？　女だって困らねーべ？」

「口説いた女たちとゆっくり過ごす時間がなかったからだ」マルクスは相変わらず真剣だった。「そこで、ミルカはそれなりに強かった自分に目を付け、自分は団長候補として育てられた。おかげで英雄候補レベルにはなったな」

「そんな理由で団長辞めるつもりだったなんて、とんでもない人ですね」

　サルメの表情は少し引きつっていた。

「そ。ミルカさんって本当、とんでもない人なの」アイリスが言う。「でも、実力だけは確かよ。大英雄を除けば、東で一番強い。ま、だから今の大英雄候補なんだけどね」

「大英雄にはきっと、なりたくねーんだろうな」とユルキが笑った。

「更に忙しくなるもんね」とレコも笑う。

「……団長、口説かれてるかも……。団長って、見た目だけは可愛《かわい》いから」

「その時はオレがミルカを闇討ちして亡き者にするよ」

◇

「オレはあまり活躍したくない。大英雄候補から外れたいんだ。だから君の提案は歓迎だよアスラちゃん。何も問題ない。だから今夜はオレと一緒に寝ないか？」

「それって命を懸けるほどかね？」

アスラは手の中で短剣をクルクルと回してミルカに見せた。

「正直、命の方が大事。オレの優先順位は、オレの命、女の子、その他」

「健全でいいね」アスラが短剣を仕舞う。「自分の命はとっても大切さ。私だって私の命は大事にする」

《月花》の団員たちが聞いていたら、「いや、あんたは命を危険に晒《さら》して喜んでるじゃん！」と盛大な突っ込みが入りそうだが、アスラは普通に言った。

「アスラ殿、ミルカ様、話を続けてもらえたらと思います……」

サンジェスト王子が申し訳なさそうに言った。

ここはサンジェスト軍のテントの一つ。

吊《つ》り下げられたランプの下に、背の高いテーブルが置いてあった。

テーブルの上には周辺の詳細地図と、中央フルセンの地図。それから飲みかけのコップが三つ。

地図の上にはいくつかの駒が置いてある。

アスラたちは立ったまま話をしている。

「ミルカ様なんて止《や》めてくれ」ミルカが苦笑いする。「そんな立派な人間じゃないし、オレ。趣味はナンパ。特技もナンパ。ぶっちゃけ、英雄やってるのも蒼空騎士やってるのも、女受けがいいからだ」

「……チャランポランな奴だね」くくっ、とアスラが笑う。「だから君がここに来たのか」

「と、いうと？」と王子が首を傾げた。

「いや、他の英雄なら、私の案に賛成しない可能性がある。大英雄のエルナやアクセルの命令でも、私に主導権を握られるのを嫌がるだろう？　話がスムーズに進まず、揉《も》めるかもしれない」

「オレはむしろアスラちゃんに握ってもらいたいなぁ」

ミルカがニヤニヤと笑う。

「その握って欲しい部分を蹴り潰《つぶ》すよ？」

アスラがミルカを睨《にら》むと、ミルカは嬉《うれ》しそうに笑った。

アスラは溜息《ためいき》を吐《つ》いた。

「それでアスラ殿……、本当に大丈夫なのでしょうか……？」

「大丈夫さ。君が不安に思う気持ちも分かるよ。超優秀な私たちの代わりが、そこのチャランポランに務まるのか、ってね」アスラが肩を竦めた。「でも安心したまえ。蒼空騎士ってのは雑魚《ざこ》ではないし、ミルカも一応、英雄だからね。数日この国を守るぐらいのことはできるさ」

「その点は安心していい」ミルカが真面目に言う。「今も夜襲に備えさせているし、オレたちは実戦経験も豊富だ。英雄である以上、大英雄の決定に従う義務もある。ジャンヌ軍が《魔王》認定されたのだから、オレたちは全力で君らを守る。約束する」

「それはありがたいのですが……そうではなくて……」

王子が苦笑いした。

「何が心配なのかね？　ミルカが女性兵士を襲うかもしれない、と心配しているのかね？」

「オレは戦争中でも口説く。そこに女性がいれば口説くのが礼儀だ。止められないぞ。悪いが敵兵も口説くかもしれない」

「口説いて寝返るなら、それはそれでありだがね」

アスラが笑って、ミルカも一緒に笑った。

「あの……僕が心配しているのは、アスラ殿のことなのですが……」

「私？　なぜ私を心配する？」

アスラは驚いたように目を丸くした。

「敵の本拠地に、その……少数で攻め入るのでしょう？」

「ああ。ジャンヌを倒さないと戦争が終わらないからね。サンジェストを勝たせると約束しただろう？　そのために必要なことさ。数日で終わるよ」

「いえ、だから、その……ジャンヌが《魔王》認定されたなら……英雄が行くべきでは？」

「それね」アスラが溜息を吐く。「そういうことを言い出す英雄がいたら面倒だなぁ、とは思っていた。だってそうだろう？　わざわざ殺されに行くようなもんだよ？」

「それはさすがに、聞き捨てならないな」とミルカ。

「死にたいなら止めはしないがね、私らの邪魔になると困る」アスラが言う。「私らはジャンヌなら倒せる。特に問題もない。三柱も問題にはならない。でも、英雄たちはジャンヌを倒すまでに半分近く死ぬだろうね。実際の《魔王》討伐と同じように」

「おいおいアスラちゃん」ミルカが苦笑い。「いくらジャンヌが【神罰】を使うからって、英雄の半分が死ぬってのは言いすぎじゃないか？　その口塞ぐよ？　オレの唇で」

「【神罰】はジャンヌの切り札ではないよ」アスラが淡々と言う。「もっと別のものだね。切り札ってのは雑に使わない」

ジャンヌは【神罰】改め【神滅の舞い】を普通の武器のように扱っていた。

慣れているから、とかそういう理由ではない。

アスラが見た限り、普通のクレイモア感覚だった。雑に振り回している感じ。

切り札や必殺技は簡単に見せてはいけないし、時が来るまで仕舞っておくものだ。

「……その切り札が何なのか知らないけど」ミルカが言う。「英雄には対応できないと？　でも自分たちなら対処可能だと、そう言いたいわけ？」

「私らは君らと違って柔軟だからね。対応できる可能性は高い」

「アスラちゃんが強いのはオレも認める。エルナおねーたまや、アクセルおじさんが認めてるから。だけど、ちょっと英雄をバカにしているのは頂けない。そんなアスラちゃんにはオレの調教が必要だと思うんだ」

「ちょいちょい変態発言を挟むなよ……」アスラが小さく首を振った。「別にバカにはしていない。柔軟性は私らの方が高い。それだけのことだよ。正直、真っ当に戦えば私より君の方が強い。でも、個人の強さと勝利が必ずしも繋《つな》がるわけじゃない」

ミルカはしばらくアスラを見詰めていたが、「まぁ、いいか」と息を吐いた。

変にプライドの高い英雄だと、この時点で話がこじれてしまう。

だからこそ、エルナとアクセルはミルカをここに配置したのだろう、とアスラは思った。

「ところで……そろそろ言いたいんですけど……」王子が申し訳なさそうに言う。「僕が心配だと言ったのは、アスラ殿がケガをしたりしないか、《月花》の皆さんから死傷者が出るのでは、という心配でして……」

「十分な報酬を貰《もら》っている。気にしなくていい。私らは傭兵《ようへい》だから、全員死ぬ覚悟はできている。以上だ。早朝から出たい。もう休んでも？」

サンジェストはあまり豊かな国ではないので、アスラは金銭以外も要求した。

アーニアの時と同じだ。

つまり、
王子が正式に王となったとき、アスラたちを優遇するということ。

更に言えば、今後、死ぬまでアスラのお願いを聞き続けるということだ。

六章　四話

団長の胸は神秘的だよ！　いつもソコにいないいんだから！

「ってな具合で、ミルカと王子に大見得を切ったから失敗は許されないよ！」

アスラが昨日のテントでの会話を説明し、そう締め括《くく》った。

昨夜は全員、かなり早く眠った。体力を回復させるためだ。

よって、アスラは昨日、団員たちに何も説明していない。予定通りリヨルールに向かうと告げただけ。

現在、傭兵団《ようへいだん》《月花《つきばな》》はリヨルールを目指して、馬で移動している最中だ。

拠点の荷馬車は速度が落ちるのでサンジェスト王国に置いてきた。

早朝から走りっぱなし。

休憩を挟んでも、このペースなら夜にはリヨルール帝都付近まで到達可能だ。

「それで作戦はどんな感じっすか⁉」

ユルキが言った。

「帝都に潜入して、朝まで休む！　それから帝城に潜入して、ジャンヌを見つけて、殺す！」

「団長って緻密なようで大ざっぱだよね‼」

レコが嬉《うれ》しそうに言った。

馬を走らせながらの会話なので、みんな自然と声が大きくなる。

「はっはっは！　それで十分だよレコ！」

アスラは笑っていたが、他のメンバーは顔をしかめた。

当然、必勝の策があるものだと思っていたからだ。

「……ティナはどうするのです団長？　懐柔可能なのですか？」

「心配するなマルクス。ティナの性格上、余程のことをしない限り戦闘にはならんよ」

「俺ら、これから余程のことをしに行くんじゃねーんすかねぇ」

ユルキが呆《あき》れ口調で言った。

ティナが戦闘に前向きなタイプではない、というのは団員共通の認識。

「ティナには絶対に手を出すな」アスラが真面目に言う。「出したら私ら死ぬぞ？　ティナ単独であっても、今の実力では勝てるか際どい。あくまで目標はジャンヌだ」

「そのジャンヌも、たぶんあたしより強いんだけど？」

アイリスが淡々と言った。

「ノエミだってアイリスさんより強かったのでは？」

サルメが冷静に言った。

「……まぁそうだけどさー」

アイリスは少し悔しそうな雰囲気。

「……てゆーか！　ジャンヌは！」イーナが頑張って大きな声を出す。「……まだ！　本気出してない！　……よね⁉」

「その通りだよイーナ」アスラが言う。「何か奥の手を隠し持っている。それだけは確かだね。みんなも分かっているだろう？」

アスラの言葉にみんな頷《うなず》いたが、アスラは先頭を走っているのでみんなの顔は見えない。

けれど、気配で頷いたのが分かった。

「しかし残念なことに、彼女がどんな切り札を持っているのかサッパリ分からないね！」

「だよねー！」

アスラが笑って、レコも笑った。

「臨機応変に現場で対応するしかないでしょうね」マルクスが冷静に言う。「英雄たちよりは、自分たちの方が対応し易《やす》いとは思います。よって、勝率も自分たちの方が高い」

「連携すりゃ、団長抜きでも英雄殺せそうだしな、俺ら」

「……その殺せそうな英雄ってさー、もしかして、あたし基準にしてる？」

「……当然……」とイーナ。

「他の英雄たちは、あたしみたいに甘くないわよ？　真面目に言ってるけど、確かにあたしはお花畑よ。認めるわ。でも、あのミルカさんだって、戦場では全然違った顔になるのよ？　アスラ抜きでそう簡単に英雄殺せるわけないでしょ？」

「ほう。真面目に自分がお花畑だと認めるとはね。偉いじゃないか。進歩だよアイリス」

アスラがうんうんと頷いた。

「簡単だとは言ってねーんだけどな、俺」

ユルキが小声で言った。

「まぁ、英雄を殺せるかどうかは置いておきましょう」とサルメ。

「そもそも英雄を殺しちゃダメだって話は……しても無駄よね」

アイリスは諦めたように言ってから、溜息《ためいき》を吐《つ》いた。

「私はジャンヌの目的が気になります」

サルメはやや真面目な雰囲気で言った。

「目的オレも気になる！」レコが言う。「新世界秩序の話はどこいったの⁉　って感じ！」

「下っ端には本当のことを話していないのだろうね。ところで、みんなそれぞれジャンヌの目的については考察していると思うが、答え合わせをしてみよう。アイリスから」

「あたし⁉」

「考えてないんだね。いいよ。別に期待してない」

「か、考えてるし！　そんな冷たく突き放さなくてもいいじゃないの！　ちゃんとあたしだって考えてるもん！　いきなりあたしだったから驚いただけなんだから！」

「団長、答え合わせをするなら、一度休憩を入れませんか？　馬も休ませたいですし」

マルクスは副長らしく、冷静に提案をした。

「そうだね。町の残骸が見えているから、あそこで休もう」

リヨルールとサンジェストの間にあった国。

その国はもう存在していない。つい最近滅びたからだ。

◇

その町は酷《ひど》い有様だった。

瓦礫《がれき》と死体が重なり合って、地獄絵図を創造していた。

そこに生はない。死と絶望だけが、風に乗って運ばれている。

これほど無惨という言葉がシックリ来る光景もないだろうね、とアスラは思った。

「なんなのよ、これ……」

アイリスは愕然《がくぜん》とした。

焦げた匂いと死の匂いが、町全体にこびり付いている。

「滅び。滅亡。終焉《しゅうえん》。破滅。絶滅。何でもいいけど、そういう場所だよ。まぁ、私に言わせれば、とんでもなく非効率的だね。オーバーキルなんてレベルじゃない」

アスラが吐き捨てるように言った。

これだけの惨状を作る労力があるなら、さっさと次を攻めればいい。

ここまで徹底して破壊する必要性を、アスラは感じない。

「話には聞いていましたが……ここまで酷いとは……」

マルクスの表情が歪《ゆが》む。

大人も子供も皆殺し。

誰一人生き残っていない。

「これって何のため？」レコが首を傾《かし》げる。「ムルクスの村はさ、アーニアの産業の中心だったから、焼き払われるのは分かるけど、この町をここまでやる意味って何？」

建物は全て焼かれるか、倒されている。

原形を留《とど》めた建造物は何一つとして残っていない。

「……主に家畜を育てていた町。別に主要産業じゃない……。特に目立たない普通の町」

イーナが周囲を見ながら言った。

《月花》は事前に地図でルート確認をしていた。

だからこの町を通ることを知っていたし、どういう町だったのかも多少は知っている。

「実際に目で見ると……酷いですね」サルメが言う。「ジャンヌのプロファイル、ちょっと修正する必要がありそうです」

「早速やろう。アイリス」

アスラは手頃な瓦礫に腰掛けて言った。

他のメンバーも適当な場所に座り込む。

レコがアスラの膝に座ろうとして、アスラに押されて結局地面に座った。

サルメもアスラの膝を狙ったのだが、レコと同じ結末に。

「お前ら、本当いつも元気だな……」

ユルキは呆れた風に言った。

アイリスは溜息を吐いてから、自分のプロファイルを発表する。

「どう見ても怨恨でしょ？　憎くて堪《たま》らない、って感じよ？　たぶん人間全般が憎いんだと思うわね。新世界って、人間の存在しない世界のことを言ってるんじゃないの？」

「……アイリスに賛成……。人類の滅亡……とか、そういうのが目的な気がする……」

「だとしても、達成するのは至難の業だぜ？」ユルキが言う。「本気なら正気じゃねーな。途中で絶対力尽きる。全方位戦争だぞ？　バカとしか思えねー」

「ユルキに同意だ。ジャンヌは正気じゃない。こんなやり方、途中で確実に死ぬだろう？　戦力が保《も》たん。陥落させた国を取り込まず、ただ滅ぼすだけなら、ジャンヌ側の戦力も徐々に低下する」

「つまり自殺行為ってことだよね」とレコ。

「それが目的なのでは？　緩慢な自殺……いえ、壮大な自殺？　人類を巻き込んだ自殺、でしょうか？」

「それは私も考えたよサルメ。これはどう考えても自殺行為。憎しみや悲しみだけが増加して、いずれジャンヌは誰かに討たれる。私らが何もしなくても」アスラが小さく肩を竦《すく》めた。「けれど、あるいは勝算があるのかもね。彼女の切り札を私らは知らない」

「……もし自殺なら、一人でやって欲しい……」

「そうよ、その方が早いじゃないのよ」アイリスが怒ったように言った。「なんで巻き込むの？　理解できない」

「世界に爪痕を残したいんじゃない？」レコが言う。「自分の爪痕を、ずっと残したいのかも」

「爪痕を残して自殺するために行動しているなら、ジャンヌはむしろ正気、ということになるな。しかし、団長の言うように勝算がある可能性も捨て切れん」

マルクスはいつものように腕を組んだ。

「正気だよ、彼女は」アスラが言う。「結果だけを見れば、正気を疑うけれど、実際、私らと相対した時の彼女は正気だった。今もそうだろうね」

「正気で市民虐殺して、正気で団長の背中斬《き》ったんっすか？　その方が怖いっすよ」

「私らも別に、市民虐殺ぐらいはできるだろう？　私が命令すれば、君らはやる。どうだマルクス？」

「命令ならやりますが、団長は正当な理由もなく突然暴れたりはしないかと。特に、平和に暮らしている連中を無意味に巻き込みたいとは思わないでしょう？　誰か補足するか？」

「はい。私もマルクスさんに同意です。私たちが市民を虐殺するなら、虐殺するべき市民だったということです。そこがジャンヌと団長さんの違いでもあります」

「あーあ、君らが私をプロファイリングするから、私の神秘性が減ってしまったじゃないか」

「大丈夫！　団長は神秘的だよ！」レコが言う。「家出から帰ってこない胸の謎とかね！」

「まぁ君らの言葉は正しいよ」アスラはレコを無視した。「私は楽しいことは好きだが、無意味なことは嫌いだね。無意味だけど楽しければ、まぁ好きだね。ちなみに、虐殺を楽しいとは思わないから安心したまえ」

「それは朗報ね」アイリスが肩を竦める。「それで結論だけど、ジャンヌは正気だけど自殺志願者ってこと？　もしくは何かとんでもない切り札があって、勝てると信じてる？」

「根底は自殺志願者だろうね。この世界が嫌いなんだろうね、きっと。生きていたくない、とさえ思っているのだろう。彼女の切り札については、出たとこ勝負になるね」

「……じゃあやっぱり……一人で死ねばいいのに……」

「まぁそう言うなイーナ」アスラが笑う。「この世界か、もしくは社会に対して報復したいという気持ちもあるんだよ、きっとね。私らは彼女の自殺を手伝ってあげよう。なるべく速やかにね。そもそも、彼女は自分の死に私を選んだ」

「背中斬ったから？」

「そうだよレコ。私に報復して欲しいのさ。くくっ、彼女は私を待っている。だけどもちろん、彼女だってただ死ぬことは選ばないだろう。切り札を全部出して、それでも私らに敵《かな》わず、全てを諦め、やっと死ねるってところか」

　アスラの言葉が終わると同時に、全員が真剣な表情に変わる。

「蹄《ひづめ》の音ですね」マルクスが言う。「数は三〇か……四〇といったところでしょう」

「……リヨルールの方からだから……確実に敵……」

「どうするんっすか？　隠れてやり過ごすのもアリっすよ。俺らこれからジャンヌと戦う必要あるし、無駄な体力使うことはねーんじゃ？」

「連中がサンジェストに行くなら、ここで止めた方がよくない？」レコが言う。「サンジェストが無事じゃないと、オレたち依頼達成したことにならないし」

「蒼空《そうくう》の人たちもいますし、大丈夫なのでは？」

「どうすんのアスラ？　隠れるなら早くしないと、見つかっちゃうわよ？」

「撃破だ」アスラが立ち上がる。「理由はレコと同じ。私らは依頼を確実に成功させる。サンジェストへの増援ならここで潰《つぶ》す。用意したまえ。瓦礫に隠れて奇襲をかける」

六章　五話

《宣誓の旅団》は言いました まるで悪夢のような日だった、と

その日、人生最大の不幸がミリアムを襲った。
ミリアムは昨日、ジャンヌの命令で部下を選《え》りすぐった。
リヨルール軍の兵士、フルマフィ、傭兵団《ようへいだん》《焔《ほむら》》の中から全部で三五人を選抜。
寄せ集めの混成部隊ではあるが、ミリアムが直接、戦闘能力を確認した三五人だ。
もちろん、誰一人ミリアムに勝てる者はいなかった。
けれど、それでも上位三五名だ。
傭兵団《月花《つきばな》》がどれほど強力な部隊でも、一〇人に満たない。
このメンバーなら、負けはしない。ミリアムはそう信じていた。
その部隊とともに、今朝早くリヨルールを出た。
ミリアムはサンジェストに向かう最短ルートを選択。
順調に進軍し、とある町を通りかかった。
その町には、すでに何もない。
町だった残骸が転がっているだけ。
町人だった死体が転がっているだけ。

死の香りだけが漂う場所。

当たり前だが、人の気配は一切感じなかった。

「これが、《宣誓の旅団》の復讐《ふくしゅう》」

ミリアムは馬上で小さく呟《つぶや》いた。

「いえ、まだ途中、ですね」

目的は中央フルセンの完全なる破壊。

少なくとも、ミリアムはそう思っている。

過去、《宣誓の旅団》は裏切られた。

信じていた者たちから、守った者たちから、大切だと思っていた者たちから。

その時の絶望は、生涯忘れることはない。

自分たちの英雄を、旅団長を、ジャンヌ・オータン・ララを、民衆の前で辱《はずかし》め、拷問したことも忘れない。

「中央は腐っています。だから、我々が……」

そう呟いた瞬間だった。

地面が吹き飛んだ。

ミリアムは何が起こったのか分からなかった。

衝撃でミリアムは落馬。

更に地面が爆発。全部で六回。

あとに続いていた部下たちも、それで多くが落馬した。

落馬しなかった者たちも激しく混乱している。

馬の脚が消し飛んでいるのを見て、ミリアムはこれが攻撃だとやっと察した。

「防御方じ……」

立ち上がり、声を張ろうとした瞬間、矢が両側から降り注いだ。

その攻撃で、部下の数名が絶命。

更に連続で矢が襲ってくる。一度に飛んでくる数は少ないが、二射目が恐ろしく早い。

矢はほぼ確実に頭か、鎧《よろい》を装備していない者の胸に突き刺さっていた。

《破魔の射手》――東の大英雄エルナ・ヘイケラの名前が浮かんだ。

それほど正確で緻密な射撃が多かった。

「行け！　行け！」

まだ幼い声が響き、両側の瓦礫《がれき》から黒い影が躍り出る。

その黒い影たちは短剣や剣を装備していて、混乱している部下たちを切り裂いてそのまま反対側の瓦礫まで走って移動し、即座に気配を消した。

規律のある素早い行動。非常に高度な訓練を積んだ敵。

《宣誓の旅団》でもこれほど規律正しい作戦行動を実行できるか分からない。

ミリアムはクレイモアを抜いて構える。

部下のほとんどを失った。

生き残った者たちは狼狽《うろた》えている。
誰かが元来た道へと走った。逃亡だ。
その誰かは数歩走っただけで、頭を矢で抜かれて息絶えた。
ミリアムは恐怖を感じた。
ジャンヌが怒った時と同等の恐怖。あるいはそれ以上か。
立て直せない、と直感。
立て直すには遅すぎる。
と、一人の少女が瓦礫の影から出てきた。
まだ一三歳か、一四歳ぐらいの見た目。
黒いローブに、セミロングの茶髪。
少女は右手を持ち上げ、クイクイっと動かした。
あからさまな挑発。
同時に、ミリアムは相手が誰なのか理解した。
黒いローブを好んで羽織っているのは、傭兵団《月花》だ。
なぜこんなところに？
疑問は一瞬で氷解。
ルミアが言っていたではないか。
連中は、必ず来る、と。

少女がもう一度挑発する。

その時には、ミリアムの部下たちは全滅していた。

別の少女が瓦礫から出てきて、部下たちに刺さった矢を抜いていた。

抜いた矢をそのまま矢筒に戻している。

「ミリアムさんですか？　元三柱の」茶髪の少女が言う。「黒髪で背が高くて、《宣誓の旅団》の紋章が入った鎧。間違いないと思いますが、一応」

「《月花》のサルメ・ティッカ……？」

傭兵団《月花》のメンバーは、全員知っている。

監視していた者に似顔絵を描かせて、それをルミアに確認してもらっている。

「おーい、さっさと戦えよサルメ。俺らヒマじゃねーぞ？」

ユルキが瓦礫から出て、矢の回収を始める。

「そうそう。オレたち忙しい。あ、矢の回収は任せて」

レコは少し弾んだ声で言った。

「あとはミリアムだけだ」マルクスも矢の回収を始めた。「急げサルメ」

「てゆーか正気なの⁉」アイリスも姿を見せる。「サルメがミリアムに勝てるわけないじゃないの！

アスラ何でサルメにやらせるのよ⁉」

ああ、ここで死ぬんですね、とミリアムは思った。

勝ち目はない。

ルミアに《月花》の恐ろしさを聞いてはいた。
ノエミを倒したことも知っている。
だけど。
想定以上の戦力だ。
いや、個々の能力というよりは、規律か。
ミリアムの部隊は一瞬で崩壊した。
まったく対応できなかった。
たぶん、悔しいけれど、《宣誓の旅団》でも彼らに対応できない。
「まぁいいじゃないか。見ていたまえ。もうすぐサルメがミリアムを殺すから」
ニヤニヤと笑いながら、アスラ・リョナが出てくる。
ああ、ジャンヌ様。
せめてアスラだけでも、道連れにしますっ！
ミリアムは迷わなかった。
どうせ死ぬなら、敵の頭も潰《つぶ》す。
ミリアムが駆け出した瞬間だった。
短剣が一本、ミリアムの頭に突き刺さった。
「どうして私から目を逸《そ》らしたんですか？　どうして私から気を逸らしたんですか？」
ミリアムが最後に見たのは、少し怒ったような表情をしたサルメだった。

◇

「ミリアムがアスラの方に神経を集中させた隙を突いた、ってわけね……」

アイリスは地面に倒れたミリアムの亡骸《なきがら》を見ながら呟いた。

「その通り。実力差があっても、ミリアムの意識からサルメが消えれば、サルメにも勝ち目がある。分かるかいアイリス？」

「……意識の外側からの攻撃は、躱《かわ》せないってこと？」

「そうだよ。だからマティアスは死んだ。あのマティアスですら、意識の外から攻撃されたら躱せない。だったら、ミリアム程度に躱せるはずがない。以上。簡単だろう？」

アイリスはマティアスの死因を知っている。

マティアスが矢で死んだことは誰でも知っている。

射手が誰かは、当然知らないけれど。

「やりました！　やりましたよレコ！　私、元《宣誓の旅団》のミリアムに勝ちました！」

サルメが嬉《うれ》しそうに飛び跳ねた。

「九割団長のおかげ」とレコが冷静に言った。

「確かにサルメは私の指示通りに動いただけだよ」アスラが言う。「でも、ちゃんと指示通りに動き、ちゃんと仕留めた。自信を持っていい。君はもう、そこそこ強い」

サルメにしろレコにしろ、《月花》に加入してから今日まで、毎日コツコツと何かしらの訓練を積んでいるのだ。

弱いはずがない。

まぁ、ハッキリ強いとも言えないが。

個人の戦闘能力だけなら、まだまだアスラの足下にも及ばない。

「ま、最後に一人だけ残っちまったら、そりゃ俺らの団長を道連れにしようと考えるわな」

ユルキが少し笑った。

「……そして、もう団長しか……見えなくなる……」

全部アスラの計算だ。

サルメがまともにミリアムと戦ったら、秒殺される。

「サルメばっかり褒めてさぁ、オレも矢で何人か倒したのに……」

レコが頬を膨らませた。

「レコもよくやった。弓もまぁ、それなりに扱えるようにはなったね。上手とは言わないが、まぁ的に当たる。MPの認識はどうだね？　一秒で認識できるようになったかね？」

「まだ三秒かかる」とレコ。

「私はまだ七秒です」とサルメ。

やはり一番進まないのは魔法の修得。

「そろそろ剣や槍《やり》などの、大きな武器の扱い方も教えては？　今日の戦闘は二人の自信を深めたでしょう。次のステップに進めるかと」

矢を回収しながらマルクスが言った。

そして、マルクスの言葉は正しい。

今回、サルメにミリアムを殺させたのは、サルメの自信を深めることが目的だった。

適切に分析し、作戦を立てれば、格上のミリアムを殺せる。

それをサルメに理解させたかった。

レコはいつも自信満々なので、こういう小細工は必要ない、とアスラは考えている。

「そうだね。でも焦る必要はない。他にもサバイバル訓練や、拷問訓練、隠密訓練、やることはまだ山のようにある。アイリスもだよ？」

「分かってるわよ。あたしだって魔法兵目指してるんだから。二人より先に魔法兵になってみせるわ」

「後輩のくせにアイリス偉そう。大人しく胸だけ差し出せばいいんだよアイリスは」

「本当ですね。後輩のくせに生意気です。今度私の靴を磨いてもらいます」

レコとサルメが顔を見合わせて言った。

「なんでよ!?」とアイリス。

「さぁ、雑談は終わりだよ」アスラが両手を叩《たた》く。「矢を回収したら征《い》くよ。てゆーか、どうしてこいつらは矢を持っていないのかと……」

敵兵が矢筒を持っていれば、入れ替えればいい。

けれど、この部隊は誰も弓矢を装備していない。

「混成部隊のようですし、戦士を選んだのでしょう。《宣誓の旅団》は戦士中心の集まりだったようですし」

「ふむ。古くさい脳筋どもはいつになったら、飛び道具の重要性を理解するのかねぇ。エルナが知ったらきっと嘆くよ。弓矢の普及に努めたんだろう、エルナは」

アスラは溜息《ためいき》を吐《つ》いた。

◇

ニコラ・カナールにとって、今日は悪夢のようだった。

ニコラの軍はすでに国を一つ灰にした。

ニコラ自身も司令官でありながら、前線で多くの敵を屠《ほふ》った。

司令官の戦闘能力は英雄並み、と兵士たちは口々に噂《うわさ》した。

こちらの士気は高く、敵の有力者はアサシン同盟に始末されている。

負ける要素はない。

だから次の国でも、同じように勝てると思っていた。

そして実際、順調だった。

けれど。

たった一人の英雄のせいで、全てが台無しになった。
彼女は次々に、隊長格を射殺して、ニコラの軍は命令系統が完全に麻痺《まひ》した。
あとほんの少しで、戦場に銅鑼《どら》が鳴り響くと確信していたのに。
もちろん、銅鑼を鳴らすのはニコラたちの敵国だ。
しかし、たった一人のせいで、戦況が変わってしまった。
敵軍は息を吹き返し、命令系統が麻痺したこちら側は壊滅的打撃を受けた。
「ちくしょう、化け物め！」
ニコラは馬上で、混乱する戦場を見回す。
彼女を見つけて、始末しなくてはいけない。
だが、彼女は一人殺したらすぐに消えてしまう。
まるで幻のように。
同じ場所に彼女は留《とど》まらない。
ニコラの副長が、額を撃ち抜かれて死んだ。
「ちくしょう！　これが《破魔の射手》かよ！　これが大英雄エルナ・ヘイケラっ！」
下っ端を全て無視して、隊長格だけを狙い撃ち。
実に効率的な戦争。
「退却しろ！　退却だてめぇら！」
ニコラが叫ぶ。

この状況では、全滅しかねない。

「あら、どうしてわたしが逃がすと思ったのかしらー？」

ニコラの首に短剣の刃が当たる。

音もなく彼女――エルナ・ヘイケラはニコラの後ろに乗った。

「とんでもねー化け物だな、あんたは」

ニコラは自分の実力に自信があった。

この一〇年、必死に鍛錬した。

そこらの英雄なら、対等に戦えるという自信があったのだ。

「それって褒め言葉よねー？」

エルナの声はどこか楽しそうだった。

「はん。そうだよ《破魔の射手》」ニコラは少し笑った。「あんたはヤベェ。マジでとんでもねー。けど、ジャンヌほどじゃねーな」

「うーん。残念だけれど、きっとそうなのねー」エルナは淡々と言う。「現役のジャンヌと、引退したいと考えているわたしじゃ、当然ジャンヌの方が上でしょうねー」

「もしジャンヌだったら、俺らは全滅してる。たった一人でも、ジャンヌなら俺らを皆殺しにできる。あんたら英雄も、ジャンヌなら皆殺しにできる」

「だいぶ差があるような言い方ねー」エルナは少しムッとした。「わたしの方が弱いのは仕方ないけれど、そこまで大差があるかしらー？　神格化してるだけじゃないのー？」

「そりゃ神格化はしてるさ」ニコラは迷わず言う。「けど、ジャンヌは今や、人間の限界だ。あれ以上はいねーさ。あれがきっと人の限界」

「なるほどねー。安心したわー」

「安心だぁ?」

「そうよー。だってわたし、ジャンヌとは会わないもの。他の英雄も、アイリス以外はね」

「……傭兵団《月花》か?」

ニコラはルミアから《月花》のことを聞いている。

英雄でさえ殺してしまえると。

いや、大英雄でさえ殺してしまえるのだ、連中は。

そして、アイリス・クレイヴン・リリが《月花》と行動をともにしているのも知っている。

「アスラちゃんが言うには、ジャンヌと戦ったら英雄の半分は死んじゃうんですってー。だからまぁ、アスラちゃんに任せるわー。わたしたちは、これ以上被害が広がらないように守る盾みたいなものねー。もちろん、アスラちゃんが失敗したら、わたしたちが戦うけれどねー。《魔王》認定しちゃったから、仕方ないわよねー」

「英雄のくせにセコイ考えだなぁ。まずは傭兵にやらせるのかよ」ニコラが笑う。「まぁいいか。んじゃあ、地獄で待ってるぜ《破魔の射手》。ジャンヌ・オータン・ララの名が生きている限り、《宣誓の旅団》は死なねーんだ」

ニコラは強引に、腰の長剣を抜こうとした。

その瞬間、首に熱を感じ、身体の力が抜けていくのが分かった。

「しばらく死ぬ予定はないのよー、わたし」

首を斬《き》り裂かれ、落馬し、絶命したニコラが最後に聞いた言葉だった。

六章　六話

魔王とルームシェアできるかね？　王に呪われた印があれば、

「あたくしは死ぬ予定です」

ジャンヌは玉座に座ったまま、淡々と言った。

ジャンヌの隣にはティナが立っている。

「……それってどういう意味なの？」

テーブルの駒を動かしながら、ルミアが言った。

ジャンヌに頼まれて、ジャンヌが直接英雄の包囲網を突破する方法を探っていたのだが、見つかっていない。

最善策は、ジャンヌが直接英雄たちを殺して回ること。

だけれど、ジャンヌは帝城を出ようとしない。

「そのままです。そのままの意味なのです、ルミア」

ジャンヌはどこか寂しそうに微笑《ほほえ》む。

「冗談じゃないわ。あなた……いえ……」

「いいですよ、もう『あなた』で」ジャンヌが肩を竦《すく》めた。「あたくしの我が儘《まま》に付き合ってくれてありがとうございます。でも、他の者がいる前では、なるべく姉様と呼んでくださいね」

ジャンヌの声は酷《ひど》く落ち着いている。

「どうであれ、死なれたらわたしは何のために《月花《つきばな》》を裏切ったのか分からないわ。あなたを守りたいの。死なせたくないのよ、わたしは」

どんなに冷酷なクズでも、たった一人の妹なのだ。

ルミアにとっては、大切な家族なのだ。

「ルミアも理解している通り、この戦争に勝ち目はありません。勝つつもりもないのです」

「でも切り札があるのでしょう？　あなたは大聖堂を破壊し、考古遺跡を塵《ちり》にして、ハルメイ橋を落とし、自由の塔を引き倒すんでしょう？　まだ考古遺跡を塵にしただけだわ」

「はい。勝ちはしませんが、滅ぼすことはできます。ただ、そのための切り札は、あたくしの命と引き替えに発動します」

「……なんですって？」

冗談じゃない。まったく笑えない。

最初から死ぬつもりだったなんて、本当に少しも笑えない。

「《魔王》の話が途中でしたね」ジャンヌが言う。「《魔王》復活に必要な手順をまず説明しますね」

「ちょっと待って。《魔王》の復活を人為的に操作できるの？」

ルミアは心底驚いた。

「ある程度、です」ジャンヌは淡々と言う。「《魔王》にはコアというものがあるそうです」

「その言い方だと、聞いた話なのね？　誰に聞いたの？」

「それはあまり、関係ありません。続けます。そのコアは目に見えない物で、人間たちの憎しみや悲しみや絶望なんかを糧に成長します」

「だから戦争を始めたのね？」

負の感情を加速させるために。

「ルミアは察しがいいですね。昔はそうでもなかったと思いますが、この一〇年で変わったんですね」

「アスラが色々なことを教えてくれたから」

ルミアが小さく肩を竦めた。

「そうですか。とにかく、その人間たちの負の感情が、《魔王》のエネルギー源、即ち魔力となります。魔力が一定のレベルに達すると、コアは復活するための依り代《よしろ》を求めます」

「依り代の差が《魔王》の個体差？」

「はい。話が早くていいですね。魔力は一定です。けれど、個体差があるのは依り代の能力に差があるからです」

「戦闘能力？」

「そうなります」

「過去に、英雄クラスの人間が依り代になったことはあるの？」

ルミアの質問に、ジャンヌは首を横に振った。

だとしたら。

今回生まれる《魔王》は驚異的な戦闘能力を持った、最強の《魔王》となる。

だって、

「あなたが依り代なのね？」

ルミアの質問に、ジャンヌが深く頷《うなず》く。

「ダメよ。ダメよ絶対！　許さないわ！　そんなのダメよ！　わたしは！　あなたに！　生きて欲しいから一緒にいるのよ⁉」

「気持ちは嬉《うれ》しいですが……」ジャンヌが曖昧に微笑む。「固有属性・王の時限魔法【呪印】」

ジャンヌは立ち上がって、服をゆっくりと脱いだ。

裸になったジャンヌはクルッと背中を向けた。

「……【呪印】……？」

ジャンヌの背には、幾何学的な黒い紋様が浮かんでいた。

「そうです。コアは優先的に【呪印】を持つ者を依り代に選びます。【呪印】が存在しなければ、憎しみの強い者を選ぶらしいです」

「王に呪われた印ですわ」

ずっと黙っていたティナがムスッとした様子で言った。

「時限魔法というのは、人間が知らない性質の一つです」

ジャンヌが振り返って言った。

「時限魔法は時が来たら発動する性質ですわ。魔力を貯《た》めて爆発的な威力の破壊を引き起こしたり、【呪印】のように条件が揃《そろ》ったら発動したりしますの」

「その【呪印】を解除する方法はないの⁉」

ルミアは悲鳴みたいに言った。

「ありません」ジャンヌが首を振る。「あったとしても、教えません」

「なんなのよ、それ……」ルミアがレッドカーペットに座り込む。「死ぬことが決まってるなんて……そんなの全然、納得できないわ……」

何のために、ルミアはここにいるのだろう？

結局、救えない。

「でもちょっと待って」ルミアがハッとしたように言う。「ティナは固有属性・雷で、ジャンヌ姉様は固有属性・宵《よい》でしょう？　だったら、王って誰なの？」

微《かす》かな望み。

【呪印】を施した者ならあるいは、と考えたのだ。

「知らない方がいいでしょう」ジャンヌが脱いだ服を拾う。「関わって欲しくありません」

「それに、時限魔法は基本的に解除できませんわ」

小さな希望も絶えた。

魔法は万能じゃない。

弱点だらけで、本当に腹立たしい。

「ねぇ、もしかして、無理やり【呪印】を施されたの？」

そうであって欲しい、という願いか。

そんなはずないと、分かっているけれど。

聞くまでもないことなのに、口から出てしまった。

「いえ。違います。あたくしの意思です。よって、自ら施したと言えます」

「ぼくは反対しましたわ」

ティナが少し悲しそうに言った。

「ごめんなさいティナ」ジャンヌはティナの頭を撫《な》でた。「あたくしは、それでも世界を壊したかったのです」

命と引き替えにしてでも。

それはとても、とても強い感情。

「それに、ティナのことも守りたかったのです」

「分かってますわ！　でも！」ティナが涙目で言う。「ぼくと二人で、静かに暮らすという選択肢だってありましたのよ！」

ああ、ティナも本当は嫌なのだ。

ルミアと同じように、ジャンヌを失いたくないと思っているのだ。

そして。

ティナを守るという言葉から、ルミアは推測する。

ああ、こんなに悲しいのに、それでもわたしは分析してしまうのね。

「英雄たちを皆殺しにする気なのね？」ルミアが言う。「最強の《魔王》になることで、確実に英雄たちを滅ぼすつもりなのね。英雄たちはティナの存在を許さない。いえ、英雄だけじゃなく、人間たちもそう。受け入れない者の方がきっと多いわ。認めたくないけど、案としては悪くない。でも疑問が残るわ。あなたが《魔王》になって、わたしやティナを殺さない保証は？」

ジャンヌは強い。

けれど。

以前思考した通り、生身のままで英雄たちを皆殺しにするのは難しい。

「依り代となった者の意識は、しばらく残るらしいです」ジャンヌが言う。「ですから、二人を攻撃することはありません。意識のあるうちに、遠く離れます。そして、英雄を含む人間の多くを殺すでしょう」

「それがあなたの、本当の目的ね？　全てはティナのため。ティナを守るため。だとしたらあなたの神性の強さは何なの？　ティナを救うという決意で、それほどの神性を得られるものなの？」

神性を持つ者は救世主となる。

ジャンヌは人類以外の種にとっての救いだとルミアは考えていた。

でもそれは覆った。

「付与魔法【神性】は、想いの強さに比例します」ジャンヌが言う。「救うモノの大小は関係ありません。この神性は、あたくしの想いの強さです」

「……付与？」ルミアは数秒、固まった。「……わたしも以前、神性を持っていたわ……それって……」

「与えられたものです」

ジャンヌは曖昧に笑った。

「誰なの？　ねぇ誰なの？　わたしたちに【神性】を与えたのは誰なの？　目的は？　なぜわたしだったの？　なぜあなたなの？」

「純血の……」

「ティナ」

ジャンヌが少し低い声で言って、ティナがビクッと身を竦めた。

「ルミアは関わらなくていい。そう言ったはずです。今日は二人ともお仕置きしましょう。さぁどちらからですか？」

ジャンヌが玉座に座って、自分の膝をポンポンと叩《たた》いた。

「ずいぶんと強引に話を変えるのね……」

ルミアは苦笑いした。

「たぶん」ジャンヌが言う。「これで最後になると思いますので、許してください。あたくしは二人のお尻が本当に大好きなのです。ご飯を食べなくてもお腹《なか》が一杯になるぐらいです」

◇

アスラたちは少し前にバテた馬を逃がし、街道を歩いてリヨルールの帝都の前までやってきた。

帝都は城塞都市なので、中に入るには憲兵の審査を受けなくてはいけない。

とはいえ、まだ三〇〇メートル近く歩かなければ、城門に到着しないけれど。

「入れてくれるんっすかねー、オレらのこと」

ユルキが言った。

すでに日は沈んでいるのだが、帝都に続く街道には松明《たいまつ》が等間隔で置かれている。

おかげで、夜でも道を外れて迷ったりしない。

毎日、この松明に火を灯《とも》す仕事があるんだなぁ、とアスラは思った。

「……入れるわけない……」イーナが言う。「……戦時下だし……」

「手早く始末したまえ」

アスラは淡々と言った。

「それからどうするのよ？」アイリスが言う。「帝城に行ってジャンヌに夜襲を仕掛けるの？」

「いや。民家を借りて休む。移動中にそう言わなかったかね？　強行軍だったし、みんな疲れているだろう？」

「そうですね。戦う前に休みたいというのが本心です」とマルクス。

「オレは平気」

「お前は若いからな」とユルキが笑う。

「ねぇ、民家なんか貸してくれるわけないでしょ？」

アイリスが疑問を口にする。

「……バカ……」

「借りるというのは、きっと相手が嫌でも借りるという意味です」

「サルメ正解だよ」アスラが言う。「押し入る。なるべく静かにね」

「んで、ぐっすり眠って、朝飯食って、昼までのんびりしてからお仕事の時間っすね」

「そうだよユルキ。休息は大切だ。今のコンディションで挑めば、勝率が下がる。ぶっちゃけ、私も疲れてるしね」

「……殺すの？」アイリスが苦い表情で言う。「その、一般の人も……」

「いや、殺さない。理由は三つ。第一に、私は平和に暮らしている人間を積極的に殺したいとは思わない。第二に、私は別に悪党じゃない」

「「え？」」

アスラ以外の全員が耳を疑った。

「私は悪いことなんてしてない。今のところね」

「その冗談マジで笑えるっす」

ユルキが笑った。

「民家に押し入ろうって提案する人は悪党だと思うけど……」

アイリスが苦笑いしながら言った。

「いや、悪党の定義の問題だよ」アスラが真面目に言う。「押し入ったあと、無駄に殺して盗みでも働けば、まぁ悪党と言ってもいい。だけれど、私らは家を借りるだけさ。ルームシェアって言って、前世でも流行ってた」

ミドルイーストの半分崩れた家では、死体とルームシェアしたこともある。

入り口に仕掛けたクレイモア地雷を踏んだアホが、アスラの目覚ましの代わりになった。

「耳が痛いっすわー」とユルキ。

「……ユルキ兄が団長になってからは、無駄な殺しは……してないよ？」

盗賊団の時の話。

「朝食も借りるだけですか？」とマルクス。

「そこはほら、金を置いて帰れば解決さ」

「お金払うんなら、普通に宿に泊まればいいじゃないのよ」

「……本当バカ……」

「イーナさっきから、ちょいちょいあたしのことバカにしてる！」

「……事実だし……」

「あのですね、アイリスさん」サルメが説明する。「私たちはこれから、憲兵を殺して中に入るわけです。当然、手配されますよね？　宿なんかに泊まったら、すぐに囲まれますよ？」

「オレ、前から思ってたんだけどさ」レコがニコニコと言う。「団長の次に賢いのって、オレだよね」

「いや、自分もそれなりに賢いと思うが？」

「私だって負けてません」

「……あたし、その対決はパス……」

「俺もパス。俺ら学校すら出てねーし」

「学校出てても、アイリスみたいなのもいるよ？」

「どういう意味よレコ⁉」

「大丈夫だよアイリス。胸は自慢していいよ」レコが楽しそうに言う。「きっと脳に行くはずの栄養が全部胸に行ったんだね。着やせしてるけど、そこそこあるもんね。柔らかいし、いい感触だよ？」

「生々しいこと言うのやめてよ‼　あんた何回も揉《も》んでるから本当生々しい‼」

アイリスが怒鳴っている傍《かたわ》らで、サルメが自分の胸に手を当てていた。

「君は栄養状態が悪かったから発育が遅れているだけだよ」

アスラが真面目にフォローした。

「そうそう、サルメは大丈夫だよ。団長は絶望的だけど」

「うるさい殺すよ？　私の胸には希望しか詰まってないんだ」

「団長に殺されるなら本望。ズタズタにして欲しい！」

「……レコが言うと冗談に聞こえないから私も少し怖いよ」

アスラは溜息《ためいき》を吐《つ》きながら小さく首を振った。

「……ところで、第三の理由は……？」

「考えてない」アスラが言う。「どうせ君らが第二の理由に反応して、話が逸《そ》れるだろうからね。イーナが話を戻したのは想定外だね」

六章　七話

才能だけは世界最高レベル主人公をアイリスに奪われそうで困るね

「昨夜の事件は聞いてる？」

ルミアはジャンヌに話しかけた。

リヨルール帝国、帝城。謁見《えっけん》の間。

ジャンヌは王冠を頭に載せて、玉座に座っている。

隣にはティナが立っている。いつもの光景。

「……寝てるの？」

ジャンヌは頰杖《ほおづえ》を突いたまま、目を瞑《つむ》っていた。

そして。

口元に涎《よだれ》が垂れていた。

「姉様は朝が弱いですわ」

ティナが淡々と言った。

「……知ってるわ……」ルミアが溜息《ためいき》を吐《つ》いた。「結局、《月花《つきばな》》対策は何もしなかったわね……」

「昨夜の事件は《月花》の仕業だと言いますの？」

「そうよ」

昨夜、城門を守っていた憲兵が殺され、賊が帝都に侵入する事件が起きた。

憲兵が対応しているが、まず間違いなく犯人は見つからない、とルミアは思った。

「だとしたら、来るのが早すぎますわ」

「急いで来たんでしょ」

「その割に、あたくしはまだ生きていますが？」ジャンヌが顔を上げる。「あたくしは彼らに殺されるのでしょう？　ルミアの主張では」

「ここに来るのはお昼頃でしょうね」

ルミアが小さく肩を竦《すく》めた。

「……急いでいるのか、のんびりしているのか、分かりませんわね」

ティナが苦笑いした。

「急いで来て、休んでコンディションを整えて、それから襲撃するのよ」ルミアが言う。「そうねぇ……」

ルミアは中央の地図に乗っている駒を全部退《ど》ける。

それから、帝都の地図を中央の地図の上に重ねて置く。

「この辺りで休んでいるわね、きっと」

ルミアは駒を一個手に取って、地図の上に置いた。

ティナがトテテと近寄って、地図と駒を確認した。

「……帝城の真ん前の地域……ですわよ？」

「そういう大胆不敵なことをするの、アスラって」

「宿にいるなら、憲兵が見つけているのでは？」とジャンヌ。

「……宿に泊まっているわけ、ないでしょうに……」

「なぜです？　あたくしなら宿に泊まります」

ルミアはジャンヌの危機管理能力の低さに溜息を吐いた。

推測だが、ジャンヌはここ数年、危機に陥ったことがないのだ。

ジャンヌもティナも恐ろしく強いので、向かうところ敵無し状態だったに違いない。

「アスラはそんなバカなことはしないわ。さっきジャンヌ姉様が言った通り、宿に泊まったら憲兵に見つかるでしょ？　わたしたちと戦う前に体力を消耗するような真似はしないわ」

「ティナ、聞きましたか？　ルミアがあたくしをバカって言いました」

「聞きましたわ。ルミアは割と上から目線な時ありますわよね。あ、姉様は涎を拭いてくださいませ」

ティナに言われて初めて、ジャンヌは自分が涎を垂らしたまま話していたことに気付く。

そして慌ててゴシゴシと口元を拭った。

「他の人には見せられない姿ね」とルミアが苦笑い。

「家族なら問題ありません」ジャンヌが言う。「それで？　宿でないならどこにいるのです？」

「民家に押し入って、住人を拘束、今は朝食も終わって、のんびり雑談でもしているでしょうね」

「その緊張感の無さは何ですの？」

ティナが苦笑いしたけれど、
あなたたちも似たようなものだわ、とルミアは思った。

「とにかく、もうあまり時間がないということですね？」ジャンヌが立ち上がる。「残念なことに、まだ《魔王》復活には魔力が足りません。面倒ですが、負の感情を拾ってきます」

ジャンヌは王冠を外し、ティナの頭に載せた。

ティナは少し嬉《うれ》しそうに王冠に触れ、それからジャンヌと入れ替わりで玉座に座った。

「……虐殺してくる、って聞こえたわよ？」

「はい。《月花》は正面ですね？　ならば、あたくしは裏から出て、街の反対側で暴れます」

「ねぇ、止めても無駄よね？」とルミア。

「あたくしの気持ちは理解できるかと」とジャンヌ。

「……そうね。たぶん、いいえ、きっと、アスラと出会っていなければ、わたしがあなただったわ」

「知っています。あたくしは所詮、ルミアの代替品です」

「代替品の方が、本物より強くなってしまったわね」

「元からです。ルミアはプライドが高かったので、隠していました」

「そう……。そうだったのね……。傲慢な当時のジャンヌ・オータン・ララは、妹の本当の実力にさえ、気付けなかったのね」

「ごめんなさい。傷付けようと思って言ったわけではありません」

「いいえ、いいの、言ってくれてありがとう。わたしは、きっと、小さな世界の小さな王様を気取っていたのよ。《宣誓の旅団》という小さな小さな世界」

自分が世界で一番強いと思っていた時期もあった。

何でもできると妄信していた時期もあった。

若気の至りで済ませるには、あまりにも多くの血が流れすぎた。

敵も味方も、自分自身も。

「あたくしも同じです。ではまた」

ジャンヌがゆっくりとした足取りで歩き始める。

その後ろ姿を見ながら、ルミアは思う。

当時のわたしに、他人を見抜く力があれば、
何も失わずに済んだかもしれないのに、と。

ルミアはユアレン王国の女王になり、ジャンヌは英雄になって、一緒に世界と祖国を守っていたかもしれないのに。

ああ、でも。

英雄はティナと仲良くできない。

討伐対象なのだ、ティナは。

「なんですの？　ルミアも王冠載せたいんですの？」

ティナが小さく首を傾《かし》げた。

「違うわ」ルミアが首を振る。「ねぇティナ。わたしは、結局あの子に何もしてあげられなかった。あの子の決意は固く、わたしは救えないの。とっても悲しいわ」

「そんなことありませんわよ」

ティナが手招きして、ルミアはティナに近寄った。

「姉様のここを」ティナがルミアの胸に触れた。「救ってくれましたわ」

「……どういう意味？」

「ルミアが来てくれて、姉様はとっても嬉しそうでしたわ。安定した日も多くなりましたし、ぼくは叩《たた》かれなくなりましたわ」

「昨日は二人揃《そろ》って叩かれたわ」

ルミアが両手を広げる。

ティナは微笑《ほほえ》んで、ルミアの胸から手を離す。

「でも、痛くありませんでしたわ」

「そうね」

ジャンヌは闘気を使わなかった。

ペチペチと、戯れのように叩いただけ。

「姉様の心が、【呪印】を施す前に近いくらい回復した証拠ですわ。笑顔や冗談も増えて、ぼくは幸せだった頃を思い出せて……」

言葉の途中で、ティナが泣き出した。

「死んで欲しくないのね」

「……当たり前ですわ……」ポロポロと、ティナの瞳から涙が零《こぼ》れる。「……でも【呪印】は解除できませんわ……」

「あの子は本当にバカな子。世界を壊したい、ティナを守りたい。強い強い感情が、最善策を見つけてしまった。《魔王》になれば、両方叶《かな》うものね。本当にバカよ。そのために戦争して、虐殺して、どうしてティナと静かに暮らす道を選べなかったの……」

でも。

気持ちが分かってしまう。

痛いぐらい、ジャンヌの気持ちが分かってしまうのだ。

だって。

かつてはルミアも、報復に生きようとしていたから。

闇の中を這《は》いずり回っていたから。

◇

「眠いですねぇ」

ジャンヌは【神滅の舞い】を三体同時に展開して、目に映る全ての生物を殺戮《さつりく》していた。

ジャンヌを見てひれ伏した人々や、たまたま偶然通りかかった野良猫や野良犬も。

「でも、魔法は完成しました」

完全な独り言。

ジャンヌは長い年月をかけて、一つの魔法を練り上げた。

修得して、改良して、更に改良して。
ティナが眠った深夜に、ただ一人、コッソリと静かに練り上げた。
おかげで、朝起きるのが辛《つら》くなったけれど。
その魔法は世界を滅ぼすこととは無関係。
殺戮とも無関係。
ただ、保険として創ったもの。
ジャンヌは人々の悲鳴を聞きながら、ぼんやりと呟《つぶや》く。
「あたくしは、人の心を失ってしまったのですね」
凄惨な光景を見ても、心が動かない。
かつての自分からは、想像もできないような心の変化。
何かが欠落してしまった。
だけど、
新たに得たものもあった。
「ティナ……どうか幸福な人生を歩めますように」
ジャンヌは空を仰いだ。
悲しいことに、ジャンヌは気付かなかったのだ。
人類への憎悪が強すぎて、他の道に気付かなかったのだ。

◇

「なーんか、騒がしいっすね」

窓の外を見ていたユルキが言った。

「……帝城の見張りも……いなくなっちゃった……」

同じく外を見ていたイーナが言った。

「それはチャンスだね。少し早いが、もう征《い》くかね？」

アスラはソファに座ってお茶を飲んでいた。

ここは民家の一階。リビングルーム。

住人は拘束して二階に転がしている。

「何が起こっているか分かるかユルキ？」

マルクスがユルキの方に近寄った。

「さぁな。帝都の反対側で何かあったんだろ」

「……帝城の見張り役まで……行っちゃうって……余程のこと……」

「ふむ。団長、もう少し様子を見た方がいいのでは？」

マルクスがアスラを見詰める。

「どうかな？　無傷で帝城に入るチャンスだと思うがね、私は」

アスラはコップをサルメに渡した。

サルメはコップを見て、少し残っていたお茶を飲み干した。

「オレも団長の飲みかけのお茶欲しかった……」

レコは羨《うらや》ましそうにサルメを見た。

「あんた……本当の変態ね……」

アイリスが溜息を吐く。

「ふふん」

サルメが自慢げに笑い、少し移動。

それからコップをテーブルの上に置いた。

「俺は様子見でも突入でも、どっちでも」ユルキが言う。「コンディションはいいっすよ」

「あたしも……いい感じ」イーナが背伸びする。「今が……その時でも……問題ない」

「自分も調子はいいですよ」マルクスが言う。「ただ、今何が起きているのか把握できていないので、慎重になることを提案したまで。突入命令を出すなら従います」

「あたしは……ちょっと緊張してるわね」アイリスが自分の手を見ながら言う。「正直……ちょっと怖いってのもあるわね」

「ティナに一撃でやられたもんね」とレコ。

「トラウマというやつですね」とサルメ。

「何度も言うが、ティナは仕方ない。最上位の魔物を一人で倒せるわけないだろう?」

「は？　ティナの話でしょ？」アイリスが言う。「最上位の魔物は関係ないでしょ？　ティナがそれぐらい強いって意味なら分かり難《にく》いわよ?」

アイリスの発言で、全員が一瞬固まった。

嘘《うそ》だろ⁉

アイリス気付いてねーの⁉

団員たちは心の中でそう叫んだ。

「え? 何よ? その表情なんなのよ⁉」

アイリスがみんなの顔を見回しながら言った。

「……君は思考能力を養う必要があるね」アスラが言う。「魔法よりそっちが先かもしれない。論理的に考えれば分かるはずだけどね。たとえ受け入れがたい真実でも、それしか可能性がないならそれが答えだよ」

アイリスを一撃で粉砕したティナの戦闘能力は、人間の枠を超えている。

ならば、人間ではないのだ。簡単なことだ。

「……よく分かんないけど、生成魔法は使えるようになったわよ?」

「才能だけは《魔王》級」とレコ。

「アイリスさん嫌いです」とサルメ。

二人はまだMPの認識速度を上げている段階。

全性質中、最も簡単な生成魔法を使えるようになるのも、かなり先の話。

「……あたしも、変化使えるようになった……すごい?」

イーナが胸を張って言った。

「ああ。すごいよ。ユルキとマルクスはまだ変化を使いこなせない。というか、意味がなさすぎてモチベが上がらないんだろうね。それでも覚えてもらうがね」

二人の魔法は、生成と攻撃に大きな差がない。

アスラが立ち上がる。

「さて。本題に戻ろう。いい機会だから、突入しよう」

「ジャンヌが帝城にいなければ？」とマルクス。

「探せ。草の根分けてでも見つけて殺したまえ。変更はない。今日、ジャンヌを殺す。たとえ、ジャンヌが実は善人だったとしても殺す。救世主でも殺す。聖母でも殺す。神でも殺す。他に質問は？」

「ルミアさんが敵として出てきた場合はどうします？」とサルメ。

「敵なら排除する。予定通りに排除する。生死は問わない」

「ティナがこっちの予想に反して、戦闘参加したら？」とレコ。

「私が対応する。君らは絶対に手を出すな。連携するつもりが、かえって邪魔になる可能性が高い。アレはぶっちゃけ、君らの手には負えない。戦わないのが最善だよ。ティナを倒したいなら、マルクス、ユルキ、イーナが英雄レベルの戦闘能力を得た上で、私と連携する必要がある。倒せるのは数年先だろうね」

「ルミア、ジャンヌ、ティナを三人同時に相手しなきゃいけなくなったら？」とアイリス。

「役割分担をする。私がティナを抑えるから、イーナとアイリスでルミアを倒せ。一切の容赦をせず、

「一〇秒以内に倒せ。でなければ、マルクスとユルキがジャンヌに殺される」

「私とレコは？」

「離れて見学。まぁ、弓矢を使って援護してくれると助かるけど、無理はしなくていい」

「了解です」

「了解。団長がもしも死んじゃったら、オレも死んでいい？」

「君の人生だから、好きにしていい。けれど、私としては、君には生き残って欲しい。そして鍛錬して、いつかまた傭兵《ようへい》団《月花》を立ち上げて欲しい。サルメと一緒にね」

「私たちが《月花》を名乗れば、団長さんたちは永遠に残る」

「オレとサルメが語り継ぐんだね。それもいいかも」

「俺らは死んだあと、どうすんっすか？」

ユルキが笑いながら言った。

「決まってる、転生してまた傭兵さ」

前の人生も傭兵だった。

今回も傭兵団を作った。

来世でも同じ。

アスラは他に生き方を知らないのだから。

「……また団長と一緒？」イーナが言う。「その不幸が……愛《いと》しい」

「では諸君、簡単な任務だ。ケガをしないように気を付けて征こうじゃないか」

六章　八話

変化しない人間は死んだ人間だけ　良かったね、君は生きている

「リバーシ面白いですわ」

玉座に座ったティナの膝に、ルミアが手作りした盤面が置かれている。

白と黒の石も、ルミアがコツコツと作った。

本当はジャンヌとゲームをしたかったのだが、機会がなかった。

「このゲームは、アスラですら全ての展開を読み切れないそうよ。ルールは単純だけれど、死ぬほど複雑な戦術的ゲームなの」

ルミアは小さな椅子を持って来て、玉座の前に座っている。

まだ幼いアスラと、よくこのゲームで遊んだ。

正確には、先を読む力を養った。

脳筋全開だったルミアに、理性的で論理的な思考を教えたのはアスラだった。

「隅を取ると有利ですわ」

ティナが白い石を打った。

それから、黒い石を引っ繰り返して白に変える。

「一八〇〇年代の後半に生まれたゲーム、とアスラは言っていたわね」

ルミアにとって、このゲームはとっても大切な物。

初めて、生活用品以外をアスラと一緒に作った。

盤面と石。不器用なルミアは酷《ひど》く苦労したし、石の形が歪《いびつ》になった。

それを見て、君の心みたいになったね、とアスラは笑ったのだ。

「今は銀神暦一六二三年ですわよ？」

「そうね。アスラは未来の人間なのか、あるいは本当に前世があったのかしら？」

ルミアが黒い石を打つ。

「分かりませんわ。でも――――」ティナがルミアを見て微笑《ほほえ》む。「来世があるなら、また姉様に会えますわね」

「そうね」ルミアが立ち上がる。「どうなのアスラ？　死んでからも人生は続くのかしら？」

「何度もそう言っただろうに」

アスラの声。

まだアスラと離れてそれほど経《た》っていないのに、酷く懐かしく感じた。

「今の会話だと、すでにジャンヌが死んでいるように聞こえたけれど、まさか死んだのかい？」

ルミアの視界に、アスラの姿が映っている。

長い銀髪に、細い身体。グリーンの瞳に、不敵な笑顔。

「姉様は私用で出かけてますの」

ティナが膝の盤面をゆっくり持ち上げて、床に置いた。

「みんなもいるんでしょ?」ルミアが言う。「完全に気配を断っているけれど、いるのは知ってるのよ? いないはずがない、と言い換えてもいいわ」

ルミアの言葉が終わると、アスラが右手を上げた。

そうすると、謁見《えっけん》の間の柱の陰から団員たちとアイリスが出てきた。

「リバーシは面白いだろう、ティナ?」

「はいですわ。単純なのに奥が深いですわ」

ティナがうんうんと頷《うなず》いた。

「俺らもやったなぁ、リバーシ」

「うむ。先を読む力を付けるためと言われたな」

「……難しかった……」

「オレまだやってない」

「私もまだです」

「あたしも」

「心配しなくても君たちにも教えるよ。常に展開を読む癖を付ける。こう動けば、相手がどう動くのか、とかね」

アスラは普段と同じ声音で言った。

「そうね。難しかったけど、本当に楽しかったわねぇ」言いながら、ルミアが背中のラグナロクを抜く。

「時々、思うわ。もっと早く思考力を鍛えておけば、悲劇を避けられたかもしれないのに、って」

「仕方ないさルミア。この世界じゃ、戦士が優遇される。そのせいで、戦術や遠距離武器の進化が遅い。マスケットすらないんだから」

「マスケットって？」とレコ。

「いずれ作ってあげるよ」アスラが微笑む。「まぁ、私が作るわけじゃなくて、腕のいい鍛冶《かじ》職人を見つけて作ってもらう」

「発言的に、遠距離武器ですね」とサルメ。

「ところで」ティナが言う。「ルミアはアスラたちと戦いますの？　別にこのまま姉様を待ってもいいいんですのよ？」

「それはいい」ルミアより先にアスラが言う。「私も無駄な戦闘は望まない。君たちが手を出さないなら、私らも君らに手を出さない」

「戦いたいわ」

ルミアがゆっくりと歩いて、アスラの正面に移動した。

「だろうね。きっとそう言うだろうと予測していたよ。君は試したいんだ。分かるよ。だって君は根っからの戦士だからね。私と本気でやり合ったら、どっちが強いのか知りたいんだ。いや、《月花《つきばな》》とやり合ったら、かな？　どっちだい？」

「両方よ」

「団長、オレ発言していい？　まだ空気変わってないよね？」

レコがアスラをチラチラと見ながら言った。

前回、レコは空気を読まずに腕を捻《ひね》り上げられたので、確認を取ったのだ。

レコとしては、腕を捻られるのは別にいい。むしろ好きだ。

けれど、アスラに嫌われるのは絶対に嫌だった。

「変わってないよ。発言を許可する。まぁ、禁止してないけどね」

アスラが笑う。

「ねぇルミア」レコがルミアを真っ直ぐに見詰める。「質問なんだけど、その服、お腹《なか》が風邪引かない？」

レコの言葉で、全員の視線がルミアの腹部に向いた。

ルミアの頬が赤く染まる。

「俺も実は気になってた」

「……あたしも……」

「破廉恥よね、その服」

「破廉恥は言い過《す》ぎだアイリス。自分的には、割といいと思う。しかし、ティナとお揃《そろ》いなのはどういうことだ？」

「年齢を考えて服を選んだ方がいいのでは？」サルメが言う。「娼婦《しょうふ》でもそんな服は着ませんよ？」

ルミアの服装は、ミニスカートに胸だけを隠した服。黒いタイツに革のブーツ。

背中には大剣の鞘《さや》。

鞘のベルトを斜めに掛けているので、ベルトが胸の間を通っていた。

要するに、胸が強調されている。

「これは……ジャンヌの趣味よ。わたしじゃない」

ルミアは自分に言い聞かせるように言った。

「ふむ。君はジャンヌの言いなりかね？」アスラがニタァッと笑う。「なるほど。簡単に懐に入れるわけだね。君は結局、何の対策も取らなかったんだね」

「ジャンヌを守りたくてうちを出たんだから、当然、ジャンヌに俺らのことを話したんだろうなぁ」

ユルキが言う。「でも、シカトされたか？　それで結局、こうなるまで何もできなかった」

「……無意味……」イーナが言う。「……先延ばしにしただけ……。最初から……裏切らなければ良かった……結果は同じだから」

「そう。その通りね」ルミアは否定しなかった。「わたしは結局、あの子の命を救えない。運命なのよ。抗《あらが》えないわ。でも、さっきアスラが言ったように、わたしは《月花》と敵対してみたかったの。そういう気持ちが、少しあるのよ」

「君は本当に、愛《いと》しくもおぞましい奴だよ」とアスラ。

「それって、すっごく危ない思考だわ」アイリスが真面目に言う。「あたし絶対《月花》の敵になりたくないもん」

「ルミアは私らと敵対するために、自分自身を壊してしまったね。でも、焚《た》き付けたのは私だね。ムルクスの村で君に言ったからね」

アスラが少しだけ悲しそうに笑った。

「私と楽しもう。私と戦争を遊ぼう、だったかしら」ルミアが微笑む。「そうね、アスラの助言に従ったら、こうなったわ」

「敵対して、という意味ではなかったのでは？」マルクスが言う。「いや、それよりもルミアの変化の方が自分は気になる。以前のルミアなら、ジャンヌの虐殺や残虐行為を容認しない。気高く、信念のある人間だった。団長の間違った行いを咎《とが》める勇気があった。だが今は違う。なぜそうなった？」

「あんな子でも……たった一人の妹なのよ……」ルミアが言う。「それに、わたしだってあの子と同じよ。あの子の気持ちが分かるもの。痛いくらいに」

「人間は家族や恋人が関わると、人格が変わる場合がある」アスラが言う。「善人が悪人に、悪人が善人にだってなり得る。論理的な思考ができず、感情に身を任せて行動することもあるね」

「わたしはアスラと違って人間的ってことね。安心したわ」

「性格も容姿も月日とともに変化する。この私でさえね」アスラが肩を竦《すく》める。「だとしたら、普通の人間は良くも悪くも変化し続けていると言える。他者への共感能力が高ければ特にね」

「団長は共感能力低いよね。オレもだけど」

レコが楽しそうに言った。

「私やレコみたいなタイプは全員低い。共感能力が皆無の場合もある。だから誰も愛せない。執着するだけさ。まぁ、その執着を異常な愛として描く場合もあるがね。前世の話だよ？」

「愛と執着の違いは何ですの？」

ティナが小さく首を傾げた。

「独り占めしたいと思うのが執着。相手の幸福を願うのが愛」

「なるほど、ですわ」ティナが安心したように息を吐いた。「ぼくはちゃんと、姉様を愛していますわ」

「お喋《しゃべ》りはもう終わりにしない？」ルミアが言う。「ずっと剣を持ってると、腕が疲れるわ。それを狙っているわけじゃないでしょう？」

「いい剣だね、それ」アスラが言う。「高く売れそうだ」

「値段なんか付かないわよ」ルミアが呆《あき》れたように言う。「ラグナロクよ、これ。いずれ伝説の武器に仲間入りする名剣よ？　それを見て、売れそうって感想しか出てこないのがアスラらしいわ」

ラグナロクと聞いてマルクスが目を丸くした。

ユルキとイーナは顔を見合わせて口をパクパクと動かした。

「本物の名剣じゃないの……」アイリスが言う。「失われたと思ってたわ……」

「ふむ」アスラが小さく首を傾げた。「ちょっと良さそうなクレイモアにしか見えないがねぇ。どうだい？　レコ、サルメ」

「なんか凄《すご》そうなのはオレでも分かる」

「はい。宝石みたいな刀身です。高く売れそうに見えます」

「私の信条はね」アスラが言う。「この時代の剣に大差なんてないから、斬れれば何でもいい。まぁ、刀があれば別だがね」

「かたなって？」とレコ。

「前世の世界において、私が最強だと思っている剣の総称。芸術品のように美しい。前世の団員にマニアがいて、使い方を教わったから私も扱える。今、鍛冶師に作らせているから、近く様子を見に行こう」

刀の製造過程は一般的な剣に比べてかなり複雑なので、あまり期待はしていないけれど。

「本当、腹立つわねアスラって」ルミアが言う。「わたしもあの子も、簡単に倒してしまえるかのように振る舞うのね」

「事実その通りだからね。証明しよう。アイリス、イーナ。ルミアを叩《たた》きのめせ」

「あい……」

「分かった」

アスラはルミアに背を向けて、柱の方へと歩く。

入れ替わりに、アイリスとイーナがルミアに近寄った。

「そう、そうなのね」ルミアが言う。「二人で十分なのね……」

「悪いねルミア。私としても、君とやり合ってあげたいんだけど、任務がある。体力を使いたくないのさ。それに、私よりその二人の方が君を倒す速度は上だよ」

「……あたしの体力は……？」

「少し減るけど、任務に支障はない。私の体力が減ると支障が出る。以上だ」

「ま、ルミアには負けっぱなしだったし」アイリスが片刃の剣を抜いた。「本当は一人で勝ちたいけど、命令なら仕方ないわね」

アイリスが作戦行動に参加する条件は、殺人以外の命令には服従すること。

「……一人じゃ無理だし……」

イーナがボソッと言った。

「合図が必要かね？」

アスラが笑った。

「……いらない。自分で、できるし……」

イーナが素早くアイリスの腕に【加速】を乗せる。

アイリスがルミアに斬りかかった。

ルミアはアイリスの斬撃をガードし、力でアイリスを弾《はじ》き飛ばす。

同時に、短剣を両手に握ったイーナがルミアを斬り付けた。

六章　九話

君は多くを見なかった　だから負ける

「ルミアの敗因は三つある」

アスラが言った。

謁見《えっけん》の間では、イーナとアイリスが連携してルミアと斬《き》り合っている。

「一つは、イーナとアイリスの成長を見なかったこと」

ルミアは二人を相手に互角以上の戦いを見せている。

ルミアが強引に二人を弾《はじ》き飛ばして、【神罰】を使った。

イーナがアイリスの脚に【加速】を乗せて、アイリスが闘気を使用。

天使の降臨と同時に、アイリスが天使を両断。

天使が霧散した。

アイリスが闘気を仕舞う。

闘気の限定使用。

それでもＭＰの消費は激しいので、【神罰】潰《つぶ》しの場合のみ、使用を許可している。

今のアイリスでは、闘気を使わなければ【神罰】を封じられないからだ。

「あの天使、斬れるんだ？」

アスラの隣に立っているレコが言った。

「元はＭＰだけど、強固に物質化しているから、普通に破壊できる。というか、天使の方がそもそも人間を斬れるんだから、人間も天使を斬れないとおかしいだろう？」

「確かに」

サルメが寄って来て言った。

「まぁ、あの天使を斬り殺すにはかなりの実力が必要だがね。でも完全に発動する前なら、割と簡単だよ」

「魔法の弱点だね」とレコ。

「タイムラグですね」サルメが言う。「魔法は使おうと思ってから、多くの工程が必要になります。ＭＰを認識し、取り出し、属性を変化させ、性質を変化させる。ルミアさんの【神罰】は強力な反面、少し遅い。遅れて使ったイーナさんの【加速】の方が、発動が早かったです」

その上、天使が顕現してから攻撃に移るまでに、ほんの少しの空白がある。

そこを狙えば、破壊はさほど難しくない。

ジャンヌの【神滅の舞い】にも同じ弱点がある。

ただ、天使にせよ堕天使にせよ、この世に降臨したら目を奪われてしまう。

だからわずかな空白に誰も気付かない。

「そのタイムラグを埋めるために、私は指を鳴らして相手の気を引く」

「そしてイーナは魔法の名前を言って、気を引いてるんだね？」

「そうだよレコ。声や音を出すとそっちに意識が行くからね。君らもどうするか考えておきたまえ」

「分かりました」とサルメ。

「魔法は本当に弱点だらけさ。流行しないのも頷《うなず》ける」アスラが肩を竦《すく》める。「でも、それでも、使い方次第で強力な武器になる。完全に丸腰の状態でも、魔法なら使えるしね」

◇

やはり【神罰】は通用しないか、とルミアは思った。

分かっていたことだけれど、実際に防がれると少し悲しい。

「……むぅ……一〇秒無理……」

イーナがぼやいた。

イーナとアイリスは上手に連携しながらルミアを攻撃している。

ルミアは二人の攻撃をラグナロクで弾いたり、躱《かわ》したりして隙を窺《うかが》う。

「一〇秒で何をするつもりだったのかしら？」

アイリスの斬撃をラグナロクで受け止める。

その瞬間に、アイリスの片刃の剣が折れた。

「やばっ……」

アイリスは即座に後退。

剣を捨てて短剣を握る。

アイリスは魔法兵志望なので、短剣を一本だけ携行している。

「ああ、バカ……、あたしが死ぬ……」

アイリスが離れたおかげで、ルミアはイーナに攻撃できるようになった。

「殺したくはないけど、死んだらごめんなさいね」

ルミアがラグナロクを横に振るための予備動作に入る。

イーナは【加速】を使用。

ルミアは激しい違和感に襲われる。

イーナの【加速】はルミアの脚を狙っていた。

このままラグナロクを振り抜いていいものか、一瞬迷う。

ルミアは横に飛んで、イーナの【加速】を躱した。

「【風刃】！」

イーナと距離を取ったルミアに向けて、突風が吹く。

ルミアの身体に細かい切り傷ができる。

でも、それだけだ。

イーナの攻撃魔法である【風刃】は、人間を殺せない。

ただ広範囲を攻撃するので、微細な切り傷がルミアの全身に広がっている。

「目くらましね」

ルミアはラグナロクを背中に持っていく。
アイリスの突きが、ラグナロクの刀身に弾かれた。
ルミアは反転し、アイリスを斜めに斬ろうとした。
その瞬間に魔法の発動を察知する。
アイリスの左手。
「嘘《うそ》でしょ⁉」
なぜアイリスが魔法を使えるのか。
アイリスに何があったのか？
アスラが教えたのか？
だとしても、覚えるのが早すぎる。
どんな魔法が飛び出すか分からないので、ルミアは攻撃を中断して防御態勢に。
「【閃光弾《せんこうだん》】！」
アイリスの左手から目映《まばゆ》い光が溢《あふ》れる。
ルミアは咄嗟《とっさ》にラグナロクで顔を隠し、目を瞑《つむ》った。
けれど、少しだけ目をやられた。
まさかルミアと同じ魔法を使うとは思っていなかったので、少し反応が遅れた。
けれど、ルミアは気配を察してある程度動ける。
ルミアは反転してクレイモアを振って、イーナの【加速】矢を叩《たた》き落とした。

「【外套纏《がいとうまとい》】」

ルミアは支援魔法を使って全身をガード。

アイリスのミドルキックがルミアの脇腹に命中するが、【外套纏】のおかげで深刻なダメージは受けない。

アイリスが蹴り？

魔法を使い、体術を使い、短剣まで装備している。

そんなの、答えは一つしかない。

どう考えたって、それしか有り得ない。

「魔法兵になる気なのね……」

ルミアは小さく呟《つぶや》いた。

アスラが何を考えているのか、手に取るように分かる。

最強の少女を育て上げて、いつか自分が戦うのだ。

今のルミアのように。

ああ、でも、アスラは相手をしてくれなかったわね、とルミアは思った。

それでも。

アスラがアイリスとイーナを選んだのだ。

伊達《だて》や酔狂で選んだわけではない。

勝算があって選んでいる。

あるいは、対ルミアを想定した場合、最も有効的なカードだと思っているのだ。

ならば、二人を打ち倒せばアスラに勝ったようなものだ。

「ねぇ、ルミア強くない？　前より強くなってない？」

アイリスが困惑したように言った。

「……元々強い……。でも、勝てる……はず」

◇

「ルミアの敗因その二」アスラが言う。「アイリスがすでに生成魔法を使えることを知らなかった」

「でも【閃光弾】あんまり効いてないよ？」

「だけど、これからは常に警戒しなきゃいけない」アスラが笑う。「気配を読みながら動けるけど、視界を奪われるのはやっぱり痛い」

「そうですね」サルメが言う。「ただ、みんなで倒した方が早かったのでは？　イーナさんのMP消費、けっこう激しいように見えますし」

「うん。実は私の想定よりルミアが強いんだよね。戦士の本能が完全に目覚めちゃった感じかな。ははっ」

「団長、実はちょっと焦ってる？」

「いやいや。焦ってはいないよレコ。勝つのはアイリスとイーナの方だよ。ただ、私の想定より大幅に時間と体力、それからMPを削られるというだけのこと。ジャンヌがいなくて良かった。ジャンヌも同時に相手にしていたら、ちょっとしんどいね」

ティナに参戦の意思がないのが救い。

「ここからどう攻めるんです？」サルメがアスラを見る。「ルミアさんって、単独でほぼ完璧な気がします。もちろん、連携した方が強いでしょうけど、一人でも相当完成されてるように見えます」

「イーナ次第だよ。一度すでに決着を付けようとして失敗してる」

「え？　どの攻防？」とレコ。

「すぐに分かるよ。それしか勝ち目がないんだから。逆に言うと、それだけで勝てる」

◇

イーナとアイリスは攻め手に欠けている。

ルミアが【外套纏】を使ってから、二人は適度な距離を保ったまま動かない。

ルミアも動かない。視界の回復を待っているのだ。

【外套纏】の効果が切れたら、来るわね、とルミアは思った。

イーナはルミアの正面。アイリスは背面。二人でルミアを挟んでいる形。

イーナは左手で弓を持っている。右手は矢筒の矢に触れている。

イーナの弓の腕は、《月花《つきばな》》では一番だ。普通の射撃ならアスラよりも上手い。

アイリスは片刃の剣を失ったので、戦力は大きく下がっているはず。

けれど、近接戦闘術と魔法が使える。
【閃光弾】以外の魔法も修得しているなら厄介だ。
【外套纏】が切れる度に再使用して、常に防御力を上げた状態でいるのが望ましい。
ただ、そうなると早期決着でなければMPが保たない。
アイリスの短期間での成長は完全に予想外。
正確には、魔法兵になっている、あるいは魔法兵になりかけていることが想定外。
ルミアも攻め手を見つけられないでいた。

◇

ああ！　あたしの虎の子の【閃光弾】がぁ！
せっかく視界奪ったのに！　効果切れちゃう！　効果切れちゃうよぉ！
アイリスは内心、激しく焦っていた。
ルミアってこんなに強いの⁉
アイリスの稽古相手をしていた時より数段強い。
アイリスはこれでも英雄なのだ。
ルミアと離れてから、近接戦闘術や魔法を覚えた。更にイーナとの連携も深めた。
それでも、ルミアを倒せない。

マティアスさんより強くない？
それがアイリスの率直な感想。
最悪、大英雄アクセル・エーンルートの全盛期に匹敵する。
まぁ、話に聞いただけで、全盛期のアクセルを直接知らないけれど。
【神罰】を封じ、イーナと連携して、それでもなお、倒し切れない。
これが本気のルミア・カナール。
いや。
かつてのジャンヌ・オータン・ララ。
かつて最強と呼ばれた女。
もう、こうなったら恥も外聞もなく、捨て身で行くしかない。

◇

……団長の、嘘吐《うそつ》き……。
イーナは内心でぼやいた。
アスラは完全にルミアの実力を見誤っていた。
一〇秒で倒すとか無理。不可能。冗談にもならない。
チラッとアスラを見ると、アスラが「悪い」という風に苦笑いした。

でも助ける気はなさそう。
まだジャンヌとの戦闘が控えているので、アスラは体力を温存したいのだ。
それに、勝てないわけではない。
策はあるのだ。ルミアが引っかかってくれないだけで。
と、ルミアの光が弱くなる。
ルミアは【外套纏】で少し光っていたのだが、そろそろ効果が切れるのだ。
狙うならここしかない。
再度【外套纏】を使う時間は与えない。
イーナは矢をつがえて放つ。
ルミアは左手でその矢を掴《つか》んで、へし折る。
同時に回転しながらラグナロクを振る。
「うわぁ！」
アイリスが変な声を出しながらルミアの斬撃を躱す。
イーナが矢を放った時に、アイリスも突っ込んでいたのだ。
ルミアが回転を止め、手首を返して今度は逆方向からラグナロクを薙《な》ぐ。
ルミアはアイリスを先に倒すつもりだ。
「嫌ぁぁぁぁ！」
アイリスは叫びながら短剣でラグナロクを受け止めようとした。

学習能力がないのだろうか、と思いながらイーナは矢を放つ。
ラグナログが短剣に当たり、短剣が砕け散る。
しかし斬撃は躱した。
ただ、これでもう、アイリスには武器がない。
同時に、ルミアが矢を躱すために体勢を崩す。
といっても、ほんの少しだ。極端にバランスを崩すようなルミアじゃない。
アイリスが倒れ込むようにタックルして、ルミアの脚に抱き付く。
が、ルミアはアイリスのタックルでは倒れなかった。
即座にラグナロクの柄頭《つかがしら》をアイリスの背中に叩き付ける。
イーナはそれよりほんの少し早く、【加速】を使った。
【加速】はアイリスの腕を狙って、MPを認識し、取り出し、属性変化させた。
ラグナロクの柄頭がアイリスの背を激しく打ち付けた瞬間、
イーナは【加速】の対象をルミアの脚に変更して性質変化。
「ぐぇっ!」
アイリスが苦しそうな声を上げて、ズルッと床に倒れ込んだ。
「【収束風刃】‼」
ルミアが酷《ひど》く驚いた表情で振り返り、イーナを見た。
「【外套……】」

ルミアは何か不穏な空気を感じたのか、防御態勢に入る。

でも遅い。

◇

「ルミアの敗因その三」アスラが言う。「ちゃんと今回は三まで考えているからね？」

ルミアの右脚がズタズタに引き裂かれるのを見ながら、アスラは少し笑った。

「オレその三が何か分かる」

「私も分かりました」

レコとサルメが言って、ルミアはラグナロクを杖代《つえ》わりにして倒れ込むのを防いだ。

でも右脚はもう機能しない。

バラバラにはなっていないが、数多《あまた》の深い切り傷から、綺麗《きれい》な赤い血が流れ出ている。

治療しなければ、右脚を失う。そういうレベルの損傷。

「ふふ。ルミアはこの私の偉業を見なかった。知らないんだよルミアは！　私が変化という性質を生み出したことを！　そして！　イーナが変化を使えることをね！」

生成魔法【加速】を攻撃魔法【風刃】に変化させる。

それによって、広範囲に効果が及ぶ【風刃】を【加速】した部位に集中させることが可能になった。

脚が千切れるほどの威力ではないが、見ての通り、重傷を与える威力はある。

顔や胸を狙えば、相手によっては殺すことも可能。

「……新しい性質ですって？」

ルミアはもう動けない。

片足で戦えるほど、イーナとアイリスは弱くない。

「痛いぃ……」

アイリスが半泣きで起き上がる。

「ナイス……アイリス……」

イーナが拳を握って親指を立てた。

アイリスのタックルは、別にルミアを倒そうとしたわけではない。

アイリスの腕とルミアの脚を絡めたかっただけ。

イーナの【加速】がアイリスの腕を狙っていると見せかけるために。

ルミアが【加速】を躱さないように。

「研究していたのは知っていたけど、完成させたのね……」

ルミアは戦意を喪失したのか、ゆっくりとその場に座り込んだ。

そして自分の回復魔法を右脚に使用。

「とはいえ、魔法が途中で変わるなんて有り得ないでしょう？　とんでもない性質だわ。てゆーか
マルクス、【絆創膏《ばんそうこう》】くれない？」

ルミアはラグナロクを手放した。

完全に負けを認めたのだ。

「団長。どうしましょう？」とマルクス。

「ルミアに交戦の意思がないなら、使ってやれ」

「ないわ」

ルミアはもう一度ラグナロクを掴み、少し離れたところに投げた。

マルクスがルミアに近寄り、【絆創膏】を何度か使用。

「すごいですわ」ティナがパチパチと拍手した。「これで魔法の性質は七つになりましたわね」

「七つだって？」

アスラがティナに視線を送った。

けれど、次の瞬間アスラは謁見の間の入り口に視線を移して身構えた。

団員たちは全員が即座に戦闘態勢を取った。

異常な圧力。正常ではない何か。おぞましい何かが、そこにいる。

入り口に黒い靄《もや》がかかっているように見えた。

その靄の中から、人影が現れる。

「……戻りました」

右手でクレイモアを引きずりながら、ジャンヌが歩いて来た。

クレイモアはすでに赤く染まっている。

「何っすか、あれ……」

ユルキの声が震える。

「ジャンヌの周囲の黒いのは……MP……ですか団長？」

マルクスの全身から汗が噴き出す。

ジャンヌは虚《うつ》ろな瞳で、どこを見ているのかよく分からない。

「私は大きなミスを犯したかもしれない。これがMPなら、私らの勝ち目は風前の灯火《ともしび》ってやつだね。永遠に闘気を使えるよ、これ」

無限に思えるような膨大なMPが、ジャンヌから立ち上っている。

視覚化するほどのMPを見たのは、過去に一度だけ。

まるで黒い靄のよう。

もしも絶望が形を持ったなら、
きっとこんな風なのだろう、とアスラは思った。

「ってゆーか、人間じゃないよね、こんなの」

レコがその場に座り込んでしまった。

「反則ですよ……こんなの……こんなのまるで……」

サルメはペタンと座り込んで、そのまま漏らした。

ジャンヌの存在感だけで、サルメの身体は力が入らなくなってしまった。

「ははっ！　実は私も漏らしそうだよ！　ちょっと出たかもね！　二年前に遠くからこういうの見たよ！　一時撤退！」

六章　一〇話

無限の死を体験したらどうなる？　私はとっても楽しいと思うよ？

「ティナ……」

ジャンヌは左手をティナの方に伸ばした。

「姉様……」

ティナは少し怯《おび》えている様子だった。

ジャンヌは無理に笑って、魔法を使った。

「今のは……？」とティナが首を傾《かし》げた。

その魔法が何なのか、アスラには分からない。

ティナにも分からなかった。

確かに魔法は発動したけれど、何も起こらなかった。

「お守りです」

ジャンヌは再び、無理に笑った。

アスラはレコとサルメの腕を摑《つか》んで、強引に立たせようとした。

けれど、

「……ごめんない……腰が……抜けました」

サルメは震える声で言った。

「団長、ごめん……」

レコも同じだったようで、立ち上がれない。

「サルメは自分が抱いていく。レコを頼むユルキ」

「おう！」

マルクスがサルメをお姫様抱っこして、ユルキがレコを抱え上げる。

「行け！　私が殿《しんがり》だ！」

アスラが叫び、マルクスとユルキが駆け出す。

イーナはアイリスの手を握って引っ張るように走った。

アスラは牽制《けんせい》のため、指をパチンと鳴らして【地雷】を発動させた。

花びらがジャンヌのＭＰに触れて爆発。

「どこへ、行こうと、言うのです？」

ジャンヌは無傷だった。

ＭＰがジャンヌを守っているのか？

どうであれ、攻撃が通らなくても目くらましを続けて時間を稼ぐしかない。

ジャンヌが右手のクレイモアをアスラの方に向けた。

瞬間、クレイモアから巨大な黒いＭＰが放出される。

その黒いＭＰは一直線にアスラへと向かう。

「くっ！　躱《かわ》せないっ！」

アスラは最初、横に飛ぼうと考えた。

けれど、放出されたＭＰの速度が速すぎて不可能だと察した。

そして打つ手もなかった。

だから、当然、アスラはそのままＭＰに呑《の》み込まれた。

◇

暗い世界。

黒い世界。

何もない。

冷たくもない。

暖かくもない。

私は死んだのか？

そう思考した瞬間、アスラは知らない場所にいた。

どこかの村。燃えていて、兵士たちが酷《ひど》い形相で戦っている。

自由に身体を動かせないまま、アスラは虐殺された。

死んだと同時にまた別の場所に移動。

何も自由にならないまま、複数人の男に犯され、そして殺された。
次は拷問を受けて死んだ。
次は信頼していた人物に裏切られて死んだ。
激しい憎しみと絶望感が、深い悲しみと叫びがアスラの中に入り込む。
次から次へと、アスラは数多くの死を体験した。
リアルな痛みとリアルな感覚を伴った、数々の最悪。
常人ならとっくに正気を失うような、そんな体験を延々と繰り返した。
一〇〇人の死を体験したら、次の一〇〇人の死が始まる。
苦痛の中で、
無力感の中で、
憎悪の中で、
アスラは何度も何度も殺された。
何度も何度も犯され、何度も何度も拷問される。
ジャンヌに意味も分からず殺された。
兵士に槍《やり》で突かれた。
ありとあらゆる死に際。
まるで実体験のようにリアル。
一〇〇〇人の死が終わり、次の一〇〇〇人の死が始まった。

ごく希《まれ》に、知っている顔があった。

私だ。

私に殺されている。

誰だこいつは？

私が殺した誰かの記憶を追体験。

他人の身体を通して見る私とは、なんとも可憐《かれん》に笑うものだ。

この笑顔を見られるなら、死んでもいいだろう。

そんなことを思った。

一〇〇〇〇人の死が終幕を迎え、次の一〇〇〇〇人の死が開幕。

数時間か、あるいは数日、もしかしたら数年。

アスラは延々と死に続けた。

この世に存在する全ての死を体験したのではないか、とアスラが思った頃。

急に身体の自由が利くようになった。

「私の身体に戻ったのか？」

いつもの両手だ。小さなアスラの手。

「身体をよこせ」

「なぜ自我が壊れない？」

「憎い……」

「悲しい……悲しい、なぜこんな目に……」

「復讐《ふくしゅう》してやる。復讐だ！　肉体がいる！　肉体をよこせ！」

怨嗟《えんさ》の声が黒い空間に響く。

女の声、男の声、老人の声、子供の声。

「さっきの死者たちか？」

アスラは冷静に分析した。

それから、自分の身体をしっかりと確認。

服を着ていないし、よく見るとわずかに透けている。

実際の身体でないようだ。

「なぜ身体を明け渡さない！」

「なぜ憎んでいない⁉」

「なぜ何も感じていない⁉」

「わたしの憎しみを！」

「オレの悲しみを！」

「ぼくの絶望を！」

「そう言われてもねぇ」アスラが肩を竦《すく》めた。「私は他者への共感能力が著しく低い。君らの死に際を体験したが、実に有意義な体験だった、としか思っていない」

実際、あれだけ多くの死を体験できるのは貴重。

普通、命は一つしかないのだから。

「お前も、あいつも、なぜ身体を渡さない！」

「こいつらはなぜ自我を保っていられる⁉」

「ワタシの凄惨な死を体験して、なぜ正気でいるの⁉」

「あんな過酷な拷問を受けて、なぜ精神が壊れない⁉」

怨嗟の声が少し大きくなった。

「君らは変わっているね」アスラが笑う。「人類のささやかな日常を追体験したぐらいで、どうして私の自我が崩壊すると思ったんだい？　君たちは崩壊したのかい？　日常じゃないか。普通のことだよ？　よくあること。よく見かけるし、私自身も三歳の時に体験したよ。まぁ私は生きているがね」

「こいつには心がない！」

「心がない！」

「心に入れないから、名前すら分からない！」

「肉体も手に入らない！」

「アスラ・リョナだよ。自己紹介が遅れて悪かったね。怨嗟諸君。いや、負け犬諸君。それとも、もっとシンプルに死者諸君かな？」

アスラはとっても楽しそうに言った。

「我々を負け犬と呼ぶのか⁉」

「鬼畜が！」

「外道が！」

「気付くのが遅い」アスラは低い声で言う。「私はどちらかというと、君らを絶望の底に叩《たた》き落とす側の人間だよ？　くくっ、君らのようなカスが、私の若くて美しい肉体を手に入れたいだなんて笑えないジョークみたいだね」

「こいつはダメだ！」

「こいつは滅ぼすべき対象だ！」

「こいつは破壊する！」

「もう一人の肉体を！」

「ジャンヌ・オータン・ララの肉体を！」

「ほう。ジャンヌもいるのか。会話から察するに、名前を知っているということは、ジャンヌの心に入れたんだね。おめでとう。ところで、ジャンヌに会わせてくれないかい？　そしたら、肉体の提供について一考しようじゃないか」

嘘《うそ》ではない。

アスラは約束を守る。

ちゃんと一考して、
それから一蹴するだけの話。

と、アスラの目の前に少し透けているジャンヌが現れる。

ジャンヌは全裸で、両手で頭を抱えてもがき苦しんでいた。

身体を折り曲げ、膝を畳み、奇声を上げながら必死に抵抗しているように見えた。

胎児の姿勢と呼ばれる形で、大きな心理的ストレスに晒《さら》された人間が取る姿勢だ。

「話の分かる奴らだね、君たちは」

だから死んだのだ。

愚か者め、とアスラは思った。

同時に、アスラの同意さえあれば、彼らはアスラの心に入れるのだと分かった。

「正気を保てジャンヌ」

アスラがジャンヌを蹴飛ばしたが、足がすり抜ける。

「そしてこの状況を私に説明したまえ。何がどうなっている？　このクズどもはなぜ私の肉体を欲している？」

「あ……アスラ・リョナ……ぐっ……」

ジャンヌは酷い顔色でアスラを見た。

「心を明け渡すな。私と話せ。状況を説明しろ」

「……騙《だま》した……あたくしを騙しましたね!!」

「いや、私は何もしていない」

「よくも……よくも噓《うそ》を！　《魔王》になっても！　自我は……短時間なら残ると言った！」

「《魔王》？」

アスラは思考する。

状況を整理して、ジャンヌの発言を考慮して、推測する。

「……ティナとルミアは攻撃しない……あたくしは、あの二人を殺してしまうぐらいなら……《魔王》になりません！」

ジャンヌが叫んだ瞬間、ジャンヌの身体から何かのエネルギーらしき物が飛び出した。

ジャンヌは肩で息をしているが、かなり楽になった様子だった。

「これは《魔王》復活の儀式か何かかね？　察するに、生け贄《にえ》が必要なんだろう？　それが私と君というわけかな？」

「酷く悪趣味な体験をさせられました……」

ジャンヌは深く呼吸しながら、アスラを見た。

「人類のささやかな日常」アスラが言う。「別に悪趣味だとは思わないよ。私は楽しかった。学術的な意味でね。人間の死と、それにまつわる感情の動き。実世界では何の役にも立たないが、面白かった」

アスラの言葉を聞きながら、ジャンヌは目を丸くしていた。

まるで奇妙な生命体に遭遇した時のように。

「それで？」アスラが言う。「生け贄という推測は正解かね？」

「半分は」

ジャンヌがゆっくり立ち上がる。

まぁ、どこが地面なのかよく分からない空間だが。

「残りの半分は？」

「生け贄ではなく依《よ》り代《しろ》です。そして、依り代はあたくしだけの予定でした。アスラを巻き込んだのは偶然です。どういう原理で巻き込んだのか知りませんが、あたくしの意思ではありません」

「そうか。ところで君は、《魔王》を復活させる手順に詳しいようだね？　どこでその知識を？」

人類は《魔王》のことをよく知らない。

学者たちも、いくつかの推論や仮説を立てているだけで、検証はされていない。

だからアスラも《魔王》についての知識は乏しい。

ジャンヌは何も言わず、ただアスラを見ていた。

「話したくないなら、別に構わない」アスラが片手を広げる。「だが私の推論を聞いておくれ。連中、今は大人しいが、あの怨嗟に塗《まみ》れた汚物どもは、人間の残留思念か、それに相当するエネルギー体といったところかな？　たぶん現実世界の君から漏れ出ていたMPの元だろう。そして《魔王》の大元。エネルギー体である連中は、活動するために肉体が必要。で、生け贄……依り代だったね。依り代の自我を壊して、肉体を乗っ取る。そしてめでたく《魔王》が誕生する、って感じかな？　どのぐらい正解だろう？」

ジャンヌはアスラの推論を聞きながら、眉を上げて口を半開きにしていた。

「表情から察するに、かなりいい線いったんだね？　だから君は驚いている。ふふっ、推理は得意でね。シャーロックもビックリして私を褒めるだろうよ」

「……頭がいいんですね」

「そうだよ。だからこんなことも分かる」アスラはジャンヌの瞳をジッと見詰めた。「君は初めて会った時と印象が違う。あの時の君と今の君はまるで別人のようだ。人間は変化する生き物だが、それには大抵の場合、キッカケが必要だ」

「あたくしは……」ジャンヌが曖昧に笑う。「ルミアと再会してから、必死で昔の自分を思い出そうとしていました。なぜかは分かりません。ただ、昔が恋しかっただけなのかもしれません」

「なるほど。それに伴ってイカレヤロー的な傾向が減少しているね。敵としては弱くなったと言わざるを得ない。残念でならないよ」アスラは溜息《ためいき》を一つ吐《つ》いてから、小さく笑った。「それでも、それでも君は世界を滅ぼそうとした《魔王》だ。英雄たちは君とその軍勢を《魔王》に認定したが、それは間違っていなかった。なぜなら君は、本当の《魔王》になろうとしていたから」

「そうするはずでした。けれど、今はもうその気がありません。あたくしの自我が少しでも残らないのなら、意味がないのです。ここであたくしが自我なき《魔王》となれば、ルミアとティナが巻き込まれるでしょう？」

「君の人生だから、途中で止《や》めたってそりゃ構わない。でも」アスラが言う。「私は君を殺す。絶対に殺す。売られた喧嘩《けんか》は買う主義でね。ふふっ、愉快だねぇ。《魔王》ジャンヌを倒しに来た勇者アスラだよ、私は？　ククッ、勇者って響き最高だね」

ジャンヌを打ち倒せば、そうなる。

各地でアスラと《月花《つきばな》》の名が広まり、今後の仕事がしやすくなる。

入団希望者も増えることだろう、とアスラは微笑《ほほえ》む。

「君には最期まで、私の敵として振る舞って欲しいものだよ。頼むからそこらの雑魚《ざこ》のように簡単に折れてくれるなよ？」

「あたくしは最期まで、人類の敵です。それは変わりません」ジャンヌは強い意志を持った瞳で言う。「《魔王》になる策は捨てましたが、別の方法を考えます。ですが、ひとまずここは協力して、この空間を脱出しませんか？　続きは現実世界で」

「その必要はない」アスラが肩を竦めた。「おい亡者ども、肉体を提供するかどうか考えた結果、私は君らに協力しないと決めた」

「ふざけるな！」

「約束が違う！」

「何のために我々は待っていたのだ！」

「嘘吐《うそつ》きのクソッタレ！」

怨嗟の声が激しくアスラを罵る。

しかしアスラはどこ吹く風。

「おいおい、私は一考すると言っただけだよ？　そして約束通り一考したじゃないか？　結果が君らの望むものと違うからって、責められるいわれはないね」

「言っておきますが、あたくしも身体を明け渡しません。【呪印】？　そんなこと知るか。自我が残らないのなら、《魔王》に価値などありませんね。あたくしが望むあたくしのための破壊でなければ用はありません。用のない者をあたくしがどうするか知っていますか？　首を刎《は》ねるんです。ずっとそうしてきました。死者に対しても同じです」

二人の言葉を聞いて、凄まじい呪詛《じゅそ》が飛び交う。

この世界の憎しみを全て二人にぶつけるような勢いだった。

常人なら、恐怖で自我を失う。

けれど。

ここにいるのは、

人間として初めて《魔王》に認定され、世界を敵とした悪の化身、ジャンヌ・オータン・ララ。

そして、

道徳が欠如し、良心が欠乏し、善悪を理解せず、倫理が破綻したイカレ女のアスラ・リョナなのだ。

六章　一一話

私は取引が大好きだよ　え？　脅迫？　いやいや、取引だよ？

一つの黒い塊が宙に浮いている。

帝城の謁見《えっけん》の間。

アスラとジャンヌを呑《の》み込み、それは球体に近い形になった。

「……やばくね？　やっぱ撤退した方がよくね？」

レコを抱えたユルキが言った。

アスラは撤退命令を出したが、アスラが黒い塊に呑み込まれた時にマルクスが命令を変更した。

「いや、もう少し待てユルキ。この状況が分からない」

マルクスはサルメを抱いている。

「あたし逃げた方がいいと思う！」アイリスが言う。「寒気が止まらないの！」

「……でも、ルミアとティナは……焦ってない」

言いながら、イーナがルミアを見る。

ルミアは黒い塊を無視して、回復魔法で足を治している。

ティナは玉座に座ったまま動かない。

王冠可愛《かわい》い、とイーナは思った。

ティナの頭には王冠が乗っていて、似合っていないのが可愛い。

「あ、あの、私もう大丈夫です……」

サルメが言って、マルクスがサルメを降ろす。

「オレも平気」

「おう。俺の腕の中で漏らされなくて良かったぜ」

「オレ漏らしてないし。漏らしたのサルメだし」

ユルキがレコを離して、レコが自分の足で立つ。

サルメは頬を染めて下を向いた。

「あんたたちにはデリカシーってもんがないわけ？」

アイリスがレコとユルキを睨《にら》んだ。

「ない……」イーナが強く頷《うなず》いた。「期待……するだけ無駄。それより、もう手……離してくれない？」

最初にアイリスの手を握ったのはイーナの方。

固まっていたアイリスを引っ張って逃がすためだ。

今はアイリスの方がギュッと握っている。

「べ、別に握ってないし！　イーナが握ったし！」

アイリスはパッとイーナの手を離した。

「ルミア」マルクスが言う。「状況の説明をしてくれると助かる。我々は逃げた方がいいのか？」

「どうかしら？」ルミアが言う。「アスラが取り込まれてるから、微妙なところね」

「よぉ、これって何なんだ？」

ユルキが黒い塊を指さす。

黒い塊が凝縮された途方もないＭＰの塊であることは誰でも理解できる。

サルメやレコにだってそれがＭＰだと分かる。

ユルキが聞いたのは、もっと根本的なこと。

何のために存在していて、これから何が起こるのか。

「《魔王》復活の儀式の途中ですわ」ティナが言った。「本当は姉様が一人で《魔王》になるはずでしたの。でも、なぜかアスラが巻き込まれましたわね」

ティナの言葉で、ルミア以外の全員が目を丸くした。

数秒の沈黙。

「団長、ついに《魔王》になるの？」とレコ。

「まぁ、団長ならいい《魔王》になるだろうぜ」とユルキ。

「……世界終わった……」とイーナ。

「フルセンマークの歴史も終わりか。感慨深いな」とマルクス。

「団長さんが《魔王》になる。どうしてだか、納得できます」とサルメ。

「納得すんなぁぁぁぁぁ！」アイリスが叫ぶ。「どういう原理よ⁉　《魔王》って自然災害でしょ⁉　人間が《魔王》になるなんて聞いたことないんだけど⁉」

「俺だって聞いたことねーよ！」ユルキが言う。「でもこの塊、《魔王》だって言われたら納得するだけのＭＰ量だぞ⁉」

「おい。みんな最期の言葉を考えておけ」マルクスが言う。「団長とジャンヌが《魔王》になるというのは、即ち世界の終わりだ。どこにいても死ぬだろう」

「もし団長さんの知性を持ったまま《魔王》が生まれたら悪夢ですね」とサルメ。

「胸もきっと小さいよ？」とレコ。

「……短い人生だった……。まぁ楽しかったからいいけど……」

イーナがその場に座り込む。

「この状況で活き活きと死ぬにはどうすればいいでしょう？」サルメも座る。「何かゲームでもしますか？」

「諦めんなぁぁぁぁぁぁぁぁぁ‼」アイリスが叫ぶ。「ひとまず逃げて、英雄たちと合流して対策しましょ‼　ここにいたら絶対死ぬわよ⁉」

「たぶん、どこにいても死ぬわ」ルミアが淡々と言う。「《魔王》の個体差は、依《よ》り代《しろ》となる人間の能力で決まるのよ？　ジャンヌとアスラって、組み合わせとしては最強よ？　英雄たちが勝てるとは思えないわ。今までの《魔王》って、たぶん全部一般人が依り代よ？」

ルミアの発言で、また短い沈黙。

「カードでも持ってくれば良かったな」マルクスが座る。「最強の《魔王》に殺されるなら、まぁ悪くはないだろう」

「だな。無駄な抵抗はしない主義だぜ、俺は」

「団長もよく言ってたよね」レコが言う。「相手が自分たちより強ければ、逃げるか避けろって。どっちも無理なら活き活き死ねって」

「だから簡単に諦めるなぁぁぁぁぁぁぁぁ!!」アイリスがまた叫んだ。「あたしは諦めないから！英雄たちと合流して、打ち倒してみせるもん!!」

「あ、リバーシならありますわよ」

ティナが立ち上がり、床に置いていた盤面を持ち上げる。

「ゲームに誘うなぁぁぁぁぁぁ!!」アイリス、絶叫。「あんたたち、いつも自信満々のくせに、なんでそんな一瞬で諦めてんのよ!?」

「……アイリス、無理なものは、無理……。気合いで勝てるなら……誰も苦労しない」

イーナは背伸びをしてから、床に寝っ転がった。

「ここにいた方が安全ですわよ」ティナが言う。「依り代の意識が少し残るという話ですので、復活した《魔王》は別の場所で暴れますわ」

「なんで言い切れるのよ!?」

「姉様はぼくとルミアを殺したりしませんわ。アスラも、仲間を殺したりしませんでしょう?」

「そうかもしれないけど、意識が残るってなんで分かるのよ!?　その情報正確なの!?　違ってたら!?　《魔王》に人の意識みたいなもの、あるって話聞いたことないわよ!?　会話だって通じないんだから！」

「ただ破壊するだけ、という話だな」マルクスが言う。「だが激しい憎しみは感じ取ることができる、という話だ。醜悪に笑うという情報もある。会話を試みた、という話は確かにないがな。リバーシ、自分と対戦しないかティナ」

「いいですわよ」

ティナが盤面を持ったまま、トテトテと移動してマルクスの前に座った。

「今更だけど、王冠可愛いな」

ユルキがニコニコと笑った。

「……それ、あたしも……思ってた」

イーナが起き上がる。

「オレとサルメにルール教えてよ」とレコ。

「実際に打ちながら教えよう」マルクスが言う。「時間が足りるかは不明だが」

「この王冠、姉様がくれましたの。ぼくもお気に入りですわ」

ティナは機嫌良さそうに言った。

「失望したぁぁぁ！　あんたたちには失望したぁぁ!!」アイリスが怒鳴り散らす。「いいもん！　あたし一人だけでも英雄たちと合流するもん！　絶対倒してやるから!!」

アイリスが踵《きびす》を返した瞬間、
黒い塊が弾《はじ》け飛んだ。

アイリスは慌てて振り返り、他の者たちもさっきまで黒い塊が浮いていた場所を見た。

「おや、戻ったようだね」

「アスラの脅迫が効きましたね」

「いやいや、説得と言ってくれ」

「いえ、あれは脅迫です。正直、心が痛みましたね。彼らに同情すら感じました」

アスラとジャンヌがにこやかに会話していた。

「ん？」アスラが周囲を見回す。「君ら、ずいぶんと楽しそうにしているね。撤退しろと言わなかったかね？」

「団長が取り込まれたので、自分が方針を変更しました。状況は理解しています。《魔王》復活の場合は、ここで活き活きとゲームでもしながら死のうかと」

「ふむ。まぁいいか。私が《魔王》になったら余裕で世界破壊できるしね。どこにいても死ぬ。なら、無駄な抵抗をしないのも潔い、ってね」

「あたくしでも同じです。どこにいてもみんな死にます」

「姉様……」ティナが酷《ひど》く驚いたように言う。「……どうして？」

「ああ、ティナ。あたくしは騙《だま》されていました。《魔王》になったら、あたくしの意識は残らないのです。だから拒否しました」

「うぅ、姉様!!」

ティナが立ち上がり、走ってジャンヌに突っ込んだ。

ジャンヌはティナを受け止めて、頭を撫《な》でた。

「どうやって助かったの、二人とも……」

ルミアが言った。

「私が心から、誠意を持って説得したんだよ」

◇

少し前。

「ほら、同意してあげるから私の中に入りたまえ。君らはエネルギー体だから、物理攻撃は意味をなさないだろう。だから、君らに私を理解させる。君らのやっていることが無意味だと理解させる。私を乗っ取れないと肌で感じてもらおう」

アスラが両手を大きく広げる。

怨嗟《えんさ》のエネルギーが次々にアスラの中になだれ込む。

ジャンヌはその様子を見ていた。

ジャンヌは彼らに心を潰《つぶ》されそうになっていたので、少し心配した。

しかし、アスラは特に苦しむ様子もなく、平然と立っていた。

そして。

アスラの中に入ったエネルギーたちが、まるで我先に逃げ出すようにアスラから飛び出した。

「こいつはイカレてる」

「冷酷すぎる」

「こいつの方がむしろ《魔王》」

「心が強いなんてレベルじゃない」

「あんな酷いこと言われたの、生まれて初めて」

「死んでからも初めてだ」

怨嗟のエネルギーたちは困惑した様子で言った。

「君らのような低能クズでも、理解できたようだね」アスラが上機嫌で言う。「さてここで取引だ。いい取引だよ」

アスラが両手を叩《たた》く。

「話してみろ」

「いや、こいつらを解放して別の奴のところに行こう」

「こいつは無理だ」

「逃げたい」

「怖い」

「おいおい。どこにも逃がさないよ？　もう分かっているんだよ。君らが私を感じたように、私もい、い、い、い、い、君らを感じた。君らは同意なしには何もできない。離れることすらね」

アスラが笑う。

「ひっ！」

怨嗟のエネルギーたちの恐怖がジャンヌに伝わった。

負のエネルギーがビビるって、どういうことですか？

「君らはエネルギー体だから、いつかエネルギーが尽きて死ぬ。無限なんてことは有り得ない。それまでここに幽閉してやってもいいんだよ？」

立場が逆転していますね、とジャンヌは思った。

「君らは《魔王》になって、人類に報復したいのだろう？　だが私に囚《とら》われたままでは、それも叶《かな》わない。だから取引だ。よく考えたまえ。簡単な取引だから」

アスラは酷く楽しそうに言った。

心からこの状況を楽しんでいる。

尋常な精神力ではない。

どこか壊れている。

正直、ジャンヌですらアスラを怖いと感じた。

「君らは西に行け。西フルセンで、依り代を見繕って復活したまえ。そうするなら、私は君たちを解放してあげよう。中央や東で復活するなら、私は君らを殺す。どんな手を使ってでも殺す。だが西なら、私は関知しない。君らが《魔王》として暴れても、私は君らに手を出さないと約束しよう。どうだい？」

これは脅迫だ。

ジャンヌは苦笑いした。

どこの世界に、《魔王》の元を脅迫する人間がいるのか。

「本当に関知しないのか？」

「この悪魔から離れたい」

「早く西に行きましょう」

「西で報復を！」

「憎悪と絶望を西に！」

「西！　西！　西！」

怨嗟のエネルギーたちが強く団結した。

「本当に関知しない。西フルセンに思い入れはない。中央は今いるし、東は現在の活動拠点だからね。西に行くなら、私は君らを解放しようじゃないか」

アスラがそう言った瞬間、黒い世界に光が溢《あふ》れた。

◇

「脅迫ですね」とマルクス。

「脅迫だな」とユルキ。

「……脅迫……」とイーナ。

「どこの世界に《魔王》を脅迫する奴がいるのよぉぉぉぉぉ!!」アイリスが叫ぶ。「しかも西で復活させたの!?　西はどうなってもいいってゆーのぉぉぉぉ!!」

「いいのでは？」サルメが言う。「ここよりマシです」

「東はアーニアあるし」レコが言う。「やっぱ西だね」

「とんでもなさすぎて、言葉が出ないわ」

ルミアの表情は引きつっている。

「さて。それじゃあ、あたくしたちはこれで」

ジャンヌが笑顔を浮かべた。

「待てジャンヌ」アスラが言う。「君は今日死ぬ。それは変わらない」

空気が変わる。

《月花《つきばな》》のメンバーのまとう空気が。

「君は生かしておくと厄介だ。どうせまた、世界を滅ぼそうとするだろう？」

急速にその場が張り詰めて、
ルミアが息を呑《の》んだ。

「私には自分の住んでいる世界を滅ぼすなんて理解できないが、君はやるだろう？」

アスラの目、口調、小さな動作。

それらが本気を思わせる。

いや、正確には本気を演出したのだ。

「だから今日死ね」

終幕への意思を、

終わりが今日、今この瞬間から始まると強調するために。

「正直、《魔王》を脅迫するような人と戦いたくありませんが、仕方ないですね」

ジャンヌがティナをゆっくりと押して、自分から離れさせた。

「あたくしは別の方法で世界を滅ぼします。絶対にやります。徹底してやります。この世界が大嫌いです。みんな死ねばいい。だから、アスラも死ねばいいです」

ジャンヌはアスラに応えた。

穏やかだった空気を、ジャンヌも鋭く変化させた。

六章　一二話　悪夢の終わり　幸せの形

アスラは両手に短剣を構え、ジャンヌはクレイモアを構えた。

マルクスは長剣、ユルキはトマホークをそれぞれ握る。

「大勢であたくしを倒すのですか？」

「そうだよ。私らは個人のアレ……なんだっけ、ほら、アレだよ、普段使わない言葉だから忘れてしまったが、アレにはこだわらないんだよ」

「名誉、高潔さ、強さ、などですかね」

マルクスが冷静に言った。

「ああ、そう、そういうの。私らには関係ないんだよ。なぜなら私らは傭兵《ようへい》だから。イーナ、アイリス、君らも戦えるなら準備したまえ」

「……してるし……」

イーナは弓を構えていた。

アイリスは背中に手を伸ばして、片刃の剣が折れたことを思い出して慌てた。

「どうぞ」

サルメがアイリスに短剣を渡した。

「多勢に無勢ですね。まぁいいでしょう。【神罰】改め……」

ジャンヌが魔法を使うよりも早く、アスラの【地雷】が発動。

ジャンヌは魔法を中断して横に飛ぶ。

アスラの魔法の効果を、ジャンヌはルミアに聞いて知っていた。

当たればほぼ間違いなく負ける。

ヒラヒラと二枚の花びらが床に落ちた。

ジャンヌが移動した先に、【加速】を乗せた矢が飛んできた。

ジャンヌは闘気を使用し、身体を反らすことで矢を避《よ》ける。

それと同時に、マルクスとユルキが両側からジャンヌを挟むように攻撃。

ジャンヌはクレイモアで迎撃。

「魔法を使えると思ったのかい?」アスラが笑いながら短剣を投げる。「君の魔法は発動に時間がかかるのが弱点だよ」

ジャンヌはユルキの足を蹴って、ユルキの動きを止める。

それから、マルクスの攻撃とアスラの投げた短剣を撃墜。

◇

攻撃に転じられないっ⁉

ジャンヌは焦った。

今まで、多人数を相手にしても焦ったことなどなかったのに。

だが、《月花《つきばな》》は息を吐《つ》く暇さえ与えない連続攻撃でジャンヌを追い詰める。

闘気を使っていなかったら、もう負けている。

攻撃魔法を完全に封じられているのも痛い。

《月花》の攻撃を全て捌《さば》きながら使えるほど、熟練していない。いや、どれだけ熟練してもこの猛攻の中で魔法を使うのは不可能だ。

そもそも、闘気を使っている間は魔法が使えない。そして、闘気を解除したらやられる。

「あたくしの方がっ、実力は上のはずっ……」

思わず、そんなことを口走った。

主に攻撃に参加しているのはマルクスとユルキとアスラ。

三人まとめて相手にしても勝てるはずなのだ。それぐらいの実力差があるはず。

矢が飛んでくるが、躱《かわ》し切れない。

右の太ももに刺さる。

矢を放ったのはレコだった。

「君は連携を甘く見すぎだよ」

頭上からアスラの声。

アスラはいつの間にかクレイモアを握っていた。

アスラの上からの斬撃を、ジャンヌはクレイモアで受け止め、即座にクレイモアを斜めにして流す。

「実力は確かに君が上だけど、私らは普段からみんなで戦う訓練をしているんだよ？」

同時に、身体の位置を変えてマルクスの突きを回避。

「みんなで上手に連携して戦えば、戦力は格段に上がる」

だがユルキのトマホークが脇腹を掠《かす》めた。

アスラが着地と同時にクレイモアを振る。

タイミングをわずかにずらしてマルクスが長剣を縦に振り下ろした。

ジャンヌは後方に飛ぶ。

しかし飛んだ先に矢が飛んでくる。今度は三本。

イーナ、レコ、サルメが放ったもの。

全てクレイモアで撃墜。

一息吐く時間もなく、ユルキとマルクスが両サイドから攻めてくる。

アスラは指を鳴らし、ジャンヌの後方に【地雷】を設置。

後方に逃げるという選択肢を奪われた上で、アスラが正面から攻撃参加。

ジャンヌは三方向からの攻撃を捌く。

徐々に、傷が増えていく。

太ももには矢が刺さったまま。

ジャンヌは必死に応戦し、ユルキを下から斜めに斬《き》り上げた。

この三人なら、ユルキが一番弱いと理解したから。

多少ダメージを受けてでも、一人減らしたかった。

ユルキの身体の前面から鮮血が噴き出し、そのまま後ろに倒れる。

同時に、アスラとマルクスの斬撃を回避する方向に動く。

しかし躱し切れず、斬られてしまう。

致命傷ではないが、浅くもない。

アスラがユルキのいた方に移動。

すると、正面にアイリスが入ってくる。

こいつらっ、仲間が斬られたことを気にもかけないんですかっ！

《月花》の連中はまったく動揺した様子もなく、綺麗《きれい》に連携して攻撃した。

だがアイリスの攻撃がややズレているので、さっきより防ぎやすい。

実力的には、ユルキよりアイリスの方が強いはずなので、ジャンヌは少し困惑した。

と、いきなりアイリスがしゃがみ込む。

同時に矢が三本飛んでくる。

二本は回避したが、一本が左肩に刺さる。

痛みに喘《あえ》ぐ余裕はない。神経がすり切れそうな攻防。集中力を欠いたらその瞬間に斬殺される。

と、アスラもしゃがんだ。

アスラの背後で、ユルキが上半身だけ起こしてトマホークを投げた。

完全に意識の外側からの攻撃。

ジャンヌの全神経がトマホークに集中。

クレイモアでなんとかトマホークの軌道を変える。

アイリスが立ち上がる。

トマホークが床に突き刺さった。

「【閃光弾《せんこう》】！」

アイリスの左手が激しく光る。

一瞬にして視界がホワイトアウト。

頭がクラクラした。

アイリスが魔法を使おうとしているのは分かっていたけれど、ジャンヌは何もできなかった。

アスラ、マルクス、飛んでくる矢、そして意識の外から放たれたトマホークにまで対応していたのだ。

次の瞬間、
ジャンヌの身体が熱を帯びる。

直後に激しい痛み。

斬られたのだ。それも、何度も。

何も見えないまま、ジャンヌは死を自覚。

最期に、フラッと一歩移動した。

ジャンヌは自分がどっちに移動したのかも分からない。

「一対七だったけど、悪く思うなジャンヌ。君って大英雄以上に強いからね」

アスラの声が正面から聞こえた。

「それはどうも……」

言ったと同時に、クレイモアが胸を貫く感触。

「君の悪夢は終わりだ。これからはいい夢を見たまえ」

「……アスラ……」ジャンヌは立っていられなくて両膝を突いた。「……ありがとう……そして、依頼です……ティナとルミアを……許して……」

口の中に血の味が広がり、堪《たま》らず吐き出した。

「報酬は？」

「……古城に……あたくしの書いた……魔法書が……あります……。人類の知らない……性質を……」

「いいだろう。その依頼を請けよう。良さそうな報酬だから、許すだけじゃなく二人を保護してあげるよ」

ジャンヌとその軍は《魔王》に認定されている。

仮に英雄たちが許しても、各国が許さない。

瓦解したジャンヌの軍は必ず粛正される。

だから、

アスラの「保護する」という言葉は、
ジャンヌにとっては最良のもの。
すでに《月花》の実力は身に沁《し》みているのだから。
「……良かった……」
これで安心して、
眠れる。
憎しみに身を焦がし続けた、
悪夢のような日々が終わる。

◇

ジャンヌは死ぬ前に少し笑った。
その笑顔を見て、ルミアはとっても悲しい気持ちになった。
けれど、同時に安心もした。
ジャンヌは死にたがっていた。《魔王》になるというのは、即ち自殺と同義。
ティナもそのことに気付いていて、だから戦闘を止めなかった。
ジャンヌを尊重したのだ。
愛しているから。

相手の幸せを願うのが愛なら、これこそがジャンヌの幸せの形。

悪夢から覚めること。

だけど、
ティナはゆっくりジャンヌの亡骸《なきがら》に歩み寄り、抱き締めて大泣きした。

ティナがあんまり泣くものだから、アスラも渋い表情をしている。

マルクスがユルキに絆創膏《ばんそうこう》を貼り付けた。

「やべぇ……俺も死ぬかこれ？」

ユルキが言った。

ルミアは自分の足の回復を中断し、立ち上がる。

足が酷《ひど》く痛む。

だから右脚を引きずってユルキの側に移動し、ユルキに回復魔法をかけた。

「ユルキ死んだら、財産オレにちょうだい」とレコ。

「半分は私が貰《もら》ってもいいです」とサルメ。

「いや、そこは団のものにしよう」とアスラ。

「俺に冷たくねーっすか？」

ユルキが苦笑いした。

「……だってユルキ兄、アイリスとチェンジするために……わざと斬られたでしょ……」

「うむ。立とうと思えば立てるはず。傷は深いが、死ぬほどではない」

「本当に大丈夫なの？　あたし、ユルキ死んだかと思ったんだけど？」

「いや、今は立てねーよ。気が抜けちまってるからな」

事実だ。敵を倒したことで安堵《あんど》し、完全に気が抜けている。

「死者の復活、って作戦だよ。強引に意識の外側に行くのさ」

アスラが肩を竦《すく》めた。

死んだと思わせて、ジャンヌの意識から消える。

そして意識の外側から攻撃を加えるという戦術。

酷く危険な策だが、効果は大きい。

「もうやりたくねーっす……。マジであと一センチ深く斬られたら……俺死亡だったっす」

戦闘不能だと相手に思わせるため、適切に斬られる必要がある。

「ふふ。しかしジャンヌ強かったね。正直、ここまで防がれるとは思ってもなかったよ」

死者の復活は苦肉の策でもある。

「七対一でなんとか、って感じよね」アイリスが言う。「あたし一人じゃ絶対無理だった」

「私だって無理だよ」とアスラ。

「【閃光弾】が完璧でしたね」サルメが言う。「あのタイミングは躱せません。ジャンヌはアイリスさんが【閃光弾】使えるって知りませんし」

「えへへ」アイリスが頬を染めて頭を掻《か》く。「って、ちょっと待って！　今頃、西側で《魔王》復活してるのよね⁉」

「だろうね。行っていいよアイリス。またあとで合流しよう」

「……みんな来てくれないの？」

「私らは英雄じゃないし、ぶっちゃけ関係ない」

アスラが言うと、他のみんなも頷《うなず》いた。

「うぅ……もうなんか最近、英雄たちよりアスラたちの方が総合的に強い気がしてる」

「状況によるさ」アスラが冷静に言う。「《魔王》退治は私らには無理。私レベルが一〇人いたら可能かもしれないけどね。そこまでの戦力は今の《月花》にはない」

「英雄たちって、全然連携とかしないのよ……」アイリスが言う。「だからなんか、あたしちょっと不安」

「死なない程度にボチボチやりたまえ」アスラがどうでも良さそうに言う。「誰か倒すだろう。前に出すぎないこと。あと、《魔王》に【閃光弾】が通用するかだけ試しておくれ」

「……アイリス、死なないでね……」

「だな。死ぬなよ？」ユルキが言う。「やばかったら逃げてもいいからな」

「今のアイリスなら、死にはしないだろう」とマルクス。

「うん。もうお花畑じゃないしね」レコが言う。「生きて帰ったら、また胸揉《も》んであげる」

「あたしが揉まれたいみたいに言わないでよ！」

アイリスが頬を膨らませる。

「持っていけ。武器がないだろう？」

アスラはラグナロクを指さした。

「それ、わたしのなんだけど……」

ルミアが不服そうに言った。

「敗者なんだから文句を言うなルミア。戦利品として私が貰う」アスラが肩を竦めた。「そしてアイリスに貸す。相手が《魔王》なら、片刃である必要もない。遠慮せずに使いたまえ」

「ありがと、助かるわ」

アイリスは普通にラグナロクを拾って、それから走って謁見《えっけん》の間を出た。

「ティナ。私はジャンヌの首をサンジェストに届けないといけない。勝利宣言を出してもらわないとね。悪いが、斬り落とさせてもらう」

「ぐす……断ったら、どうしますの……?」

涙に濡《ぬ》れた顔で、ティナがアスラを見る。

「君とは戦いたくない。分かって欲しい。ジャンヌの始めた戦争を終わらせるには、ジャンヌが死んだことを知らしめる必要がある。身体の方は君が好きにしていい。墓を作りたいなら手伝おう。今後のことも相談したいから、一緒に来て欲しい」

「もう少しだけ……もう少しだけ、待ってくださいませ……」

ティナはギュッとジャンヌの死体を抱き締める。

「いいよ。でも急いでおくれ。まだ戦争は継続しているからね」

六章　一三話

覚めない眠りは君の安息
暖かい日差しとティナの愛が子守歌

ルミアがジャンヌの代理として、ジャンヌの死と敗北を宣言した。

けれど、ルミアはジャンヌ軍に投降しろとは言わなかった。

各自、力の限り逃げるように命令した。

投降したら確実に死刑だからだ。

これだけの侵略を行ったのだ。

凄《すさ》まじい数を惨殺したのだ。

生きていられるはずがない。

そんなこと、誰だって知っている。

ならば、投降するぐらいなら戦って死ぬと言い出す者も出てくる。

「ゲリラ戦になったら中央は地獄だよ」

自称、数多《あまた》の戦場を渡り歩いたアスラの言葉。

ルミアはゲリラ戦を知らない。

「遊撃戦のことだよ。待ち伏せ、騙《だま》し討ち、奇襲。要するに、私らになる可能性がある。ほら、地獄だろう？」

この説明で、ルミアはジャンヌ軍に逃げるよう命令したのだ。

戦争を続けないように。

◇

ジャンヌの死から数日後。

中央フルセンの古城の敷地内に、アスラたちは足を踏み入れた。

サンジェスト王国にジャンヌの首を届け、戦後処理を少しだけ手伝ったのち、拠点とともに移動した。

アスラの後ろに乗っていたティナが、馬から飛び降りる。

「ぼくと姉様の家ですわ」

「こんなところを根城にしていたとはね」

中央フルセンの北側。

古城の正面は平地だが、背後が山になっている。

古城そのものは、簡素な作りで、あまり大きくもない。

今は滅びた小さな国の残滓《ざんし》といったところか、とアスラは思った。

「まずは墓を作りますか?」

マルクスが拠点から埋葬用の樽《たる》を担いで出てきた。

その樽は完全に密閉されている。

「手伝ってくださいますのよね？」

ティナが少しだけ不安そうな瞳でアスラを見た。

「そう約束したからね。手を合わせて冥福を祈ってあげるよ。それから、君らの保護も続けるよ」

アスラは馬に乗っているルミアに視線を移した。

「助かったわ」とルミア。

ルミアは世間的にはジャンヌの右腕。

サンジェストに行っている間、ルミアとティナが誰の目にも触れぬよう、アスラたちが隠していた。

そして当然、二人とも死んだことにしている。アスラたちが殺した、と伝えてある。疑う者はいなかった。

と、空から奇声。

アスラたちは即座に戦闘態勢へ。

「大丈夫ですわ」

そう言ったティナの隣に、ドラゴンが着地した。

緑の鱗《うろこ》に、大きな尻尾と翼。

アスラはこのドラゴンに見覚えがあった。

ドラゴンがティナの顔をベロリと舐《な》める。

「ゴジラッシュ、ただいまですわ」

言いながら、ティナはドラゴンの顔を撫《な》でた。

ドラゴンは嬉《うれ》しそうに表情を緩ませ、甘えた声を出した。

「ビビッったー‼」

ユルキが叫んだ。

「自分もビビッた。まさかのドラゴン戦かと思った」

マルクスがホッと息を吐いた。

「……正直、何日か休みたい……」

イーナがげんなりしたように言った。

「ドラゴンってかっこいいね！」

「ゴジラッシュという名前なんですね」

レコとサルメはドラゴンに興味津々だった。

「ふむ。君らがコトポリまで乗って来たドラゴンか」アスラがドラゴンに近寄る。「しかし、ゴジラッシュというのは変な名前だね」

アスラが言うと、ドラゴンが唸《うな》り声を上げてアスラを威嚇した。

「あ？　私に喧嘩《けんか》売る気かね？　ドラゴンの串焼きにするよ？」

アスラがドラゴンを睨《にら》むと、ドラゴンはビクッと身を竦《すく》ませてから小さくなった。

「ゴジラッシュは大人しい子ですわ。そんなに威嚇しないでくださいませ」ティナがアスラに言った。

「ちなみに、ゴジラッシュの名付け親は姉様ですわ」

「ジャンヌのセンスは壊滅的だね」

アスラが肩を竦めた。

「では、ジャンヌの墓を作りましょう」

マルクスが冷静に言う。

この古城に墓を作りたいと言ったのはティナだ。

思い出の深い場所に、ジャンヌを埋めたかったから。

「それが終わったら、古城で休んでもいいかね?」アスラがティナを見る。「できればアイリスが戻るまで」

アイリスは現在、西側に出現した超自然災害《魔王》の討伐中。

もしくは、もう倒して戻っている最中か。

最悪は殺されてしまったか。

アスラたちには分からない。

「いいですわよ。でも、アイリスはこの場所分かりますの?」

ティナが小さく首を傾《かし》げた。

アスラたちは沈黙した。

「……アイリス、ここ知らない……」

「だよなー」

イーナとユルキが引きつった表情で言った。

「手紙を出して待ち合わせをしよう。リヨルール……は分割統治されるらしくて、混乱しているからサンジェストがいいね」

中央の地図は大幅に書き換えられる。

いくつかの国が滅びて消えたから。

「それがいいでしょう」

マルクスが樽を担ぎ直す。

「ティナ、ジャンヌどこに埋めるの？」とレコ。

「中庭がありますの。ですから、中庭の日当たりのいい場所に作りたいですわ。姉様、暖かいのが好きですので」

「よし。作業にかかろう。終わったら今日と明日はオフだよ！」

アスラの言葉で、みんな小さくガッツポーズ。

なんだかんだ、みんな疲れているのだ。

ジャンヌが戦争を起こしてから今日まで、ずっと忙しかったから。

◇

土を深く掘って、樽をゆっくりと降ろす。

それから土を被《かぶ》せて、最後にクレイモアを突き立てた。

古城の中庭には、色とりどりの花が咲いている。

いくつかの樹木と木漏れ日。

木製のベンチに絡まる蔓《つる》植物。

古城の外壁は所々ヒビ割れていて、ベンチと同じように蔓植物が茎を伸ばしている。

半分廃墟《はいきょ》のような場所。

落ち着いた雰囲気と静けさが、アスラの心を満たす。

ティナが中庭で摘んだ花を墓標代わりのクレイモアに添えた。

ゴジラッシュが天を仰ぎながら、悲しそうに鳴いた。

ああ、きっと彼にもジャンヌの死が分かったのだ。

アスラはゴジラッシュの性別を知らないので、便宜上、彼とした。

「まぁ、なんつーか」ユルキが言う。「すげぇ敵だったと思うぜ？　なんせ、世界を滅ぼそうとしたんだからな」

「……うん。たぶん……もう二度と……こんな敵には……会えないと思う」

「実にキツかった」マルクスが言う。「色々な意味で、この戦争は自分たちを成長させた。もっとも、自分はジャンヌを素晴らしい人物だとは思わないが」

「別にユルキもイーナも、素晴らしい人物だとは言ってないよ？」レコが小さく首を傾げた。「ティナには悪いけど、ジャンヌはクソ女だよ。団長の背中斬《き》ったし」

「賛成です」サルメが言う。「ただ、もう死んでしまったので、今は特に嫌悪感はないですね」

「クズだったことは確かね」ルミアが膝を折って、両手を組んだ。「尻フェチの変態で、人間を殺すことが生き甲斐《がい》で、一時期はティナを虐待していたし、とにかく、ジャンヌは歴史上、最も多くを殺した人物で間違いないわね」

「なるほど。尻フェチだったのか」アスラが小さく笑った。「まぁ、確かに敵としてはなかなか楽しめた。後半、精神的な意味で少し弱くなっていたがね。それでも、これほど大規模な戦争を仕掛け、更に《魔王》にまでなろうとする奴はそうそういない」

「姉様はずっと悪夢にうなされていましたの。寝ても覚めても。だから、姉様にとって、唯一の安らぎが死ぬことでしたわ。ぼくは姉様を愛していて……だから自殺願望も尊重しましたのよ……。でも」

ティナの瞳から、大粒の涙が零《こぼ》れ落ちる。

太陽の光に反射してキラキラと輝いた。

ああ、この中庭は本当に日当たりがいいんだね。

「本当は、ぼくと……生きて欲しかったですわ……復讐《ふくしゅう》も、憎しみも、絶望も、何もかもを忘れて……」

ティナが両膝を地面に突いた、

「でも忘れられなかった」アスラがティナの頭に右手を置いた。「葛藤はあっただろうね。私と違って、ジャンヌは愛を知っているから。ルミアと再会してからは、昔の自分を取り戻そうと必死だったようだし」

アスラは右手をワシャワシャと動かした。

「……ぼくは、姉様なしで……どう生きればいいか分かりませんわ……」

「ふむ。そのことで提案がある」アスラが言う。「ティナさえ良ければ、この古城を私ら《月花《つきばな》》の拠点にしたい。私は君を保護すると約束したし、君は大家みたいなものだから、生活費は《月花》が出そう。どうかな？　寂しくはないと思うけどね」

「それいいっすねー」ユルキが明るく言う。「俺らもやっと落ち着けるし、普段はここで訓練して、依頼があったらメンバー選んで任務に当たる。ティナも寂しくねーし」

「ティナは嫌かも」レコが言う。「オレたち、なんだかんだ、ジャンヌ殺したしね」

「……だから、団長は……ティナが良ければ……って言ってる……」

イーナが苦笑いしながら言った。

ティナがグシグシと涙を拭う。

「ぼくはその案を歓迎しますわ。今のぼくには、友達もいませんし。ゴジラッシュと二人で生きるのは、やっぱり寂しいですわ」

「わたしは友達だと思っているけれど？」

ルミアが言った。

ティナは少し驚いたような表情を見せた。

「たくさん話をしたでしょう？」ルミアが微笑《ほほえ》む。「友達よ」

「はいですわ」ティナが微笑む。「友達ですわ」

「私らとしては、ルミアは裏切り者だけど、許すと約束してしまったから、君の今後についても話しておこう」アスラが言う。「うちに戻るかね?」

ルミアは少しだけ考えるような仕草を見せて、それからゆっくりと首を横に振った。

「探したい人がいるのよ。だから、わたしもここを拠点にして、人捜しの旅をするわ」

「ほう」アスラが言う。「男かね?」

「べ、別にそんなんじゃないわ。ただ、ちょっと心配なだけで……」

ルミアの頬が赤く染まった。

「男だな」とユルキ。

「自分は少し悲しい」とマルクス。

「……あたしを捨てて……男と付き合った……」

「元々イーナとは付き合ってないでしょ⁉」

ルミアがビックリしたように言った。

「……もちろん、冗談」

「それにしても、いつの間に恋人を作ったんです? というか、どんな人ですか? 興味あります」

「だからサルメ、恋人じゃないんだってば」ルミアが言う。「ちょっとその、色々あるだけよ?」

「年下の彼氏ですわ」

ティナが言った。

「ほほう。年下ね。誰だい？　詳しく聞きたいね。ついに処女……本来の意味での処女を捨てる気になったんだね」

アスラがニヤニヤと言った。

「オッサンみたいな表情しないでよアスラ」

「私の中身はオッサンだよ」

アスラが左手を小さく広げた。

「銀髪でしたわ」とティナ。

「おいおいルミア」アスラは相変わらずニヤニヤとしている。「いくら私が好きだからって、男に私要素を求めたのかい？」

「求めてないわよ！　アスラよりずっとまともな子よ!?　いえ、まぁ、変わってると言えば変わってるけれども……」

「よーしみんな、今からオフだけど、とりあえずルミアを問い詰めよう！」

アスラが楽しそうに言って、
団員たちも楽しそうに頷《うなず》いた。

EX 二三 アイリスと魔王
思ったほど絶望的じゃないわね

《魔王》は二足歩行のドラゴンのような形状をしていた。

体長は三メートルから四メートルほど。

漆黒の鱗《うろこ》に覆われていて、手足には鋭いかぎ爪。

巨大な口には鋭い牙。

そして、長く太い尻尾《しっぽ》。

唯一の救いは、翼がないこと。

《魔王》が飛行タイプだった場合、討伐難易度が格段に上がる。

アイリスはラグナロクをまだ抜いていない。

英雄たちと《魔王》の戦闘を少し離れて見ていた。

臆したわけではない。

考え方の違いだ。

英雄たちは我先にと《魔王》に攻撃を仕掛けたが、アイリスはまず相手を分析することから始めた。

ここは西フルセンの国。

《魔王》が現れ、すでに別の国が一つ滅びた。

最初に奴隷たちが《魔王》に向かって行き、ズタズタに引き裂かれた。

次に兵士たち。

英雄たちが到着するまでに、大きな被害が出ている。

特に今回は、全ての英雄が中央フルセンに集まっていたので、西側で《魔王》の行動を制限できる英雄もいなかった。

「単純に、すごく力が強いのね」

《魔王》が英雄の頭を掴《つか》み、そのまま握り潰《つぶ》した。

そんな凄惨な場面でも、アイリスは冷静だった。

アイリスは《月花《つきばな》》と行動をともにして、短期間で地獄を渡り歩いた。

もっと残虐な死を見てきた。

主にアスラのせいだが、そのせいで死を見ることに耐性ができてしまった。

「防御力も高いわね」

西の大英雄、ギルベルト・レームのショートソード二刀流による攻撃を、《魔王》は躱《かわ》そうともしない。

漆黒の鱗が強固な鎧《よろい》の代わりになっている。

ただ、腹部に鱗はない。蛇腹模様で、柔らかそうだった。

けれど、戦闘が始まった瞬間から、腹部の周辺は魔法によって守られている。

《魔王》が展開した闇属性の支援魔法。《魔王》は総じて闇属性の魔法を使う。

ちなみに、この支援魔法は闇を素材にした盾のような形状の魔法。

要するに、鎧のない腹部に盾を貼り付けたような感じ。

名前を付けるなら【闇の盾】が妥当。

「アイリス、参戦しなさいよねー。それとも足が動かないのかしらー？」

どこからともなく、エルナが現れる。

「そんなに怖くないもん」アイリスが言う。「なんでか、あたし怖くない。《魔王》がとてつもなく強くて、激しい憎しみを振りまきながら暴れてるのは分かる。でも、そんなに絶望的かなぁ？ 過去の《魔王》と比べてどう？ エルナ様」

「そうねぇ、二年前の個体より動きが遅くて、頭も悪いから戦いやすいわね。でも防御力の高さは歴代でもトップクラスじゃないかしらねー」

「……アスラに脅迫されてビビッたから、防御特化になったとかじゃないわよね……」

アイリスは苦笑いした。

仮にそうだとしても驚かない。

「アスラちゃんが何かしたの？」とエルナ。

「なんでもない」アイリスが言う。「それより、エルナ様。お腹《なか》をどうにか狙うしか勝ち目はなさそうだと思うの。あの鱗はどうにもならないでしょ？ でも、動き自体は遅いから、攻撃を当てることはできる。お腹を守ってる魔法を剝《は》がせないかしら？」

「剝がす方法が分からないわねー」

と、《魔王》の口の中に視認できるレベルの魔力が集まっていた。
「やばいっ！　みんな離れて！」
アイリスは力の限り叫んだ。
アイリスの声に反応した英雄は数名。
《魔王》が口の中で凝縮させた魔力を吐き出す。
それは、一条の赤い光の線のようで。
それは、凄《すさ》まじい破壊力であらゆる物体を貫いた。
《魔王》が首を振る。
光線があらゆる建物を薙《な》ぎ倒す。
いや、焼き切ったという方が近い。
アイリスとエルナはジャンプして、建物を蹴って更に上へと逃げた。
そして光線の先端が地面に触れて、大きな爆発。
衝撃波で周辺が完全に破壊される。
アイリスはラグナロクを抜いて、盾の代わりにして空中で衝撃波を受けた。
身体を横に向けて、ラグナロクの腹に自分の身体を隠すような体勢。
尋常じゃない衝撃波の威力で、アイリスはかなりの距離を吹き飛ばされる。
エルナがどうなったか分からない。
他の英雄たちの安否も不明。

「この高さは……着地失敗したら大ダメージね……」

空中で呟《つぶや》き、ラグナロクを仕舞う。

大きな城壁と同じぐらいの高さまで、アイリスは舞い上がっていた。

この街は完全に滅びた、とアイリスは思った。

空から見たら、街の半分近くが更地になったのがよく分かる。

さほど大きな街ではないが、それでもとんでもない威力だ。

これが《魔王》。

これが本物の《魔王》。

命を賭《と》してでも、倒さなければならない相手。

それなのに。

なんでかなー、あんまり怖くないや。

アイリスは鞘《さや》のベルトを外し、ラグナロクを手放す。

それから、体勢を変える。

地面が迫ってくる。

最初に右手の手刀を突いて、次に前腕から肘、肩。

そのままグルグルと何度も前転して衝撃を分散。

アスラに教わった前方回転受け身。

魔法兵を目指すアイリスは、すでに近接戦闘術を教わった。

そして近接戦闘術の最初に、受け身を教わる。

あらゆる受け身を教わるのだ。

まぁ、アスラもこんな高い場所から落ちることは想定していなかっただろうけど、とアイリスは思った。

立ち上がったあと、少し目が回ってフラッとした。

何回転したのよ、あたし。

そんなことを思いながら、ラグナロクを探す。

受け身の邪魔になるから手放したのだ。

ラグナロクの落下予測着地点まで走って、ラグナロクを回収。再び背中に装備。

「よしっ」

小さく気合いを入れる。

負ける気がしない。

さっきの光線は攻撃魔法だ。魔法を学んでいる最中のアイリスには分かる。あれは種族固有のスキルではなく魔法だ。

《魔王》の使う魔法は、人間の魔法とは一線を画している。ジャンヌの【神罰】が子供のお遊戯に見えるレベルの破壊力。

だけれど、発動までのタイムラグが長い。冷静ならまず直撃はしない。

名前を付けるなら【紅の破壊】とかかな、とアイリスは思った。

魔法の名前は直接的で分かり易《やす》いものが多い。

一部、【絆創膏《ばんそうこう》】とか意味不明なものもあるけれど、とアイリスは思った。

アイリスは《魔王》のいる場所まで走る。

倒し方はもう分かった。

【紅の破壊】を使用する時、お腹の【闇の盾】が消える。

問題は、戦える英雄が何人残っているか、という点。

観察していて分かったのは、英雄たちがワラワラと攻撃を続けていて、《魔王》はウザいコバエを払うかのように【紅の破壊】を使用した。

つまり、《魔王》がウザいと思うレベルの攻撃を加えなくてはいけない。

「これ、《月花》でも勝てるんじゃないの？」

アスラは《月花》の能力を過小評価しているような気がした。

ああ、でも。

被害は甚大になるだろう、とアイリスは思った。

最悪、相打ちで全滅も有り得る。

アイリスは走りながら、生き残った英雄たちに声をかけた。

「どんどん攻撃して！　《魔王》が死ぬまで攻撃すんの！　寝てるヒマないから！」

「偉くなったじゃネェかヨォ」

アクセルが合流し、アイリスの隣に並ぶ。

「つか、テメェは今まで何してたんだ?」

「分析! 最初に相手を分析するのは基本でしょ! いきなり突っ込むとか意味分からないから!」

相手はそこらのチンピラではないのだ。

「ケッ、俺様らはずっとこうやって戦ってたんだヨォ。つーか、英雄になった時のテメェなら、最初に突っ込んでただろうがヨォ」

「そして死んでたわね、きっと!」

やっと分かった。

アスラたちは以前、アイリスが《魔王》と戦ったら死ぬと言った。

もうずっと前のことのように思う。

でも、あの頃のアイリスなら、間違いなく最初に死んでいた。

怯《おび》えて、怖がって、パニクって、最初に突っ込んで最初に死ぬ。

訳も分からないままに。

「調子に乗るな《魔王》!!」

アイリスがラグナロクを抜いて、《魔王》を斬《き》り付ける。

《魔王》はやっぱり躱さなかった。

首の鱗にラグナロクが命中し、鱗を砕いて皮膚を少し斬った。

そのことに、アイリス自身が驚いた。

何この剣⁉　めっちゃ斬れるんですけどぉ⁉

あまりにも想定外すぎる。

さすが伝説級の武器。

フルセンマークにはいくつかの伝説の武器があるけれど、多くは行方不明だ。

所在のハッキリしている物も、大抵は教会や国が管理していて、誰にも使われていない。

「マジかテメェ、なんだその剣はヨォ！」

アクセルが鋼鉄の左手で《魔王》を殴りつける。

《魔王》が少しフラつく。

固い鱗に覆われていても、ダメージがないわけではない。

続いて、他の英雄たちも《魔王》に攻撃を加える。

英雄たちは連携しないので、希《まれ》にお互いが邪魔になる。

でも仕方ない。ここでアイリスが連携しろと言ったところで、どうせできない。

アスラ曰《いわ》く、普段から訓練していないことはできない。

だからこそ、《月花》はアホみたいに訓練ばかりやっているのだ。

アイリスは英雄たちの攻撃の合間を縫って、

「みんな目を閉じて顔逸《そ》らして！　【閃光弾《せんこう》】！」

《魔王》の顔の側《そば》で左手を輝かせる。

自分は右手のラグナロクで目を隠し、更に瞑《つむ》る。

「くっそ！　何しやがる小娘！」

英雄たちも何人か巻き込まれていた。

目を瞑れって言ったのに、とアイリス。

《月花》ならアイリスが左手に魔力を集めた時点で、察してくれるのに。

《魔王》は苦しそうに絶叫した。

あまりの声量に空気が震える。

でも、効いた。

やはり《魔王》にも【閃光弾】は通じる。

依《よ》り代《しろ》が人間だと聞いた時点で、通用すると思っていたけれど。

なぜドラゴンのような姿に変化したのかは謎だが、歴代の《魔王》も色々な姿形で出現している。

もしかしたら、依り代の思い描く強い存在が形のベースになるのかもしれない、とアイリスは思った。

「エルナ様!!　いる!?」

叫ぶと同時に、矢が飛んで来て、《魔王》の右目に刺さった。

さすがっ！

アイリスの意図を完全に理解してくれた。

どんなに鱗が固くても、瞼《まぶた》と目はそうはいかない。

そして今、《魔王》は動きを止めている。

更に別方向からも矢が飛んできて、《魔王》の左目にも刺さる。

エルナが即座に移動して再び矢を放ったのだ。

これで、《魔王》は永遠に視界を失った。

そして。

《魔王》は苦し紛れに、口に魔力を貯《た》めた。

「バーカ。あたしの掌《てのひら》で踊ってんのよ、あんたは」

アイリスは《魔王》の下腹部にラグナロクを突き立て、そのまま斬り上げた。

返り血を浴びながら、アイリスは勝ったと思った。

けれど。

《魔王》は強引に【紅の破壊】を射出した。

「ちょっとぉぉぉぉぉ!!」

叫びながら、アイリスはラグナロクの腹の部分で光線を受け流しながら、身体をずらした。

ほとんど咄嗟《とっさ》の判断で、確信があったわけじゃない。

でも。

光線の進行方向を逸らせた。

やや上方へと光線が飛んで行く。

そして遠くの、小高い丘の上にあった城に命中。

城が爆発する。

それどころか、衝撃波で丘ごと消滅した。

《魔王》が活動を停止する。

そしてそのまま倒れた。

「……嘘《うそ》でしょ……」

自分は助かった。

英雄たちも。

けれど、
城にいた人たちは助からない。

「避難してっから安心しろや」

アクセルが鋼鉄の左手をアイリスの頭に乗せた。

すごく痛かった。

もちろん、アクセルに攻撃の意図はなく、生身の感覚でポンッと置いただけだ。

「そ、そうよね……」

この街が決戦の舞台に決まった時、住んでいた人々は全員避難しているのだ。

一瞬、アイリスはそのことを忘れていた。

自分のせいで大勢が死んだのでは、と考えてしまったからだ。

「よくやったわアイリス」エルナが寄ってくる。「急激に成長したわねー。ぶっちゃけ、わたしより強いんじゃないのー？」

「おう。俺様もそう思うぜ？」

もしそれが事実なら、
ジャンヌってどれだけ強かったの？

ほとんど化け物の領域じゃないか。

そして、
そんなジャンヌを《月花》は殺せると断言し、そして実行した。

「……西に、おいでよ……」

ギルベルトがアイリスを誘った。

「ざけんなテメェ」アクセルが言う。「東の大英雄候補だっつーの。将来の、だけどな」

「そうねー。やっぱりもう少し経験値が欲しいわねー」

「……西なら、今すぐおれの代わりに大英雄に……」

「うるせぇ。西はテメェが仕切れ。殴るぞ？」

「ねぇ、英雄の被害はどのぐらいなの？」

アイリスが心配そうに言った。

「そうねー」エルナが首を傾《かし》げる。「二年前よりマシねー。倒すのも早かったし。半分は死んでないわねー。だいたいアイリスのおかげねー」

「《月花》に預けてマジで良かったぜ」

アクセルがアイリスの背中を叩《たた》く。

生身の手だったが痛かった。

「アクセル様……自分の腕力を理解して欲しいんだけど……」

「あん？　そんな強く叩いてネェだろ？」

「バカねー、アクセル。あなたの軽く叩くは普通の人には激痛なのよー？」

「それ……」とギルベルト。

「まぁいいじゃネェか。《魔王》に勝ったんだからヨォ。細かいことはいいんだヨォ」

アクセルが豪快に笑った。

アイリスは溜息《ためいき》を吐《つ》いた。

そして思った。

あと三年ってとこかしら。

そう、三年あれば、《月花》は普通に《魔王》を狩れるようになる。少なくとも、アイリスはそう予想した。

今回の《魔王》なら今でもたぶん狩れるが、全滅に近い損害が出る。

アスラたち《月花》が今回の《魔王》に勝てる理由としては、《魔王》に知性がほとんどなかったのが大きい。

《魔王》はただ暴れただけで、戦術的な行動を一切取っていない。

最悪、ティナの方が厄介まである。

だから相打ちに近い形でなら勝てるはず、とアイリスは思った。

でも三年後なら、きっと普通に倒せる。
《月花》は今も成長を続けている。
あれ？
それって、
将来的には《魔王》よりも《月花》の方が脅威になるんじゃ？
だって、《月花》は善悪を重視しないのだから。
最悪は英雄案件にだってなり得る。
でも救いもある。
アスラは今のところ、虐殺を好まない。
それと、世界を滅ぼそうという気がない。
けれど結局のところ、
今は、という注釈が付くのだ。

EX 一三 それぞれの戦後 もう戦う理由はどこにもないの

プンティ・アルランデルは森の中へと逃げ込んだ。

「おいプン子、休ませろ」

プンティはケガをした班長に肩を貸している。

「もう少し奥まで行きたいんだけどなぁ」

そう言いながらも、プンティはゆっくりと班長を座らせる。

班長が木にもたれた。

「クソ、あたしのことは置いて逃げろよ。プン子だけなら、追っ手もまけるだろうぜ」

班長は身体の前面を斜めに斬《き》られている。

それほど深くはないが、応急処置しかしていない。

医者に診せたいが、各国の軍に追われている身ではそれも叶《かな》わない。

「やだなー。僕らはすでに仲間を失ってるのに、班長まで置いて逃げるとかないって」

傭兵団《ようへいだん》《焔《ほむら》》の最小部隊はスリーマンセル。

要するに、班員はもう一人いたのだ。

先の戦争で失ってしまったが。

「つっても、あたしはもう無理だぜプン子。最期は傭兵らしく、戦って死にてぇ」

「まぁ、その気持ちは分かるけどねー」プンティが曖昧に笑う。「うちの父さんも武人だったから、たぶん班長と同じこと言うと思う」

「だったら置いてけ。プン子だけなら、割と普通に逃げ切れるだろ？　それに、追っ手はあたしが、ここで、食い止めてやる。プン子は逃げろ。初任務でいきなり死ぬんじゃぁ、何しに《焔》に入ったんだって話さ」

「それねー」プンティが溜息《ためいき》を吐《つ》く。「こんな速攻で瓦解するとは思ってなかったよ、正直ね」

ジャンヌ軍は散り散りに逃走した。

そういう指示だったし、プンティは最善だと思っている。

そうしなければ死ぬからだ。

戦って死ぬか、捕まって死刑になるかは分からないが、どちらにしても死ぬ。

「あたしらは傭兵だぜプン子。依頼主が死んだんじゃ、もうやる気は起きないだろうぜ。クソ、団長らが無事ならいいけどな」

「どうなったんだろうね」

ジャンヌ軍は追撃を受けてかなりの数が死傷した。

「あーあ、クソな仕事だったぜまったくよぉ」班長が空虚に笑う。「ガキからジジイまで皆殺しにしてよぉ、いくらあたしでも気分は良くなかったぜ」

「その上、完全に負けちゃったしね」

プンティは虐殺に加わらなかった。

戦闘には参加したが、交戦の意思のない者は殺さなかった。

けれど、他の者の虐殺を止めもしなかった。

命令違反をしているのが自分の方だと理解していたからだ。

「結局、プン子は童貞のままだしな」

けけけ、と班長が笑った。

「命令違反なのは知ってるけど、班長も別に何も言わなかったから同罪だよー。それに、僕には初めてを捧《ささ》げたい人がいるからね」

プンティは真面目に言ったのだが、班長は爆笑した。

「クソ、傷が開く！　傷が開くぞクソ！　笑わせるなよプン子！　乙女《おとめ》かよ！」

「班長、声大きすぎ。追っ手にバレる」

プンティたちは敗残兵で、今も追撃を受けている。

「いいんだよプン子」急に班長が真面目に言う。「行け。あたしに任せろ。プン子には大切な人がいるんだろ？　あたしにはいない。行け。最後の命令だプン子。逃げろ。生きろ。あたしの分まで、なんて殊勝なことは言わねーけど、テメェは傭兵には向いてねぇって。別の道を見つけろ。その大切な誰かと」

「班長……」

プンティは少し迷った。

班長の意思を尊重し、見捨てるべきか。

あるいはこのまま連れて逃げるべきか。

「いたぞー！」

追っ手の一人が、プンティたちを発見。

大声で仲間を呼んだ。

「ほら行け！」

班長が立ち上がる。

「でも……」

「うるせぇ、部下のために命張らせろや！　班長の務めだろうが！　舐《な》めんなプン子！　あたしは根っから傭兵なんだよ！　死ぬことなんて怖くもねー！　行け！　テメェはこっちの住人じゃねー！」

班長は凄《すご》い剣幕で怒鳴って、剣を抜いた。

「班長……あなたのことは……」

「忘れろバカ」

班長は笑って、
追っ手に向かって走る。

プンティはその背中に「忘れないよ」と言って、
そして逆方向に走った。

◇

中央フルセンの古城。

アスラたち《月花《つきばな》》の新拠点。

「団長ってさー、相手の戦闘能力、間違えすぎじゃない？」

唐突に、レコがアスラを責めた。

長いテーブルをみんなで囲んで夕食を摂っている最中だった。

古城には豊富な食料が備蓄されていたので、アスラたちはそれを料理した。

「……それ」とイーナ。

「わたしに一〇秒で勝てると思ってたんでしょ？」

ルミアがニヤニヤと笑った。

「以前の君なら一〇秒で勝てたね」アスラが言う。「でも君は自分の本性を偽るのを止《や》めていた。だから想定より強かった。それだけのことだよ」

「おぞましいけど愛《いと》しい本性？」とルミア。

「それだよ」

「それって予想できなかったの？」

言ってから、レコはパンをモグモグと咀嚼《そしゃく》。

「可能性はあったよ、もちろんね」アスラが小さく肩を竦《すく》めた。「心のブレーキが外れたら、そりゃ強くなるだろうけど、それでも勝ちは揺るがないと思っていた」

「ぶれーきって何ですか？」とサルメ。

「ああ、えっと……制動装置かな。戦いたいって心を自分で抑えていたってこと。嫌々、仕方なく戦うのと、嬉々《きき》として戦うのでは、発揮できる能力に大きな差が出る」

「ジャンヌの強さも、想定より上でしたね」

マルクスが冷静に言った。

それから淡々とスープを口にする。

「少しだけね」アスラが言う。「誰も失わずに勝てたし、そこまで大きく外れてない。ってゆーか、私も食べたいんだけど？」

「今回は団長がボロボロじゃないっすよねー」

ユルキが笑った。

「それ思った」レコが言う。「ボコられてない団長なんて魅力半減だよ」

「おいおい……」

アスラは右手にスプーンを握って、スープの方に動かした。

「冗談だよ！　団長はいつも魅力的！」

「雌としての魅力はあまり感じませんわ」ティナが言う。「お尻も一〇点ぐらいですわ」

「一〇点満点かね？」

「一〇〇点満点ですわ」

「あー、どうせ私の胸も尻も魅力がないよ。いいから食べさせておくれよ。次々に話しかけるな」

「ところで団長、サンジェストの戦勝祝賀パーティには誰を連れて行くんです？」

マルクスは相変わらず冷静だった。

「アイリスの予定だよ。生きて戻ればね。死んでたらマルクスかな。まぁまだ時間はあるし、ゆっくり考えるよ」

「オレは⁉」

「私もパーティに出たいです……」

「俺はパスだな。堅苦しいのは苦手だ」

「……美味《おい》しい物……食べたい……」

「おいおい」アスラが苦笑い。「遊びに行くわけじゃない。サンジェストとは末永くお付き合いする予定だから、営業も兼ねてる。君らを連れて行ったら何をしでかすやら」

「オレいつもいい子！」

「私だっていい子です！」

「……あたしが一番、いい子……」

「分かった、分かったよ。考慮しておくから、とりあえず食べさせてくれないかな？　お腹空《なかす》いてるんだけど私」

「ところでアスラ……」

「おいルミア、わざとだろう？　私に食事をさせないのはなぜだね？」

「団長いじめると気持ちいい」とレコ。

「ゾクゾクします」とサルメ。

「……楽しい……」とイーナ。

「君らはやっぱり連れて行かない」

アスラが拗《す》ねたように言って、プイッとそっぽを向いた。

「可愛《かわい》い！」

「団長さん可愛い！」

「……ビックリするぐらい、可愛い……」

「年相応、って感じっすね。普段が普段なだけに、マジで可愛く見えるからビビるっすわ」

「空気を読んだんだよ。いい加減本当に食事するよ？」

アスラはやっと、スープを一口飲めた。

それから静かに食事が進む。

「そういえばルミア」マルクスが思い出したように言う。「いつ旅立つんだ？」

「明日には出るわ。探すなら早い方がいいでしょうし」

「しかし、相手があのプンティとはねぇ」

アスラが複雑な表情で言った。

ジャンヌの墓を作ったあと、みんなでルミアの相手を聞き出した。

「……あたし、玉蹴っちゃった……」イーナが苦笑いする。「……潰《つぶ》れてなきゃ……いいけど……」

「子供ができたら連れてきたまえ」アスラが言う。「立派な魔法兵にしてあげるから」

「嫌よ」ルミアが言う。「絶対に嫌よ。もし、プンティ君といい感じになって、子供ができたとして、わたしは二度と血生臭い世界には踏み入れないわ。わたしの子供もよ」

「それって、もう引退するってことか？」ユルキが言う。「もう戦わないって意味でいいのか？」

「ええ」ルミアが頷《うなず》く。「もう満足したわ。もう戦う理由はどこにもないの。ジャンヌは死んでしまったし、わたしは《月花》に負けた。もう《宣誓の旅団》も完全に失われたし、終わったのよ。わたしの時代、わたしたちの時代。泡みたいに弾《はじ》けて消えたの。寂しい気持ちよりも、安らぎの方が大きいわ」

「デッドエンドじゃないですね」とサルメ。

傭兵に幸せな結末なんて用意されていない。

基本的に、無惨に死んで終了だ。

でも。

「まぁ、一人ぐらいハッピーエンドでもいいさ。その分、私らが悲惨に死のうじゃないか」アスラが言う。「プンティが生きているといいね」

「今どこにいるんだろう？」

レコが首を傾げた。

「中央からは出るだろう」マルクスが言う。「少なくとも、中央に留《とど》まるという選択肢はない。今、まだ中央にいたとしても、移動するはずだ。東か西だが、さぁどっちだろうな」

「西には《魔王》が出たわけだし」ユルキが言う。「通常の思考なら東じゃねーか？」

「……そう考えて、あえて西かも……」イーナが言う。「……どうせ、英雄たちが……倒すだろうし……」

「知り合いの多い東では？」サルメが言う。「西だと孤立する可能性もあるかと」

「だから西かも」レコが言う。「ジャンヌ軍に参加してたこと、知られてるなら西の方がいい。東だと捕まるかも」

「東だよ」アスラが断言した。「あいつがジャンヌ軍に参加していたこと、知ってる奴がそれほどいるとは思えないね。私なら東に戻って、何食わぬ顔で普通の生活に戻るね」

「わたしはテルバエ大王国に向かうわ」ルミアが言う。「とりあえず、彼の実家を訪ねてみるわ。アスラの言うように、普通に帰ってる可能性が高い」

「てゅーか、ルミアも死んだことになってってけど」ユルキが言う。「一応、気を付けろよ？　特にアクセルやエルナに会わないようにな」

「そうね。わたし世間的には、《魔王》軍の幹部だものね」

「ふふっ。勇者アスラとその仲間たちが打ち倒した」アスラが楽しそうに言う。「戦勝祝賀パーティで《月花》を売り込んでおくよ。まぁ、すでに知れ渡っているだろうけどね」

「勇者ってなんかカッコイイね」とレコ。

「自分たちは正義の味方になったり、悪になったり、勇者になったり、本当に忙しいな」

マルクスがどこか楽しそうに言った。

「今後もそうさ」アスラが言う。「私らは何だってやる。見合う報酬さえ貰《もら》えればね。くくっ、これからはもっと忙しくなるだろう。今のうちにゆっくり休んでおきたまえ」

EX 一四　心を潰すとロクな結果にならないよ？　ああ、またしても私以外、ね

アスラはジャンヌの記した魔法書を読んでいた。

新たな拠点となった古城の一室。

アスラはシャツだけというラフな姿で、椅子に座って魔法書の文字を追った。

すでに夜も更けていて、読書して眠るだけの状態だ。

「……字が下手だね……」

理解不能、とまでは言わないけれど。

それでも、スラスラ読めるものではない。

「団長!!」

勢いよくドアが開いて、ユルキが入ってきた。

「どうしたんだい？　魔物でも出たかね？」

「違うっす。そうじゃなくて、ティナが俺のケツを揉《も》むんっすよ」

「そうか。良かったじゃないか。あと、ティナは魔物だ」

アスラの視線は魔法書に向いたまま。

「よくねーっすよ！　俺は揉むのは好きっすけど、揉まれるのは苦手っす！」

「尻フェチなんだろうね。許してやれ」

アスラはどうでも良さそうに言った。

「……団長っ！」

深刻な表情でイーナが入室。

アスラが顔を上げる。

「……ティナが、あたしのお尻は、一五点だって……言うの……」

「いいじゃねーかよ。俺なんか一〇点だぞ？　団長と同じだぞ？」

「私と同じだとそんなに不満かね？」

アスラは魔法書をパタンと閉じた。

「団長、起きていますか？」マルクスが来た。「ティナが団員たちの尻を揉みまくって困っています。自分は二〇点だと言われました」

「……最高得点だし……」

「ふざけんなよ、俺のキュートなケツがマルクス以下だと？」

「私の倍じゃないか。ぶっ殺すよ？」

「なぜ三人がキレているのか、自分には理解できませんが……」

マルクスが困惑した様子で言った。

「なんだか、前にもこんなことがあった気がするよ」アスラが立ち上がる。「叱ってくれと言うんだろう？」

アスラが言うと、イーナ、ユルキ、マルクスの三人が頷《うなず》く。

「君らも傭兵《ようへい》なら、自分で叱りたまえよ」

「……怖いし……」

イーナが真面目に言った。

「ティナが怒ったら俺死ぬじゃねーっすか」

ユルキは笑っている。

「ここは団長が威厳を示すべきかと」

マルクスは冷静に言った。

「あー、はいはい、分かったよ。このヘタレどもめ。私がいないと何もできないんだから、まったく」

アスラは魔法書を机に置く。

◇

「こんな感じで、ビーンてなる」

レコは腰を反らして股間を見せつけた。

「すごいですわ！　何が入ってますの⁉　どうなってますの⁉」

レコの前にしゃがんだティナが、レコの股間をマジマジと見詰める。

ちなみに、レコはちゃんとズボンを着用している。

「まだ知らなくてもいいのでは？」

ベッドに腰掛けたサルメが冷静に言った。

「サルメは知ってますの？」

「むしろ詳しいですね」

「詳しいんですの⁉　ぼくも知りたいですわ！」

「まだティナには早いのではないかと」

「ぼくの方がサルメより年上ですわよ？　知りたいですわ」

「触ってみる？」とレコ。

「いいんですの？　噛《か》み付いたりしませんの？」

「大丈夫。ただ棒があるだけだよ？」

レコはニコニコと笑っていた。

「棒がありますの？　なぜ股間に棒がありますの？　普段はどうなってますの？　どうしてぼくがお尻を撫《な》で回したら棒が現れましたの？　種族の固有スキルですの？」

「あ、オレのお尻の点数は？」

「まだ柔らかくて、割といい感じですわ。四〇点ぐらいありますわね。ぼくの推測では、アイリスが八〇点ぐらいありそうなので、早く帰って来て欲しいですわ」

「アイリスは胸も八〇点あるよ」

「胸には興味ありませんわ」

ティナの発言で、空気が少し変わった。

和やかな空気から気まずい空気に。

胸派のレコと尻派のティナは相容れない。

サルメは冷や汗をかいた。戦争が始まるのではないか、と。

「だ、団長さんはどっちも微妙ですよねー」

サルメは苦笑いしながら、場を和ませようとした。

しかし。

「おいおい。集まって私の悪口かい？　さすがに傷付くね」

入り口に立っていたアスラが言った。

ドアは開けっ放し。

サルメは硬直した。

「……早く入って、団長……」

イーナがアスラを押して、アスラが入室。

続いてイーナ、ユルキ、マルクスも部屋に入った。

部屋の人口密度が極端に上がった。

「どうしましたの？」

ティナがキョトンとして言った。

「ああ。大したことではないんだけどね」アスラが言う。「ティナ。うちの団員の尻を揉みまくるのは止《や》めてくれないかな？」

「なぜですの？」ティナが首を傾《かし》げた。「その二つの丘は人類の至宝、と姉様は言っていましたわ」

「君の姉様は色々な意味で変態だから、影響を受けてはいけないよ」

アスラが笑顔で言った。

「でも、尻は座るためにあるのではない、時に撫で、時に揉み、時に叩《たた》くためにあるのだと力説していましたわ。人類の常識だと姉様は言っていましたのよ？」

「とんでもない常識を教え込んだものね……」

いつの間にか、ルミアが入り口にいた。

「そして顔の上に座って貰《もら》うことが何よりの幸福だと言っていましたわ」

「……ジャンヌのイメージが崩れたぜ……」とユルキ。

「……ただの変態……」とイーナ。

「娼館《しょうかん》のお客さんの中にも、尻フェチはいましたね」サルメが言う。「でも、数は少なかったかと思います。顔の上に座ってくれという要望も希《まれ》でした」

「団長、試しにオレの顔に座って！」

レコがベッドに仰向《あおむ》けに転がる。

「そうだティナ、君とジャンヌの出会いを教えてくれないかな？」アスラが話題を変える。「私らは君の正体を知っているから、そこを無理に隠す必要もないよ」

「……え？」とティナ。

「自分たちはティナを受け入れている。最上位の魔物だろう？」

マルクスは腕を組んで壁にもたれた。

「……正確には、ダブルですわ」

ティナは言葉を選びながら言った。

「ほう。人間と魔物のダブルかね？」

アスラの質問に、ティナが頷く。

「団長が！　みんなが！　オレを無視する！」

レコが駄々っ子みたいに言った。

「……人間と、魔物の間に……性交渉が成立する……？」

「いや、それは性器がありゃ可能だろう？　それより、子供を授かる方が驚きだぞ？」

「どっちがどっちです？　父親と母親」

イーナ、ユルキ、サルメはレコをスルーした。

「父が人間で、母が魔物ですわ」

「なるほど」アスラが頷く。「知性の高い魔物であれば、人類との共存が可能になるね。面白い。世界が変わるね」

「団長、何を考えています？」とマルクス。

「よからぬことだと思います」とサルメ。

「大方、魔物と人間のダブルを団員にすれば使えるとか、そういう感じでしょ？」

ルミアが肩を竦《すく》めた。

「その通りだけど、その案はリスクが高すぎる」アスラが言う。「なぜなら、私より強いからだ。私の命令に従わない可能性がある。幼い頃から洗脳すれば問題ないが、そういうのは好きじゃない。私は個性的な仲間が好きだからね」

「オレたちとっても個性的！」

レコが楽しそうに言った。

「レコは個性が強すぎます」とサルメ。

「……サルメもね……」とイーナ。

「自分が一番まともな人間だろう、この中では」とマルクス。

「あら？　蒼空《そうくう》騎士団の次期団長の座を蹴ってまで魔法に執心して、アスラを神様みたいに崇《あが》めているのに？」

ルミアが面白がって言った。

「つーことは、俺が一番まともってことだな、消去法的に」

「それはない」とレコ
「……ない」とイーナ。

「ないだろう」

「ないですよね」

ユルキの発言は一斉に否定された。

「じゃあ私だね、やっぱり」

「「ない！」」

全員の声が重なった。

何気にティナも混じっていた。

「ところで、話を戻しましょう」マルクスが言う。「ティナとジャンヌの出会いは自分も気になるところだ」

「……そこまでしか、戻らないの……？」

「俺らのケツを撫で回す件は？」

イーナとユルキが不満そうに言った。

「ぼくを止めることはできませんわ」

ティナが胸を張って言った。

しばしの沈黙。

「大丈夫だよ」レコが言う。「アイリスが戻ったら、そういうのはアイリスの役目になるから」

「レコに胸を揉まれ、ティナにケツを揉まれるのか」

「……アイリスも災難だね……」

「そういう星の下に生まれたのだろうな」

「じゃあ解決だね」アスラが言う。「アイリスに犠牲になってもらおう。さて、ジャンヌとの出会いは話してくれるのかい？　嫌なら無理にとは言わないけど」

「別にいいですわよ?」

ティナがベッドに腰掛ける。サルメの隣。

アスラは椅子に座って、イーナとユルキが床に腰を下ろす。

ルミアはマルクスと反対側の壁にもたれた。

「一〇年前ですわ。あることがキッカケで、ぼくと母の正体がバレてしまいましたの。それで、母はぼくを逃がして、そのまま死にましたわ。父も母を庇《かば》って死にましたわね」

「なぜだい?」アスラが驚いた風に言った。「母は魔物だろう? ティナの戦闘能力から考えて、最低でも上位の魔物だし、普通に考えれば最上位の魔物だ」

「母は、人間との共存を目指していましたの。ですから、父と母とぼくは人間の街で生活していましたの。正体は隠していましたけれど。でもある時バレてしまって、よってたかって攻撃されましたわ。でも母は人間を傷付けることなく、殺されましたわ」

「そりゃ悔しかっただろうな」とユルキ。

「そんなことありませんわ。母は信念に生きて、信念に死にましたの。誇りに思いますわ」

「無抵抗だった、というわけか」アスラが言う。「私なら殺さないがね。人間ってのは魔物に対して強い恐れを持っているから、ある意味では仕方ない」

「でもそういうの、酷《ひど》いと思います」とサルメ。

「……人間が、一番クソだから……」とイーナ。

「なぜ正体がバレた?」とマルクス。

「街に魔物が入り込みましたので、みんなを守るために母が戦いましたの。ぼくも少し手伝いましたわ。それでバレましたわね」

しばしの沈黙。

「君、淡々と話しているけど、悔しくないかね？」

「誇りに思いますわ」

「嘘《うそ》だね」アスラが言う。「君はジャンヌに共感していた。そう、君は共感していたんだよ。心の底では悔しかったんだ。母は人間たちを守った。なのに、よってたかって殺された。君は悔しくて仕方なかった。だからジャンヌを愛した。少なくとも、ジャンヌを愛したキッカケになったはずだよ」

アスラの言葉で、ティナが瞳いっぱいに涙を溜《た》めた。

「団長、それは言わなくて良かったのでは？」

「……ひとでなし……」

「俺も気付いたけど、あえて言わなかったんっすけど……」

「アスラは正直なのよ、良くも悪くも」とルミア。

「でもさ、嘘の誇りは崩れるよ？」とレコ。

「はい。自分の本当の気持ちを知った方がいいです。経験から言っています」

「隠す必要はない」アスラが言う。「私はありのままの君を受け入れる。私に本心を隠す意味はない。どうせ私は見透かしてしまうのだから。悔しいことは悔しいと言ってもいい。母がどういう信念を持っていたとしても、君は母じゃない。君はティナという個人なんだよ。母と対立しても構わない」

「そりゃ……」ティナの頰を涙が伝う。「悔しいですわ！　なんで殺されますの⁉　助けたのに！　守ったのに！　どうしてぼくは逃げなければいけなかったんですの⁉　どうして英雄たちがぼくを追い回して攻撃しますの⁉　姉様が助けてくれなければ、ぼくも殺されていましたわ！　ぼくはまだ七歳だった！　七歳だったのに！」

レコが起き上がって、ティナの隣に座っているサルメが、ティナの肩を抱いた。

ティナの隣に座っているサルメが、ティナの肩を抱いた。

「だから、ジャンヌは英雄を殺したかったのね」ルミアが言う。「《魔王》になれば、全ての英雄を集められる。ティナの復讐《ふくしゅう》も兼ねていたのね」

「魔物退治は英雄の仕事の一環だけれど」アスラが言う。「頭が固すぎるね。私ならティナもその母も保護して、人類の戦力として数えるがね。あるいは、人類と魔物の共存モデルケースとして大切にするがね」

「……人間は狭量……」とイーナ。

「そうっすね。団長みたいな器の大きさはないっす」とユルキ。

アスラたちはティナが泣き止むのを待った。

ティナは泣いてばかりだな、とアスラは思った。

でも。仕方ないことだ。

ティナはジャンヌに共感し、ジャンヌの計画を手伝った。

だけど、ティナも多くを失った。

「なんだか、スッキリしましたわ」

ティナが笑う。

「姉様のことを話しますわ。姉様やノエミに聞いた話も織り交ぜて」ティナは袖で涙を拭く。「ぼくは英雄たちに追い立てられて、森の中に逃げましたの」

EX 一五　神のように？　いいえ、神を滅ぼすように

「クッソ、なんでババアになってんだよ。俺はまだヤッてねーのに」

「女どもに渡すからだろ。拷問しやがったんだ。チッ、王子や偉いさんらは、ジャンヌそっくりの状態ですり切れるまで犯したらしいぜ？」

ルミア・オータンは小さな荷馬車の荷台で、兵士二人の話を聞いていた。

兵士二人は荷馬車の御者で、ルミアを国境付近で殺す任務に就いている。

「おぉ、ジャンヌー、我がジャンヌーってか？」

そういえば、みんながあたくしをジャンヌと呼んでいた気がする、とルミアは思った。

ルミアは傷だらけの身体に、ボロ布の服を一枚着ているだけ。

ルミアは荷台に寝転がって、膝を折り畳んでいた。

「はん。俺もそうしたかったぜ。本物はもうすぐ死刑だし。クソ、本物拷問するとこ見たかったんだけどなぁ」

死刑？

そんなバカな話があるか、とルミアは思った。

「けど実際、ジャンヌと一発楽しみたかったぜ」

「後ろで死にかけてる白髪じゃダメなのか？」

「ダメだろ。アソコもぶっ壊されてるし、傷だらけで萎《な》える」

「つか、もう殺せばよくねーか？　なんでわざわざ国境まで行くんだ？」

「国外に逃がす約束なんだとさ。んで、国外に出た瞬間に、どうなっても知ったこっちゃねーって話。建前ってやつだろ？」


約束。

彼らは守らなかった。


「姉様」


ルミアは小さな声で言った。

ほとんど掠《かす》れていて、風の音に溶けた。

ジャンヌ・オータン・ララの罪を被《かぶ》る、とルミアは言ったのに。

正確には、嘘《うそ》の自白をした。

姉の名誉を守りたくて。

あたくしが罰を受ければ、ジャンヌを助けると第一王子は約束したのに。

だから、ルミアは大人しく犯されて、大人しく拷問されて、大人しく死ぬつもりだったのに。

思い出しただけで、気が狂いそうになる。

みんながルミアをジャンヌと呼んだ。

みんなが『ルミア』を否定した。

なんてことはない。
偉大な姉の代替品に過ぎなかったのだ。
顔が同じだったから。
「殺、して……やる」
黒い黒い感情。
憎しみと絶望が入り交じった醜悪な感情。
ルミアは丸腰だけれど。
魔力を認識し、取り出す。
そして。
属性変化を加えて、
そこで気付く。
いつもと違う。
何かが違うと。
キラキラと輝くような、いつもの光ではない。
酷く薄暗い。
深淵《しんえん》ではないけれど、輝くこともない。
薄暗い。
まるで宵《よい》のように。

固有属性を得たのだと、ルミアは気付いた。
ならば、新しい攻撃魔法を構築しなくては。
強い魔法。とにかく強い魔法。何より強い魔法。みんな殺せる魔法を。
性質変化をゆっくりと加える。
「【神罰】……」
ルミアの知っている、最強の魔法。
誰よりも強い魔法。
ああ、でも、とルミアは思う。
神なんて信じない。神なんていない。いても殺す。
で、あるならば。
「改め……」
願いを込めて。
神ですら殺せるようにと。
誠心誠意、心の底から。
「【神滅の舞い】！」
ルミアが突然大きな声を出したので、兵士たちがギョッとして振り返る。
そして彼らは目撃した。
黒い翼の堕天使を。

漆黒のクレイモアを携えた破壊の使者を。

◇

ルミアは国境付近の森に移動した。
兵士から奪ったクレイモアを引きずって歩き、そして倒れ込む。
「……思ったより、傷が痛みます……」
回復魔法を発動させるが、いつ治るのか分からない。
ルミアはずいぶんと長い時間、地面に抱かれていた。
その間、ずっと考えていた。
全てを整えたら、ユアレン王国を滅ぼす。
そして命が続く限り、世界を破壊し続けてやる。
やがてルミアは微睡《まどろ》みに沈む。
微睡みの中で、ルミアは自分が舐《な》められていることに気付いた。
動物？　あたくしは食料じゃありませんっ。
ルミアは跳ねるように起きて、即座にその場から飛び退《の》く。
そしてクレイモアを構えたのだが。
「女の子？」

ルミアの視界に移ったのは、酷《ひど》く驚いたような表情をした女の子だった。

赤毛で、とっても可愛らしい顔立ち。

けれど、服がボロボロに破れていた。

森の中を彷徨《さまよ》ったのかもしれない、とルミアは思った。

「だ、大丈夫……ですの？　その……ケガが……酷いので」

女の子がおっかなビックリ言った。

「大丈夫です」ルミアがクレイモアを降ろす。「あなたは森で何を？　山菜を採りに来たようには見えません」

言いながら、ルミアは身体の状態をチェックする。

想定以上に回復している。

しかし、思った以上に寝てしまった。

いつの間にか、日が傾いている。

とはいえ、今の状態なら、魔物が出ても戦える。

「ぼ、ぼくは、もう行きますわ」

女の子が立ち去ろうとする。

「待ってください。迷子なのでは？」

声をかけて、ルミアは気付く。

あたくしは何をしているのです？

さっき、考えたばかりじゃないか。

世界を破壊し続けてやる、と。

ならば、人間は全て殺すべきだ。

子供から老人まで分け隔て無く。

「ぼくは、その……」

「いたぞ！　こっちだ！」

誰かの声が聞こえて、女の子がビクッと身を竦《すく》めた。

あっという間に、ルミアと女の子は囲まれる。

ルミアと女の子を囲んでいるのは全部で五人。

男が三人と女が二人。

ルミアは五人の中に見知った顔を見つける。

ノエミ・クラピソン。

英雄にして、ルミアを拷問した女。

正確には、最初だけ弄《もてあそ》び、途中で飽きたのか他の者たちに任せてノエミは消えた。

「ほう。ジャンヌ……ではないな」ノエミが言う。「偽物の方か。本物はもう死んでいるはずだ」

「ジャンヌの妹？」と男が言った。

「なぜこんなところに？」と別の男。

「さぁな」ノエミが言う。「しかし、最上位の魔物と一緒にいるのであれば、我らの敵だろう。容赦なく処分すればいい」

ルミアはクレイモアを構える。

まずいですね、こいつら、全員英雄です。

そしてチラッと女の子を見る。

女の子は酷く怯《おび》えた様子だった。

「最上位の魔物なのですか？」

ルミアが女の子に向けて言った。

女の子は俯《うつむ》いて、何も言わなかった。

「その通りだルミア・オータン」ノエミが言う。「この際、貴様は見逃してやってもいい。我は貴様に興味がない」

「そうですか」ルミアがクレイモアを降ろす。「この子は人間ではないんですね」

「そういうことだ。失《う》せろルミア」

「名前は？」

ルミアはなるべく優しい声音で言って、女の子に歩み寄った。

「……え？」

「名前です」

ルミアは女の子の頭を撫《な》でた。

「ティナ……ですわ」

「そうですか。いい名前です。あなたが魔物で良かった。守ってあげます。英雄たちに追われながら、あたくしを気にかけてくれた優しさに報いましょう」ルミアが優しく笑いかける。「あたくしは全ての人間を殺す。いずれあたくしは世界に滅びをもたらすでしょう。でも、あなたは人間じゃないので殺しません」

ルミアの言葉を聞いて、英雄たちが笑った。

「イカレてるぞ」

「何があったか知らないが、バカなことを」

本当に愉快そうに、彼らは笑った。

「正気かルミア!」ノエミが楽しそうに言う。「ははっ! 貴様如《ごと》きが、世界を滅ぼす!? 完全にどうかしているぞ! だが本気で言っているならば、貴様は英雄の敵ということになる!」

「あたくしはジャンヌ・オータン・ララです」

ルミアは真っ直ぐに英雄たちを見据える。

「この名は死なない。あたくしが引き継ぐ。姉様の無念、あたくしの絶望、ティナの恐怖。《宣誓の旅団》が受けた仕打ち。それら全てを、新たなジャンヌ・オータン・ララとして引き継ぐ。【神罰】改め——」

ルミアは真面目に言った。

全て引き受ける。

姉の無念を、自分の絶望を、幼いティナの味わった恐怖を、仲間たちの悲しみを。

この世界を滅ぼす。

全ての人間を殺す。

きっとあたくしは《魔王》にだってなれる。

「【神滅の舞い】‼　お前たちが最初です！　滅んで消えて砕けて死んで嘆け！」

◇

目が覚めるような美しい堕天使に、ノエミたちは目を奪われた。
呆《ほう》けてしまった。
感動的ですらある。
まるでジャンヌの【神罰】のようで。
堕天使が高速で移動し、ノエミの仲間を一人斬《き》り殺した。
血しぶきが舞って、
ノエミたちはやっと我に返った。
その瞬間にルミアが突っ込んできた。
ルミアの斬撃を槍《やり》の柄《え》で受ける。
だが受けきれず、後方に飛ぶ。
バカなっ！　我が力負けしただと⁉
いや、それだけではない。

ルミアは満身創痍《まんしんそうい》のはず。

傷だらけで、ボロボロのはずなのだ。

それでも、あの速度。あの膂力《りょりょく》。

こいつ、万全の状態なら我より強い!?

違う。そうじゃない。ノエミは焦りながらも、相手の力量を計る。

こいつ、ジャンヌより強い?

「【神罰】改め【神滅の舞い】」

新たな堕天使が降臨。

ノエミ以外の三人が堕天使と斬り合う。

「【神罰】改め【神滅の舞い】」

更に堕天使が増える。

ノエミの仲間たちは堕天使と一対一の戦闘へ。

まさにジャンヌ・オータン・ララだ、とノエミは思った。

英雄並みの天使を三体同時展開。

一時的に英雄四人分の戦闘能力を発揮する、最強の英雄。

「【神罰】改め――」

まさか、とノエミは驚愕《きょうがく》する。

「【神滅の舞い】」

四体目の堕天使。
この瞬間、新しいジャンヌは古いジャンヌを超えた。
本人も合わせて英雄五人分の戦闘能力。
ノエミは恐怖した。
心の底から恐怖した。
かつて憧れたジャンヌ。自分の物にしたいと願ったジャンヌ。
屈服させたいと祈ったジャンヌ。
それを、
目の前の偽物が、
あっさり超えていった。

◇

「すごい……」

堕天使たちを見て、ティナが呟《つぶや》いた。

「神を、神さえも殺せる魔法です」

ルミア──いや、ジャンヌの名を継いだ彼女が言った。

「高みの見物をしましょうティナ」ジャンヌはティナの隣に立つ。「あたくしは、あなたの味方です」

「ぼくが……人間じゃないから、ですの？」

「そうです」ジャンヌが微笑《ほほえ》む。「それにあなたは、あたくしを助けようとしてくれた」

まるで動物のように、傷を舐めていた。

そしてティナの舐めた箇所の傷は塞がっている。

魔物は種族固有のスキルを持っている場合がある。

たぶん、ティナの舌か唾液には治癒効果がある、とジャンヌは予測した。

であるならば、仲間にしておくのが得策。

「あっ」とティナ。

英雄が一人死んだ。

これで堕天使四、英雄三になった。

「ふむ。あたくしの堕天使は、本物より少し強いようですね」

長いこと、本物の天使を間近で見てきたのだ。

その戦闘能力も十分に理解している。

そこからはもう、一方的な虐殺だった。

二体の堕天使が一人の英雄を細切れにして、三体の堕天使が一人の英雄を肉の塊に変えた。

そして残ったのはノエミだけ。

堕天使と一対一を続けていたノエミだけが残った。

「さすが、大英雄を除けば、ジャンヌ・オータン・ララの次に強いと言われた英雄」ジャンヌは楽しそうに言った。「でも、英雄並みの堕天使を四体同時に相手にできるでしょうか?」

「どうか命だけは助けてください!」

突如、ノエミが槍を捨てて地面に伏せた。

その光景に、ジャンヌは困惑した。

ノエミの額は地面に貼り付いているように見えた。

堕天使たちの動きを止めているが、いつでも戦闘を再開できる。

ジャンヌはノエミに近寄り、後頭部を踏みつけた。

「それでも英雄ですか? 助けてください? あなたはあたくしに何をしましたか? あなたは第一王子を操って姉を死刑にした。《宣誓の旅団》を解体して、多くの仲間を殺した!」

何度も何度もノエミの頭を踏みつける。

「それこそ、我が使える人間であることの証明。助けて頂ければ、今後はあなた様のために働きます」

「ふざけるな!」

ジャンヌはノエミの頭を蹴り飛ばす。

それでもノエミは屈服の姿勢を維持した。

「奴隷のようにあなた様にお仕えいたします。我は使える人間です。どうかご一考を」

「そんなに、そんなに命が惜しいんですか⁉ 矜持《きょうじ》はないんですか⁉ 英雄としての、戦士としての矜持はないいんですか⁉」

こんな女のために、こんな人間のために、みんな死んだのか?

姉も、仲間たちも。

頭痛がした。

ジャンヌはフラつき、その場で両膝を突いた。

そんなジャンヌを、ティナが支えた。

「なんてバカバカしい……」

ジャンヌはたまらなくて泣いた。

こんな卑しい女のために、全てを失った。

「我は順当にいけば大英雄になります。あなた様のための大英雄になります。全ての命令を遂行します。世界を滅ぼすのが目的ならば、尽力します」

ノエミは地に伏せたまま動かない。

「……勝手にしなさい」

殺す気すら失せた。

堕天使たちを消して、ジャンヌが立ち上がる。

「ティナ、もし帰る場所がないなら、あたくしと来ますか？」

ジャンヌは微笑み、ティナに手を差し伸べた。

「いいんですの？　ぼくは……」

「だからこそ、です。あたくしは人間が嫌いです。だから、側《そば》にいてください」

独りぼっちの復讐劇《ふくしゅうげき》は、あまりにも寂しく、そして悲しすぎる。

ティナは少しビクビクしながらも、ジャンヌの手を握った。

「あの、助けてくれて、ありがとうですわ……」

「いいんです。これからも守ります。だから側にいてください」

あたくしは全てを失った。

でも、だからこそ、
温もりを求めたのかもしれない。

この小さな手に。

◇

「ノエミのクズっぷりぃぃぃ!!」とレコ。

「凄《すさ》まじいですね。私でもその場面で命乞いなんてしません」とサルメ。

「……ノエミ、クズの王様……」とイーナ。

「ゴミクソすぎるだろノエミ」ユルキが言う。「いや、知ってたけどよぉ」

「殺したことが誇らしいよ」アスラが溜息《ためいき》混じりに言った。「しかしジャンヌは寂しがり屋だね」

「そうですね」マルクスが頷《うなず》く。「団長と同じです」

「元々、寂しいのは嫌いなのよ、あの子」ルミアが言う。「アスラと同じね」

「団長の寂しがりも相当なもん」レコが言う。「毎晩、オレとサルメと一緒に寝てるんだよ？」

「おいおい。私は別に寂しがりじゃない。賑《にぎ》やかな方が好きなだけさ。おかしいかね？」

前世の傭兵《ようへい》団も賑やかで楽しかった。

「おかしくはないですけど、論理的でもないですね」サルメが言う。「前から思っていたのですが、拷問に耐える訓練を施すのは、生きていて欲しいからでしょう？」

「だな」ユルキが言う。「捕まった時点で自決すりゃ、情報は漏れねぇ」

「我々に人質は通用しない。それは仲間を見捨てたように見えるが」マルクスが言う。「拷問に耐えさせるということは、要するに、敵を全滅させるまで生きていろ、ということですな」

「仲間を愛していますのね」とティナ。

「ふん。私は君らに執着しているだけさ」アスラがムスッとして言う。「全然少しも愛しちゃいないね。ただの執着さ」

「愛に見えますわ」ティナが言う。「だってアスラは仲間を独り占めしていませんわ」

「抜けたわたしを許してくれたし、幸福を願ってくれているわ」

「君を許したのは契約だからだよ、勘違いするなルミア」アスラが言う。「それと、別に一人ぐらいハッピーエンドでもいいんじゃないかと思っただけだよ。他はみんな傭兵らしく無惨に死ね。もちろん活き活きとね」

「実際オレらが無惨に死んだら、一番怒り狂いそうなのが団長だけど？」

「そんなわけあるか」アスラが苦笑い。「私に夢を見るな。君らが無惨に死ぬのは君らが弱いからだ。つまり君らの自己責任。私は何も感じないね」

「だから死なないように訓練して強くするんだものね」

ルミアがニコニコと笑いながら言った。

「……ああ言えばこう言うじゃないか……」アスラが溜息を吐いた。「もういいよ。私が寂しがり屋だというのは認める。それでいいだろう？　もう寝るよ。君らも休め。また明日」

アスラが立ち上がる。

「ういー、また明日っす」

「……うん、おやすみ団長……また明日」

「ゆっくり休んでください団長。また明日」

「オレも一緒に寝るよー」

「私もです」

「じゃあぼくも！」

「ちっ、またベッドが狭くなる」

舌打ちしながらも、アスラは拒絶しなかった。

書き下ろしEP 〇三

理想の終わり方　素敵な死を私に

真夜中。

アスラは寝苦しくて目を醒《さ》ました。

同じベッドでレコ、サルメ、ティナが寝ている。

レコはアスラの胸に顔を埋《うず》め「固い……この枕……固い」と寝言を吐く。

ティナはアスラの太ももに抱き付き、「お尻が……ありませんわ」と夢の中で尻を探していた。

サルメはアスラの髪の毛を握りしめて引っ張っている。

「……寝れん……」

アスラは苦笑いを浮かべつつ、レコの頭をゆっくりと自分の身体から下ろした。

次に、サルメに捕獲された自分の髪の毛を救出。

最後に、太ももに抱き付いているティナを優しく引き剝《は》がした。

アスラは溜息《ためいき》を一つ吐《つ》いてから、ベッドを降りた。

背伸びをして、サイドテーブルの水を飲んでからバルコニーに足を運ぶ。星の綺麗《きれい》な夜だった。

アスラの寝ていた部屋は古城の二階で、バルコニーは中庭に向いている。

ふと中庭を見下ろすと、ユルキがベンチに座っているのが見えた。

アスラがパチンと指を鳴らすと、ユルキがアスラの方に視線を向け、小さく手を振った。

アスラは手を振り返す代わりに、バルコニーの手すりを乗り越えて飛んだ。

二階程度の高さなので、特に問題もなく地面に着地。

「なんか用事っすか？」

「いや、一緒に星を眺めようかと思っただけさ」

アスラはユルキの隣に腰を下ろした。

一分程度の沈黙の後。

「君はなぜ寝ていない？」とアスラ。

「別に深い意味はねぇっすよ。ただ目が覚めただけ。団長は？」

「私は酷《ひど》い状況だったんだよ」

アスラはベッドの上の惨状をユルキに伝えた。

ユルキは楽しそうに笑った。

「俺は意外と夜が好きなんっすよ」笑い終わったあと、ユルキが言った。「静かなのも好きだし、時間が止まったような感覚も好きだし、何より盗みに入るには最適っすから」

「だろうね」アスラが肩を竦《すく》める。「でも、君はもう盗賊じゃない」

「俺が盗賊だったのは、もうずっと昔のことみたいに感じるっす。団長風に言うと、前世って感じかなー」

「そんな昔じゃないだろう？」

クスクスとアスラが笑った。

「でもあの日、俺は生まれ変わった。イーナも」

ユルキの盗賊団は、アスラが壊滅に追い込んだ。けれど､誰も殺さなかった。戦闘不能にはしたが、命は取らなかった。

それはユルキを仲間にするため。皆殺しにしたら心証が悪いから。

「盗賊から傭兵《ようへい》に。盗賊だった俺は死んだ」

「盗賊ユルキの冒険は最終回を迎えた、ってことだね」

再び沈黙。

夜風がアスラの頬を撫《な》でた。

「傭兵ユルキの冒険は」ユルキが言う。「終わって欲しくねぇなぁ」

「死者の復活で本当に死にかけたから、感傷的になっているようだね」

「そうっすね。死にたくねぇなぁって、ふと思ったたっす」

「では生きろ。勝手に死ぬな」

「それ命令っすか？」

「ああ」

「そりゃいいや」

ユルキが楽しそうに笑って、アスラも笑った。

でも、とアスラは思う。

私らは傭兵だ。いつだって死が付きまとう。「生きろ」なんて命令は気休めに過ぎない。アスラはそのことをよく知っている。

そしてユルキも。

「ダメな時は活き活きと死ね」

「ういっす。そういや団長は、活き活きと死ぬって何か理想とかあるんっすか？」

「あるよ。聞きたいかね？」

ユルキが頷《うなず》いた。

「よろしい。では私の最終回を先取りしてあげよう。もちろん妄想だけど、ね」

◇

夕焼けがいい。

朱色の空の下、舞台はそうだなぁ、浜辺だ。砂浜がいい。

キラキラと夕日を反射して輝く海を背景に、私はローブ姿で立っている。

私の前にはアイリスが立っている。

それが近い未来なのか、遠い未来なのか分からないけど、私らは出会った時の姿で対峙《たいじ》するのさ。

数年後でも、数十年後でも、数百年後でも、ね。

私はそうだなぁ、武器はたぶん短剣か、今後手に入れる刀か。理想は刀かな。もしくは伝説級の武器を手に入れて使っている可能性もある。

でもアイリスは今と同じ、片刃の剣を構えるのさ。

そして言う。

「あんたの姿、あの頃と変わらないのね」って。

だから私も言うのさ。

「君だってわざわざあの頃の格好をして、あの頃の剣を構えているじゃないか」

そして私たちは少し笑う。

「あんたは死なきゃいけない」アイリスが言う。「この世界のために。人類のために」

アイリスはこの日まで、誰も殺さずに生きていたのさ。唯一、アイリスが殺すと決めたのは私だけ。

私はアイリスの特別で、アイリスは私の特別なんだ。

◇

「そこに俺らはいねぇんっすか?」とユルキ。

「悪いね。この瞬間だけは、この場面だけは、私の、私とアイリスのものだよ。いつか敵対するために、私はアイリスを育てているのだから。ルミアが私にしたように」

「そりゃ、おぞましい計画っすね」

「ああ。愛《いと》しくもおぞましいだろう?」

◇

私とアイリスは死闘を演じる。

朱色の空の下、お互いの流した血が飛び、ボロボロになって、笑いながら、あるいは泣きながら、お互いを殺そうとするのさ。

この頃には、きっと私は愛を知っていると思うんだよ。アイリスを愛していると思う。むしろそうであって欲しい。

愛する者を殺すなんて最高じゃないか。あるいは、愛する者に殺される。どっちも最高さ。

イカレてるって？

今更じゃないか。

そしてアイリスもきっと、私を愛している。その兆候はあるだろう？

私らは愛し合いながら、けれど絶対に引けない。

私は戦争がしたい、アイリスは世界から戦争を無くしたい。

おっと、話が壮大になりすぎたかな？　でもそのぐらい壮大な方がきっと楽しい。いいじゃないか、妄想なんだから。

とにかく、私とアイリスは交われない。

夕日に照らされ、死力を尽くし、活き活きと、私らは殺し合って。

そして。

どっちかが死ぬ。

私が死ねば、最終回さ。

アイリスが死ねば、アイリスにとっての最終回。

私は悲しみ、もしかしたら泣くかもしれない。その頃の私は、きっとそういう感情を手に入れている。

そして沢山泣いて、次の最終回を探す。

アイリスは死ぬ時に言うのさ。

「あんたは本当、愛しくもおぞましい奴だったわ」って。

私が死んだパターンだと、私は何を言うのだろうね？

ああ、たぶん。

「泣くなアイリス」だね。

私は微笑み、血塗《ちまみ》れの手を伸ばすのさ。

最後に、アイリスの頬に触れたくて。

でも結局、その手は届かない。

崩れ落ちる私を抱き留めたアイリスが、大声で泣くのを聞いて、

「だから泣くなよ」と心の中で呟《つぶや》いて、私は死ぬ。

◇

「とまぁ、こんな最終回を夢に見ている」

「……具体的っすね！」

ユルキは少し驚いた風に言った。

「まぁ妄想だからね」

アスラは肩を竦め、だけど確信があった。

きっとこの妄想に近い形で私はアイリスと殺し合うだろう、と。

そして結果がどうあれ、
それが、
物語の終わりなのだと。

あとがき

こんにちは、葉月双《はづきそう》です。

たまには食べ物以外の話をしようと試みるものの、特に話題がないっていうね。

いかに普段、俺が食べ物のことしか考えてないか分かりますね。

そして前回、ダイエットするっぽいことを匂わせたと思うのだけど、マイナス四キロで億劫《おっくう》になってしまった。これだとまだ太ったままなんだよな。

一応、増えないようにキープはしているので、みなさんがこれを読んでいる時にはダイエットを再開していると思う。（思うだけで絶対にやるとは言ってない）

プロフィールに猫が呼びに来るって書いたと思うんだけど、今、この瞬間、これを書いているこの時も呼びに来ている。あんた、エサはさっき食ったでしょ！　今度は何の用なのさ！

……猫の用事は「余を愛でい」だった。モフモフしてきたよ。

「そろそろいいかい？」「まだじゃ、まだ愛でい」「もう戻って続きを……」「うるさい、愛でい！」

さて何を書こうと思っていたのかもう忘れてしまった。

まぁいいか、うちの猫は可愛い。

ここからは謝辞！

まずはいつもの通り、担当編集の藤原《ふじわら》さん！

今回も大きな問題はなく、スムーズに進んだかと思います！　ありがとうございました！

イラストレーターの水溜鳥《みずためとり》先生、いつも素敵なイラストをありがとうございます！　今回特にカバーが凄すぎて藤原さんと「やべぇ！　すげぇ！」とキャッキャしてました。

編集部、営業部、宣伝部のみなさま。

一巻から通して「〇〇部の意見も聞いてみよーぜー！」と多くの意見を頂いたかと思います。ご協力ありがとうございました。非常に参考になりましたし、助かりました。

その他、本書の製作に関わってくれた全ての方、本当にありがとうございました。

そして最後に読者の皆様、三巻まで読んでいただき、本当にありがとうございます！

またいつか、どこかでお会いしましょう！

DRE NOVELS

月花の少女アスラ 3
～極悪非道の傭兵、転生して最強の傭兵団を作る～

2024年1月10日　初版第一刷発行

著者　葉月 双
発行者　宮崎誠司
発行所　株式会社ドリコム
〒141-6019　東京都品川区大崎2-1-1
TEL　050-3101-9968
発売元　株式会社星雲社（共同出版社・流通責任出版社）
〒112-0005　東京都文京区水道1-3-30
TEL　03-3868-3275
担当編集　藤原大樹
装丁　木村デザイン・ラボ
印刷所　図書印刷株式会社

Printed in Japan
ISBN978-4-434-33202-9

ファンレター、作品のご感想をお待ちしております。
右の二次元コードから専用フォームにアクセスし、作品と宛先を入力の上、
コメントをお寄せ下さい。
※アクセスの際に発生する通信費等はご負担ください。